FRANZ ZELLER

Sterben ist das Letzte

Ein Salzburg-Krimi

W0301887

KNAUR

Besuchen Sie uns im Internet:
www.knaur.de

FSC
www.fsc.org
MIX
Papier aus verantwortungsvollen Quellen
FSC® C083411

Originalausgabe November 2015
Knaur Taschenbuch
© 2015 für die Originalausgabe bei Knaur Verlag Taschenbuch.
Ein Imprint der Verlagsgruppe Droemer Knaur
GmbH & Co. KG, München
Alle Rechte vorbehalten. Das Werk darf – auch teilweise –
nur mit Genehmigung des Verlags wiedergegeben werden.
Redaktion: Kerstin von Dobschütz
Covergestaltung: ZERO Werbeagentur, München
Coverabbildung: Getty Images / RosLol;
plainpicture / Michael Dooney
Satz: Adobe InDesign im Verlag
Druck und Bindung: CPI books GmbH, Leck
ISBN 978-3-426-51772-7

2 4 5 3 1

1

Hätte Maximilian Marthaler schon von weitem erkannt, was da auf dem Sushiband auf ihn zuglitt – er wäre wohl aufgesprungen und hätte, ohne zu zahlen, das Lokal verlassen. Seit Tagen hielt er sich lieber in Innenräumen auf, weil er sich dort sicherer fühlte. Er ging auch kaum mehr mit Hannibal aus dem Haus und stieg, ganz gegen seine früheren Gewohnheiten, erst in der Garage aus dem Auto, nachdem sich das Tor geschlossen hatte.

Aber hier drinnen fühlte er sich sicher, obwohl er der einzige Gast war. Lustlos tauchte er ein Avocado-Maki in billige Sojasauce und steckte es in den Mund. Nach ein paar wenigen Kaubewegungen schob er den Rest der Reisrollen weit von sich. Qualität mangelhaft.

Der rote Teller mit seiner ungewöhnlichen Fracht hatte fast die erste Biegung des Sushibandes erreicht. Das kleine hautfarbene Etwas darauf schaukelte leicht unter den Vibrationen der Förderanlage. Der junge Mann fand es plötzlich zu ruhig im Lokal. Vor ein paar Momenten noch hatte synthetische Musik leise im Hintergrund geklimpert. Nun hörte man nur mehr das feine Surren der Lüftung. Es war halb drei. Er war wohl der letzte Gast vor der Nachmittagspause.

Seine rechte Hand klopfte, ohne dass er es merkte, ungeduldig auf den Tisch. Der Koch rauchte offenbar im Freien eine Zigarette. Auch sonst war kein Personal mehr im Raum zu sehen. Das Angebot auf dem Band war einfach abgerissen. Die letzte Schale mit Rindfleisch Bulgogi hatte ihn vor einer gefühlten Ewigkeit passiert. Er seufzte.

Endlich kam Nachschub.

Aber es war nichts, was er angreifen, geschweige denn hätte essen wollen. Als Marthaler den Inhalt des Tellers erkannte, blieb seine Hand plötzlich ruhig auf dem Tisch liegen, in einer Art Schockstarre, die jegliche Energie aus seinen Muskeln zog. Er wollte wegsehen, wagte es aber nicht, seinen Blick vom Band zu lösen.

Auf dem Teller glitt ein abgetrennter Finger auf ihn zu. Er näherte sich langsam, wie von Geisterhand, und schien für die letzten drei Meter Ewigkeiten zu brauchen, obwohl nur die plötzliche Angst den Lauf der Zeit bremste. Dann glaubte Marthaler ein leises Brummen zu hören, und der Motor des Bandes erstarb. Der Untersatz mit dem abgeschnittenen Finger blieb genau vor ihm stehen.

Marthaler starrte ihn an. Der Finger deutete geradewegs auf ihn. Er war nur leicht im Gelenk geknickt. Ohne darüber nachzudenken, wusste Marthaler, dass es ein Zeigefinger war.

Aus den Augenwinkeln versuchte er zu erfassen, wer sich sonst noch im Raum aufhielt, den er bisher nicht bemerkt hatte.

Niemand. Zumindest war niemand zu sehen.

Kaum merkbar drehte er den Kopf nach links, blickte aber trotzdem nicht vom Teller auf. Auch dort konnte er niemanden entdecken. Der Koch hatte sich wohl doch nicht zum Rauchen aus dem Staub gemacht. Sondern aus schwerwiegenderen Gründen.

Vorsichtig, als dürfte er sich nur langsam bewegen, weil eine Waffe auf ihn gerichtet war, zog der Dreißigjährige eine Klammer mit Geld aus seiner Hosentasche. Währenddessen ließ er den Finger nicht aus den Augen. An den Wundrändern erkannte er eine schmale Linie eingetrockneten Blutes. Der Nagel schien sauber manikürt, so wie seine eigenen Nägel. Ein paar wenige feine blonde Härchen ragten aus dem

Fingerrücken. Wem auch immer man den Finger abgetrennt hatte, es war mit einem glatten Schnitt passiert.

Sie beobachteten ihn nicht nur. Sie rückten ihm auf den Pelz. Er musste sich schleunigst eine Pistole besorgen. Hannibal war als Schutz nicht mehr genug, obwohl der Schäferhundrüde durchaus wie eine Waffe wirkte. Jetzt nutzte ihm auch der Hund nichts. Er hatte ihn daheim gelassen. Besorgt sah Marthaler aus dem Fenster auf den Parkplatz. Nur ein einziges Auto stand dort quer über zwei weiße Bodenmarkierungen: sein eigener BMW. Ganz sanft fielen einzelne Schneeflocken auf das Auto. Sie schienen sich auf das glänzende schwarze Blech zu legen, um es einzuhüllen und zum Verschwinden zu bringen. Rundherum blieb der Boden stumpfgrau, als berührte ihn der Schnee gar nicht.

Wie in Trance legte Maximilian Marthaler einen Zwanzigeuroschein auf den Tisch und verließ, immer zwischen Küche und Ausgang hin- und herblickend, das Sushilokal.

Marthaler schaltete in den dritten Gang und zog rechts auf der Busspur an einem Ford vorbei. Einer dieser Loser, die nichts zu tun und deshalb auch keine Zeit zu verlieren hatten. Er schaltete kurz in den vierten Gang und schnitt vier Wagen weiter vorne, nach einer abrupten Bremsung, wieder in die Autospur hinein. Ein paar Sekunden später stand die Autoschlange erneut. Der Schneefall war stärker geworden. Unruhig fegte der Scheibenwischer die Flocken von der Windschutzscheibe. Das Flockengewimmel schnappte nach ihm wie ein Maul mit unzähligen Gummizähnen, das mit vielen kleinen Bissen alles verzehren wollte.

Mehrmals strich Marthaler sich durch sein kurz geschnittenes, hellblond gefärbtes Haar. Er blickte in den Rückspiegel. Nein, selbst wenn sie ihn verfolgten, hatte er sie spätestens durch das Überholmanöver auf der Busspur abgehängt. Aber im Grunde konnte er sie nicht loswerden. Sie wussten bestimmt, wo er wohnte.

Im Schritttempo ging es weiter. Das Sigmundstor näherte sich zögerlich. Die Drähte der Busoberleitungen verflochten sich vor dem Portal gleich den Fäden eines Spinnennetzes. Blödsinn, dachte Marthaler, als er sich bei dieser Vorstellung ertappte. Aber das Geflecht der Stahlseile im fahlen Licht des Schneegestöbers hatte etwas Beklemmendes. Nein, es war etwas anderes. Was es war, merkte er, als die dunkle Einfahrt in den alten Mönchsbergtunnel immer näher kam.

Er hatte Angst vor diesem schwarzen Loch. Oder noch viel schlimmer: Er hatte einfach Angst. Pure, primitive Angst, eine Angst, die dunkel und tief war und nun in ihm saß wie ein tonloses schwarzes Tier, von dem man nicht wusste, ob es schlummerte oder lauerte.

Wieder strich er sich durch das helle Haar und wählte dann eine Nummer. Die Freisprechanlage funktionierte nicht. Das verdammte Telefon hatte sich wieder nicht mit ihr gekoppelt. Unwirsch drückte er sein Handy ans Ohr. Eine freundliche Frauenstimme begrüßte ihn mit: Marthaler Cleaning Services. Marthaler ließ sie nicht ausreden.

»Hat sich Sascha gemeldet?«

Er unterbrach die Frau, als sie zu einer Antwort ansetzte.

»Nein, ich will nicht wissen, wie oft du es bei ihm probiert hast. Ich will wissen, ob er sich gemeldet hat.« Sein Ton wurde lauter. »Interessiert mich auch nicht. Du kannst so oft auf die Mailbox sprechen, wie du willst. Und es heißt auch nicht: Lassen Sie mich bitte ausreden. Sondern: Lassen Sie mich bitte ausreden, Herr Marthaler. Und noch was: Sag Stöger, er soll die Videoüberwachung an meinem Haus reparieren. Und zwar rasch.« Grußlos legte er auf.

Sandra näherte sich ihrem Ablaufdatum. Und das rasant. Wenn er Lust hatte, würde er sie morgen schon rauswerfen. Wenn nicht, vielleicht erst nächste Woche oder in einem Monat. Er ballte seine Faust. *So* konnte er Sandra in seinem Universum zermalmen. Eine brave Dienerin. Mehr war sie nicht.

Kurz vor der Einfahrt zum Tunnel, den jeder in Salzburg nur Neutor nannte, stockte der Verkehr wieder. Jetzt nach Hause zu fahren hatte keinen Sinn. Er würde nur über den heutigen Fingerzeig nachdenken. Besser, er regelte ein paar andere unangenehme Dinge. Wegen der Sache mit Sascha hatte er den Betrieb vernachlässigt, der ihn ernährte. Das war seine Grundsicherung für den Höhenflug. Er musste sich wieder mehr um seine Arbeitsbienen kümmern.

Ohne zu blinken, schlug er am Hildmannplatz nach links ein und bog auf die Reichenhaller Straße ab.

Fünfzehn Minuten später überquerte er den Parkplatz eines Supermarktes und stoppte an der Rückseite direkt vor den großen Müllcontainern. Neben ihm parkte ein Transporter mit der Aufschrift: Marthaler Cleaning Services.

Marthaler stieg aus und ließ die Autotür zuknallen. Nach ein paar Schritten blickte er sich auf dem fast leeren Lieferantenparkplatz um und zog seinen Schlüssel noch einmal aus der Tasche. Fest drückte er auf das Symbol mit dem Schloss. Das schnappende Geräusch vom Einrasten der Türverriegelungen beruhigte ihn und gab ihm zumindest ein bisschen das Gefühl von Sicherheit zurück.

Er stieg eine kleine Rampe hoch, die es den Verkäuferinnen leichter machte, den Abfall zu entsorgen. Statt den Müll hochzustemmen, konnten sie ihn in Bauchhöhe einwerfen. Als Marthaler den Deckel des ersten grünen Containers öffnete, schnüffelte er kurz in den Behälter und verlor das bisschen Gefühl an Sicherheit sofort wieder. Er kontrollierte auch noch den zweiten Abfallbehälter und merkte, wie ihm das Blut in den Kopf schoss.

»Danica«, schrie er, obwohl er sich allein auf dem Parkplatz befand.

Wütend riss er eine graue Stahltür auf, die neben einer Anlieferungsrampe ins Lager führte. Noch einmal brüllte er nach Danica und schlug die Tür wütend ins Schloss.

Er stand zwischen zwei Gängen mit Bierkisten. »Danica, wo bist du? Schon wieder eine rauchen, du faules Ding?«

Nur ein paar Sekunden später erschien eine kleine pummelige Frau in blauem Kittel und gelbem Kopftuch hinter den Bierkisten. In der Hand hielt sie einen tropfenden Schrubber.

»Cvetanka«, sagte sie leise. »Nix faul, fleißig, aber viel, viel Arbeit allein hier.«

»Pfeif auf Cvetanka. Ihr seid alle Danicas. Komm, du Trampel.« Damit packte er die verschüchterte Frau am Arm und zerrte sie aus dem Lager. Sie konnte kaum Schritt halten mit dem wütenden Mann an ihrer Seite.

Neben dem Lieferanteneingang stieß Marthaler sie unsanft über die drei blechernen Rampenstufen hoch und dann gegen einen Container.

»Mach auf!« Er deutete auf den Deckel.

Nur kurz ließ Cvetanka den Blick von ihrem Chef, als sie den Deckel des Müllbehälters hob.

»Und was siehst du da?«

Die schwitzende Frau zuckte ganz leicht mit den Schultern.

»Danica!«, brüllte Marthaler. »Was du da siehst, frage ich dich.«

»Cvetanka«, flüsterte die Frau in ihrem fleckigen Kittel.

Außer sich drückte Maximilian Marthaler den Kopf der

kleinen Frau in Richtung des Containers. Sie stützte sich am Rand des Behälters ab, um nicht hineinzufallen.

»Merkst du was?« Marthaler wartete nur eine halbe Sekunde auf die Antwort. »Da gehört ein halber Liter Putzmittel drüber. Und weißt du, warum? Weil die Geschäftsleitung hier das so will. Damit Hungerleider wie du nicht am Abend nach Geschäftsschluss kommen und das Zeug stehlen. So machen wir das Gemüse da drinnen unbrauchbar, auch wenn es arme Schlucker gerne kochen würden. Immer. Jeden Tag, verstehst du? Und das sollte sogar in einen dummen Kopf wie den deinen hineingehen.«

Mit einem festen Rempler stieß Marthaler Cvetanka zum zweiten Container mit Gemüseabfall. »Und hier ist es dasselbe. Verstehst du mich?« Er musste sich bücken, um der kleinen Frau aus kurzer Distanz mit zornigen Augen ins Gesicht zu sehen. In einer letzten Aufwallung riss er seiner Mitarbeiterin das gelbe Tuch vom Kopf und warf es auf den Boden. Sie quittierte den Angriff mit einem kurzen schrillen Aufschrei. Mit einer Hand versuchte sie, ihr Haar zu bedecken, die andere drückte sie auf ihren Mund, um den Schrei zu ersticken.

»Ach, sei ruhig, dummes Ding.« Damit gab Marthaler ihr noch einen zornigen Stoß gegen die Schulter. Cvetanka stolperte zurück. Als sie sich an der Kante der offenen Mülltonne abstützen wollte, rutschte sie ab. Mit einem dumpfen Schrei stürzte sie in den Container und blieb inmitten von Gemüseresten und verpacktem Brot kurz schockstarr liegen. Klein und gedemütigt krümmte sich die Frau dann im Abfall zusammen.

Auch Marthaler hatte die Folge seines Stoßes etwas überrascht. Für einen Moment wollte er die Hand nach der Frau im Müll ausstrecken, dann ließ er den Arm gleichgültig sinken. Nein, dieses Leben ging ihn nichts an, er hatte mit seinem eigenen genug zu tun. Mit zornigen Schritten ging er zurück zu seinem Auto.

Cvetanka schloss die Augen und drückte ihre Lider fest nieder. Nur so konnte sie die Tränen zurückhalten. Erst als sie hörte, dass sich das Auto entfernte, bog sie sich zu einem winzigen Packen Mensch zusammen, legte die Arme wie ein Embryo um ihre eigenen Schultern und begann zu weinen. Sie durfte ihrem Mann auf gar keinen Fall von dieser Szene erzählen. Sonst war Schlimmeres zu befürchten.

2

Weißt du, wo die Einmalhandschuhe sind?« Julian Kremer ließ zwei Batterien mehrmals gedankenverloren in seiner Hand kreisen und drückte sie dann in das Fach der LED-Stirnlampe. Er war nicht ganz auf der Höhe, fühlte sich ziemlich erschöpft. Hätte er der Truppe nicht versprochen, wieder mitzukommen, wäre er jetzt mit einer Ausrede zu Bett gegangen. Etwas ungeschickt versuchte er, die Stirnlampe aufzusetzen, und drückte dann probehalber den ON-Knopf. Der weiße Schein fiel auf Maja, die eben in der Tür zum Flur erschien.

Die Dreieinhalbjährige lachte. »Du schaust aus wie ein Zug«, sagte das schmale Mädchen und blickte gespannt zu ihm hoch. »Kann ich so was auch haben?«

»Klar!« Kremer nahm die Lampe wieder ab. »Wenn dein Kopf so groß ist, dass die Lampe fest darauf sitzt.« Langsam verstaute er die Leuchte in der Außentasche seines Rucksacks.

Maja gab nicht auf. »Gibt's das nicht für Kinder?«

»Mal sehen. Vielleicht finde ich eine für dich.«

Das Mädchen legte den Kopf leicht schief. Wie immer, wenn ihre Gedanken auf Hochtouren liefen. »Mit der Lampe würde ich mich in der Nacht nicht so fürchten, glaube ich. Und nicht so oft zu euch ins Bett kommen.«

Kremer lächelte, ohne dass sich sein Mund auch nur ein wenig bewegte. Maja verwandelte sich seit ein paar Wochen in eine kleine Menschin, die sehr schnell lernte, wie man andere manipulierte. Immer wieder ertappte er sie bei kleinen Lügen, die ihr nicht wegen ihrer ausufernden Fantasie passierten, sondern weil sie sich davon einen Vorteil versprach. Tarnen, täuschen, betrügen: der Beginn des Homo sapiens. Zum Schmunzeln brachte ihn ihre Schlauheit dennoch, obwohl er jegliche Art Bauernschläue verachtete.

Pia kam mit einer Box Einweghandschuhe aus der Wohnküche. Sie wirke zwar abgekämpft, sah aber nach wie vor entzückend aus, wie sie so lächelnd dastand mit ihren langen brünetten Haaren. Sie zog einen Packen der gelblichen Plastikfinger aus dem Schlitz im Karton. »Du siehst nicht gut aus, Julian.« Langsam strich sie ihm über die kurzen schwarzen Haare. »Ist etwas? Du wirkst so ernst. Um nicht zu sagen, trübsinnig.«

Julian Kremer schüttelte den Kopf. »Bin nur etwas müde. Einmal ausschlafen, und alles ist wieder okay.« Das war gelogen, aber er wollte Pia nicht beunruhigen. Sie stand selbst unter Druck. Eine freiberufliche Grafikerin, die um ihre Jobs raufen musste. So wie alle. Jeden Monat schafften sie es gerade irgendwie, über die Runden zu kommen. Auch sein Einkommen als freier Journalist fürs Radio entsprach nicht annähernd dem Aufwand und der Energie, die er dafür investieren musste. Überall steckte das Wörtchen »frei« drin, um darüber hinwegzutäuschen, dass die ganze Horde von freien Arbeitnehmern, freien Mitarbeitern, freien Grafikern, freien Musikern und freien Irgendwas völlig abhängig und deshalb miserabel bezahlt war. Lauter Idioten, die auf den Schmäh der Ich-AG hereingefallen waren. Ohne Ausnahme. Vogelfrei einfach.

Pia ließ nicht locker. »Ist wirklich alles in Ordnung? Du könntest auch mal absagen. Die gehen auch ohne dich auf Tour.«

Kremer nickte. »Aber ich habe den Nachschlüssel. Die Leute verlassen sich auf mich. Einige von ihnen haben die

Lebensmittel viel nötiger als wir. Vor allem die paar Studenten, die immer wieder mitgehen. Und uns schadet es auch nicht, wenn wir die Vorräte aufstocken.« Er deutete mit dem Kinn in Richtung Küche.

»Wie du meinst.« Pias Zeigefinger fuhr neckisch über seinen dünnen Kinnbart. »Wenn du zurückkommst, schlafe ich vielleicht schon. Obwohl …« Sie drehte sich in Richtung ihres aufgeklappten Notebooks um, dessen Schirm eine kalte weiße Lichtwolke ins Wohnzimmer zeichnete. »Ich muss noch Ideen und Entwürfe für eine Ausschreibung abgeben. Die Agentin hat mir vor zwei Stunden etwas geschickt. Ein Großauftrag, die gesamte Corporate Identity. Wenn das etwas wird, könnten wir mal durchschnaufen.« Pia seufzte und nestelte an ihren Haaren herum. »Aber das haben wir uns schon öfter gedacht. Dusch dich auf jeden Fall, bevor du ins Schlafzimmer kommst, falls ich schon im Bett liege. Du riechst dann immer so, als wärst du in eine Mülltonne gefallen.«

»Ja, wie eine alte Banane«, sagte Maja anklagend, die eben auf einem roten Bobby-Moped um die Ecke bog.

»Du weißt ja gar nicht, wie ich rieche, wenn ich heimkomme. Du schläfst da schon.«

»Aber ich stelle es mir so vor.« Mit einem kräftigen Stoß ihrer Beine rollte Maja wieder in den großen Raum zurück.

Julian Kremer lehnte sich gegen die Wand und atmete lange aus. Das Leben hätte so lustig sein können mit seinen zwei Frauen, der kleinen und der großen. Wenn er sich nicht gefühlt hätte wie Atlas mit der Erdkugel auf seinen Schultern. Morgens schaffte er es kaum aufzustehen. Und selbst wenn er in der Redaktion nur kurze Texte schrieb, musste er sich quälen. Vor dem Mikrofon klang er zunehmend wie ein Langstreckenläufer nach dem Schlusssprint. Einfach kaputt.

Wenn er nicht aufpasste, würden sie ihm die Sprechfreigabe entziehen. Und dann begann ein neuer Hürdenlauf. Aber vielleicht erledigte sich das Problem mit der Erschöpfung ganz anders. Vielleicht würde er irgendwann liegen bleiben im Bett. So wie einer, der vergessen hat, dass es auch noch eine Welt jenseits der zwei Quadratmeter weißer Laken gibt. Oder wie einer, dem einfach Arme und Beine und der Wille, sie zu bewegen, abhandengekommen sind.

»Das brauchst du sicher auch.« Pia drückte ihm eine Rolle dünner Plastiktaschen in die Hand, wie sie in den Supermärkten neben dem Gemüse hingen. Kremer hielt ihr den Rucksack auf, und sie ließ Einmalhandschuhe samt Tüten hineinfallen. So energisch wie möglich warf er sich einen Riemen über die Schulter und drehte sich zur Tür um.

»Hast du nicht etwas vergessen, Julian?« Verspielt winkte Pia mit seinem Pass. »Nur falls sie dich erwischen sollten. Ich will dich nicht eine Nacht in einer Zelle wissen.«

Statt einer Antwort nahm er ihr das rote Dokument aus der Hand und küsste Pia auf die Nase und dann auf den Mund. »Man tut, was man kann.« Im Umdrehen fügte er hinzu: »Und manchmal auch mehr.« Vorsichtig drehte er den Schlüssel nach links, um die Tür zu öffnen. Es kostete ihn sehr viel Überwindung.

3

»Ich hab kein gutes Gefühl dabei.« Eduard sah seinen älteren Bruder mit schief gelegtem Kopf an wie ein verwundertes Kleinkind. Seine Hände strichen immer wieder über die Nieten seiner Jeans.

Gerfried Wegscheider wusste, dass der Kleine letztendlich tun würde, was er von ihm wollte. Das war immer so gewesen. Er schwächelte schon jetzt. Die nervösen Hände, der ausweichende Blick. Es brauchte nicht mehr viel, um ihn endgültig auf Linie zu haben. Wenn er Edis marode Seele noch ein bisschen pinselte, spielte er mit.

Eduard zuckte zusammen, als Gerfrieds Ledersohlen über den Parkettboden klapperten. Es klang wie der Flügelschlag eines Messingvogels. Ein Messingvogel. Vielleicht sein nächstes Projekt. Immerhin brachte ihn sein Bruder auch mal auf eine Idee und nicht nur auf hässliche Gedanken.

Gerfried Wegscheider zog einen Pass aus seiner schwarzen Aktentasche. »Komm her, Edi. Schau dir das an.«

Zögerlich und völlig lautlos ging Edi in seinen Socken auf Gerfried zu. Noch immer fürchtete er den Großen ein bisschen. Er war so übermächtig. Durchtrainiert und kompakt, irgendwie unbezwingbar, als könnte er jedes noch so große Hindernis beseitigen.

Gerfried drückte die Seiten des Reisepasses auseinander und hielt sie Eduard entgegen. »Sieht doch perfekt aus, oder? Du kannst die optische Qualität sicher besser beurteilen als ich. Aber da war ein super Visagist am Werk.« Mit einem manikürten Finger strich er über das Bild. »Die Ähnlichkeit zwischen euch beiden ist fast unglaublich.«

Eduard starrte auf das Bild eines Mannes, der sein Zwillingsbruder hätte sein können. Verlegen strich er sich durch die blonden Haare.

»Du machst das schon, Edi. Bist ja ein cooler Typ.«

»Aber es ist nicht okay.«

»Nein, okay ist es nicht.« Gerfried drückte der blonden Memme den Pass in die Hand. »Tu es für mich. Ich schulde Max etwas. Ich sehe dafür zu, dass ich dir eine Ausstellung in der Galerie Horvath verschaffe.«

Edi nickte kaum merklich.

Gerfried wusste, dass der Kleine jetzt mürbe war. Man musste nur auf die Emotionen der Menschen hören, dann kannte man sofort ihre Schwachstellen. Die Emotionen, das waren die Löcher in der Burgmauer, durch die man die ganzen Städte namens »Ich« einnehmen konnte. Die Einfallstore hatten Namen: Gier, Ehrgeiz, Selbstüberschätzung, Neid, Geilheit, Eitelkeit. Edis Problem war die übersteigerte Bescheidenheit. Welcher Mensch mit Verstand kam schon auf die Idee, Zeichnen zu unterrichten, obwohl man eigentlich Künstler sein wollte? Nur Memmen ohne Eier arbeiteten immer mit Netz. Und das hatte Edi jetzt davon. Gefangen im Netz der trostlosen Schulwelt. Da nebenbei noch eine künstlerische Identität aufzubauen, das konnte ja nicht funktionieren. So etwas ging nur mit vollem Einsatz. Netzwerken. Reden. Und wieder netzwerken. Dabei sein bei allen wichtigen gesellschaftlichen Anlässen. Und vor allem ein bisschen mehr Selbstsicherheit im Auftreten. Das fehlte seinem linkischen Bruder völlig.

Irgendwie tat ihm der Kleine leid. Gerfried Wegscheider legte seine Hand auf Edis Schulter. »Du gehst morgen in die Gerichtsmedizin in der Ignaz-Harrer-Straße und erledigst das wie ein Mann, okay?« Mit einem leichten Rüttler an Edis

Schulter stellte Gerfried klar, dass die Frage rein rhetorischer Natur war. »Ich denke, die haben irgendwelche Pornos dort, damit es dir leichter fällt, deine Proteinspende abzugeben. Sonst gebe ich dir Geld, und du kaufst dir was auf dem Weg dorthin.«

Gerfried Wegscheider knöpfte das Sakko seines schmalen grauen Anzugs zu. »Den Pass brauche ich bis übermorgen wieder.«

Edi nickte erneut.

4

Marthalers Wut riss nicht ab. Sascha Markow war jetzt seit fast zwei Wochen verschwunden. Es hatte gereicht, in der Früh die Kühlschranktür zu öffnen. Auf dem Hirschschinken hatte er feinen Schimmel gefunden. Dabei hatte Ewa doch dafür zu sorgen, dass alle verdorbenen Lebensmittel in der Tonne landeten, bevor er sie zu Gesicht bekam. Und wenn sie sie daheim auffraß, war es ihm egal. Hauptsache, sein silbern glänzender Kühlschrank blieb sauber. Nicht einmal Hannibal wollte er das verschimmelte Zeug geben. Außerdem, wo steckte der Köter überhaupt? Wütend schlug er die Tür zu. Die Lust auf ein Frühstück war ihm vergangen.

Als Gespielin war die Polin weitaus besser denn als Putzhilfe. Zweimal pro Woche räumte sie bei ihm auf, sonst schrubbte sie sich mit den anderen durch Salzburg und machte die Böden in Einkaufszentren, Museen oder Arztpraxen sauber. Ein- bis zweimal pro Woche legte er sie über die Lehne der Couch, hob ihren Kittel hoch und regelte die Geschichte mit den Hormonen. Irgendwie hatte er den Eindruck, dass ihr das gar nicht so unrecht war. Andererseits hätte er sich an ihrer Stelle auch lieber vögeln lassen als zu putzen. Aber das musste trotzdem jemand erledigen. Sie nämlich. Und mit der Regelmäßigkeit, mit der sie es auf der Couch trieben, näherten sie sich ohnehin einer Beziehung. Das wollte er auf keinen Fall. Allerdings: Obwohl er sich umgesehen hatte, fand er unter seinen Angestellten niemanden, auf den er so scharf gewesen wäre. Ewas kleiner Spitzbusen und die schrägen, kalten Augen machten ihn an. Trotzdem musste sie auch mit ihrem Putzlappen tun, was er wollte. Sollte er draufkommen, dass sie ihre Möse bei ihm zum vorherrschenden Businessmodell machen wollte, würde er sie umstandslos entsorgen.

Er trat gegen den Edelstahlfuß des Glastisches. Verdammt. Alles lief schief momentan. Er hätte platzen können vor Zorn. In Wahrheit stand er mit dem Rücken zur Wand. Sascha war offensichtlich untergetaucht. Und würde vielleicht nicht mehr auftauchen. Und mit ihm das Geld, das nicht ihnen gehörte.

Er legte den Kopf zurück, schloss die Augen und dachte nach. Die Wand in seinem Rücken war kalt. Er versuchte, die eisige Mauer zu ignorieren. Es ging nicht. Die Kälte. Das war der Nachteil dieses Baus auf dem schicken Mönchsberg, ein paar hundert Meter oberhalb des Festspielhauses. Sein Vater hatte ihm das Haus vor zwei Jahren überlassen. Er war nach dem Tod der Mutter ausgezogen und hatte es zwanzig Jahre lang an einen Freund vermietet. Ein Haus zum Herzeigen, für Einladungen und Gesellschaften. Allein die Adresse Mönchsberg führte bei den meisten zu einem ehrfürchtigen Gemurmel. Ein paar Meter zu Fuß über einen schmalen asphaltierten Weg, und man blickte auf die Stadt hinunter und ihre Menschen. Das tat gut. Wer wollte schon Teil dieses Gewusels da unten sein. Diese Menge von Ameisen, die alle ihren niedrigen Obliegenheiten nachgingen, ihren Kinkerlitzchen, mit minderen Ambitionen, ohne große Pläne. Trotzdem hatte er das Haus nach seinem Einzug radikal umbauen lassen, die ganzen Tramdecken geschliffen, Wände entfernt, Stofftapeten heruntergerissen. Das Dunkel vertrieben, das manche als edles Understatement empfanden. Vor allem hatte er den Geruch des Vaters vertreiben wollen, den er auch nach zwanzig Jahren noch in diesem Gemäuer zu spüren vermeinte. Außen war die Umgestaltung aufgrund von Auflagen nur sehr dezent gegangen, nicht mal mit viel Druck durch Geldbündel und Netzwerke. In Salzburg musste alles Alte konserviert werden, ohne Rücksicht auf die Zukunft. Die Häuser hier am Mönchsberg waren durchwegs ein paar hundert Jahre alt. Fast alle trugen Namen wie Ohr-Gottes-Haus, Baumgartenhaus oder Schlafhauserhaus; Letzteres war fast siebenhundert Jahre alt. Und allerorten erinnerten Tafeln an prominente Bewohner, egal ob Skipioniere oder bildende Künstlerinnen. Die Vergangenheit war die Gegenwart.

Und wieder spürte er die Kälte im Rücken. Langsam öffnete er die Augen. Über Nacht hatte es erneut geschneit. Trotzig drückte er die Türklinke zur Terrasse hinunter und ging barfuß im Morgenmantel hinaus in den Novemberschnee.

Nach zwei Schritten stockte er vor einem Schuhabdruck. Die Spur war leicht angezuckert vom Schnee, aber noch immer sehr gut zu erkennen, konnte also nicht alt sein. Und es war nicht das einzige Relikt von Eindringlingen. Quer über die Terrasse liefen dic Fußspuren von zwei Menschen in schmalen Schuhen. Wo war Hannibal, verdammt noch mal? Nicht einmal der Hund tat, was er sollte.

Ach ja, er hatte den Schäferhund um halb sieben rausgelassen. Dann war das Vieh immer eine bis eineinhalb Stunden unterwegs. Da beschwerte sich niemand, weil es noch kaum Spaziergänger gab.

Weiter hinten entdeckte er Spuren, die in die Gegenrichtung liefen. Wieder hinaus aus seinem Garten.

Vorsichtig ging er den Fußabdrücken nach. Sie endeten genau vor seinem Schlafzimmer. Glücklicherweise war das Rollo heruntergelassen. Die Spuren vor dem Fenster wirkten nicht so, als hätten sich die zwei gelangweilt die Füße vertreten. Ebenso geradlinig wie sie zu seinem Zimmer marschiert waren, fast mit derselben Schrittlänge, hatten sie sich auch wieder entfernt.

Dass seine Füße barfuß im Schnee standen, spürte er nicht mehr.

Sie wussten nicht nur, wo er wohnte. Sie kannten auch seine Gewohnheiten. Wann Hannibal aus dem Weg war. Er schlief immer im großen Salon und hatte nicht gebellt. Die beiden unsichtbaren Besucher waren also erst nach halb sieben gekommen. Mutig. Aber sie wussten wohl, wie sie das Risiko senken konnten, von Hannibal erwischt zu werden. Einfach abwarten, bis der Hund aus dem Haus war.

Er würde in den ersten Stock ziehen. Erst als er sich umdrehte, um ins Haus zurückzugehen, sah er, dass sich das Aussehen der Mauer neben dem Schlafzimmerfenster verändert hatte. Marthaler starrte auf eine riesengroße ungelenke Sieben an der Wand. Sie wirkte, als hätte man sie mit einem Stück Holzkohle gezogen. Der Oberstrich war schlampig gebogen. Auch unten beim Schrägstrich war der Strich noch einmal ausgerissen.

Hilflos bückte er sich. Er schaufelte den Schnee mit seinen hohlen Händen auf und formte zitternd einen Schneeball. Mit der Kugel wischte er über die schwarzen Linien. Mit wenig Erfolg. Die Zeichnung widersetzte sich und sah ihn weiterhin dunkel an.

Wo, verdammt noch mal, war Hannibal? Hatte er wieder irgendein kleines Tier gerissen bei seinem Morgenausflug?

Und warum eine Sieben an der Wand?

Selbst wenn er sie mit einer Reihe von Nullen ergänzte. Das war nicht die Summe, die er den Leuten schuldete.

Warum hatten sie eine vermurkste Sieben an die Wand geschrieben?

Plötzlich fiel ihm etwas ein. Mit ein paar Laufschritten erreichte er die Treppe und nahm immer zwei Stufen auf einmal. In einer Nische im ersten Stock aktivierte er den Bildschirm seiner Videoüberwachungsanlage. Das Bild der beiden Außenkameras bröselte noch immer stark. Sandra hatte offenbar vergessen, die Reparatur bei Stöger, dem Chauffeur seines Vaters, in Auftrag zu geben. Trotzdem spulte er die letzten Minuten schnell zurück. Links unten lief die Zeit in weißen Lettern rückwärts. Um sechs Uhr fünfzig betraten zwei Männer mit Kapuzenjacken den Garten. Sie waren einfach über den Zaun geklettert und dann seelenruhig und zielstrebig in Richtung seines Schlafzimmers gegangen. Nur vage konnte Marthaler sie im schwarz-weißen Gestöber der defekten Überwachungsbilder ausmachen. Aber auch bei einer guten Aufnahme wären sie nicht zu erkennen gewesen. Die Kapuzen waren so weit ins Gesicht gezogen, dass man gerade mal die Münder erahnen konnte. Mit einem gepressten Schrei hämmerte Marthaler auf das Gerät ein.

5

Die kleine Kröte hätte das nicht sagen dürfen. Er hatte einfach zugeschlagen. Obwohl er noch nie jemanden geschlagen hatte. Eine Ohrfeige, ein Klatscher mitten ins Gesicht. Niklas sah verwundert seine Hand an. Sie hatte sich einfach selbständig gemacht, zwischen der Englisch- und der Deutschstunde. Selbst jetzt plagte ihn kein schlechtes Gewissen deswegen. Erleichtert hatte ihn der Schlag aber auch nicht. Es war mehr so gewesen, als hätte er mit der Wucht seiner flachen Hand eine unsichtbare Wand aus Pergamentpapier durchstoßen. Und nun war er durch diese Wand gestiegen. Und hinein in einen Zug. Hallein ab 14:35, Salzburg an 14:51 Uhr. Das ging fast zu schnell. Niklas setzte sich einer älteren Schülerin gegenüber, die sicher nicht mit ihm reden wollte und in ein Vampirbuch vertieft war. Mit einem Seufzer schob er seinen Schulrucksack unter seine Knie.

Es war sein erstes »sehr gut« in Englisch gewesen. Die rotgesichtige Kröte hatte es ihm nicht vergönnt und ihn vor ein paar anderen auf dem Gang gehänselt. »Er weiß zwar nicht, wer sein Vater ist, aber dafür kann er jetzt Englisch mit ihm reden.« An und für sich eine der dummen Bemerkungen, wie sie in seiner Klasse üblich waren. Nur dass sie diesmal nicht gut ausgegangen war. Niemand hatte erwartet, dass er zuschlagen würde, er, der Immersanfte. Die Kröte hatte sich zwei Sekunden später verwundert die Wange gehalten.

»Lieber habe ich gar keinen Vater als so einen wie du«, hatte Niklas noch laut und deutlich gesagt und sich umgedreht. Das Kichern hinter ihm hatte dem Rotgesichtigen gegolten, nicht ihm.

Aber in einem hatte sich die Mistkröte geirrt. Er wusste, wer sein Vater war. Noch nicht lange. Aber er wusste es.

Er blickte rechts aus dem Fenster, hinauf zum Schlenken. Das markante Dreieck war weiß. Beim Anblick der großen Schneefläche wurde ihm unvermittelt eiskalt.

Es war so einfach gewesen, den Namen herauszufinden. Zuerst hatte er es mit der Dokumentenmappe versucht. Aber seine Mutter war clever genug gewesen, dort nur Dinge wie Staatsbürgerschaftsnachweis oder Meldezettel aufzubewahren, keine Geburtsurkunde. Dann hatte er die Post der letzten Wochen durchwühlt, die immer auf einem kleinen Tisch hinter dem Eingang zur Küche lag. Oft monatelang, bis seine Mutter die Papiere in einem Anfall von Ordnungswillen abtrug. Der Stapel kam ins Rutschen und stürzte um. Er suchte am Boden weiter. Seine Mutter würde an diesem Tag nicht vor sieben heimkommen. Sie arbeitete viermal die Woche als Ordinationsgehilfin bei einem Zahnarzt.

In einer Schublade entdeckte er schließlich die Kontoauszüge. Die meisten Buchungen waren rot. Mindestens zweimal pro Monat gingen aber auch Geldbeträge ein. Die Überweisungen von Dr. Huber variierten. Die zweite schwarze Zahl blieb auch ein halbes Jahr zurück Monat für Monat stabil. Die vierhundertsechzig Euro kamen vom Konto eines M. Marthaler. Verwendungszeck: keiner. Nicht *Bub*, nicht *Kind*, nicht *Alimente*.

Erst einen Tag später hatte Niklas den Namen zusammen mit dem Wort Salzburg gegoogelt. Nach einem Theaterregisseur war sofort die Firma Marthaler aufgetaucht, eine Großwäscherei, die aber von einem Erich Marthaler geleitet wurde. Bald dahinter listete die Suchmaschine Maximilian Marthaler unter derselben Adresse auf, aber mit einer anderen Firma: Marthaler Cleaning Services. Er fand auch einige Fotos des Mannes. Auf vielen schüttelte Maximilian Marthaler jemandem die Hand und lachte professionell in die Kamera.

Im Zugfenster tauchte ein großes weites Feld auf, leicht bestäubt mit Schnee. Dahinter die Schulgebäude der Ursulinen. Der Zug näherte sich Salzburg. Mit trockenem Mund rief Niklas die Route zu Marthaler Cleaning auf. Er hatte sie seit zwei Tagen als eigene Seite im Browser gespeichert.

Vor dem Hauptbahnhof stieg der dunkelblonde Junge mit den sanften Augen in Bus 23 Richtung Obergnigl ein. Sieben Minuten später hatte er die Station Landstraße erreicht. Wieder brauchte er sein Handy, um sich zu orientieren. Er musste der Straße nur weiter Richtung Norden folgen.

Als er vor dem Gebäude mit den markanten blauen Fensterumrahmungen und der großen Halle dahinter stand, fühlte er sich leer, wie aufgezehrt durch die Anreise. Hier, an diesem Ort, riss sein Plan ab. Verlegen kramte er im Rucksack nach einem Kaugummi.

Ein Blick auf das Handy sagte ihm, dass es kurz vor vier war. Ende November dämmerte es um diese Zeit bereits. Die Winterzeit hatte ihn der Dunkelheit wieder um eine Stunde näher gebracht. Autos mit abgeblendeten Scheinwerfern fuhren an ihm vorbei. Ein leichter, aber eisiger Wind kühlte seine Wangen. Sie schienen schon klamm zu werden. Die Worte würden ihm einfrieren, wenn er nichts unternahm und nur dumm in der Gegend herumstand. Einfach hineingehen und nach dem Chef fragen, das konnte er auch nicht.

Hinter vielen Fenstern der Firma brannte Licht. Erneut blickte er auf das Handy und wählte dann die Nummer der Zentrale von Marthaler Cleaning Services. Die Stimme in der Leitung klang freundlich, aber ihre professionelle Sprache irritierte ihn. Und dann, nach einer kurzen Vorstellung, das Obligate: »Was kann ich für Sie tun?«

Niklas atmete lange ein. »Ich würde gerne Herrn Marthaler sprechen.«

»Senior oder junior?«

Er stockte kurz. »Maximilian Marthaler, bitte.«

Die Stimme reagierte wieder sehr schnell. »Worum geht es?«

»Es geht um ...« Er dachte nach. Dann verlor er den Mut. Er konnte dieser Frau doch nicht sagen, dass er seinen Vater kennenlernen wollte. Mit einem unmerklichen Kopfschütteln drückte er den roten Knopf des Handys und brach die Verbindung ab.

Wieder sah er zu den hellen Fenstern hinauf. Zumindest wusste er, dass Marthaler junior noch in der Firma war, sonst hätte ihn die Frau in der Zentrale wohl gleich abgewiegelt. Er würde warten. So lange, bis ihn die Kälte vertrieb. Aus Angst, der Parkplatz könnte videoüberwacht sein, blieb er bei einer Straßenlaterne auf dem Gehsteig stehen.

Nur wenige Menschen verließen das Gebäude. Fast alle schieden schon wegen der Statur aus. Sie waren zu groß oder zu breit. Der Mann, dessentwillen er in der Eiseskälte stand, kam eine halbe Stunde später heraus. Er ging zügig und mit gesenktem Kopf über den Platz. Erst als er fast bei einem schwarzen BMW angekommen war, lief Niklas mit ungelenken Schritten auf ihn zu. Die Lichter des Autos blinkten auf, während der schlanke Mann die Zentralverriegelung noch ein paar Meter vor dem Wagen betätigte.

»Herr ... Marthaler.« Niklas' Beine fühlten sich steif an. Und sein Mund machte auch nicht mehr mit. Die Wangen waren gefühllos. Es fiel ihm schwer, zu reden. »Warten Sie!«

Marthaler drehte sich kurz um, taxierte den Jungen schnell im kalten Licht des Parkplatzes und ging wieder weiter. »Keine Zeit«, sagte er desinteressiert. »Und ich habe auch keine Ferienjobs.« Die Tür des schwarzen Autos fiel peitschend ins Schloss.

6

Da ist unser verrückter Kater.« Franco Moll deutete auf das rot-weiß getigerte Fellbündel, bei dem kaum Kopf und Schwanz auszumachen waren. Dicht eingerollt lag die Katze in einem von Melinda Glatts Ohrensesseln. »Ich habe schon gefürchtet, er hat sich etwas angetan«, ätzte Franco. »Zuzutrauen wäre es ihm auf jeden Fall.« Er seufzte. »Und? Hat er schon seine Häufchen und Pfützen bei Ihnen hinterlassen?«

Die kleine rothaarige Bankerin schüttelte energisch den Kopf. »Warum denn? Das hat er bei mir noch nie gemacht.«

»Noch nie? Sicher?«

»Hundert Prozent!«

»Wollen Sie ihn nicht behalten, Melinda? Oder wie sagt man bei Pferden: einstellen? Ich zahle auch das ganze Heu für ihn. Und den Sattel.«

Melinda kramte eben in einer Küchenschublade und warf den Kopf neckisch über die Schulter zurück. »Nie und nimmer. Nicht, weil ich Hook nicht mag. Sondern weil Felix mir das nie verzeihen würde.«

Der blonde Junge lümmelte über dem Tisch und las konzentriert in einem Buch. Er schien wirklich nicht zuzuhören, sonst hätte er aus Empörung über seinen Vater längst aufgeschrien.

»Hook ist übrigens schon den ganzen Nachmittag hier. Ich glaube, er wollte die Fischstäbchen auf keinen Fall verpassen«, sagte Melinda und bugsierte den Chefinspektor mit sanftem Druck Richtung Tisch.

»Fischstäbchen? Ist das Ihr Ernst?«

»Fischstäbchen, what else?« Melinda sah ihn mit gespieltem Schmollmund an. »Außerdem koche ich für Felix. Und der hat das Menü zusammengestellt.«

»Verstehe. Dann gibt es sicher auch noch Gummibärchen. Frittiert oder natur. Ich gebe auf. Ihr zwei seid kulinarisch echt nicht mehr zu retten.«

Franco drehte sich um. Glatt deutete mit dem Kochlöffel wie mit einer Pistole auf ihn. »Fluchtversuche sind zwecklos. Ich habe eine Geisel.« Sie deutete mit dem Kopf auf Felix.

»Ich ergebe mich. Die Panier sei mir gnädig«, sagte Franco und hob die Hände zur Decke.

»Das ist auch das Beste, was Sie in Ihrer Lage tun können.« Melinda zwinkerte und touchierte ihn mit der Schulter, als sie an ihm vorbeiging und Gläser aus einer Vitrine holte.

»Haben Sie zufällig so eine Glühbirne?« Franco zog eine defekte Lampe aus seinem schwarzen Ledersakko. »Mein Herz ist erloschen.«

»Wie melodramatisch.« Melinda lachte auf und stemmte eine Hand in ihre Hüfte, was ihre gute Figur besonders zur Geltung kommen ließ. »Mein Herz ist erloschen.«

»In echt«, sprang ihm Felix plötzlich bei. Mit einem lauten Knall klappte er seine Lektüre zu. Franco konnte gerade noch das Wort *Tierpsychologie* auf dem Einband erkennen. »In echt, Melinda«, wiederholte der Bub. »Das rote Herz vor dem Eingang zur Wohnküche. Das ist jetzt schon ein paar Wochen aus.«

»Na dann. Wenn ich das Herz eines Kommissars retten kann …« Melinda nahm Franco die Glühbirne aus der Hand und drehte sie vor ihrer Nase herum. »Habe ich, allerdings etwas moderner, mit LEDs. Braucht nicht so viel Strom.«

»Schlagen Sie sich das mit dem Herzen des Kommissars aus dem Kopf, Melinda.«

Sichtlich getroffen hielt die rothaarige Frau in ihrer Bewegung inne und sah Franco irritiert an.

»Ich bin nämlich kein Kommissar, sondern Chefinspektor.« Franco grinste. Wenigstens dieser Punkt ging an ihn. Sofort kehrte auch in Glatts Gesicht das sonnige Lächeln von vorhin zurück.

Wenig später hatte er das Acrylherz wieder zum Leuchten gebracht. Bei der Nachbarin schien das Küchenpersonal mittlerweile eine Strategie für die Zubereitung der Fischstäbchen entworfen zu haben. Melinda hatte ihre roten Haare seit Monaten wachsen lassen und mit kleinen Nadeln gebändigt. Nur kurze Strähnen baumelten verspielt herunter. Aus der aparten, kühlen Bankerin war eine lustige, verspielte Frau geworden.

Um das Küchengespann Felix–Melinda nicht aus dem Konzept zu bringen, warf Franco sein Ledersakko über den noch freien Ohrensessel und stieg auf das Balanceboard daneben.

Es war wie der Sprung auf einen anderen Planeten, der seinen ganzen Körper aktivierte. Er ging in die Knie und streckte die Arme von sich, um nicht gleich wieder vom Brett zu fallen. Seine Beine schienen bei jeder kleinen Ausgleichsbewegung zu zittern.

»Ich hätte nicht gedacht, dass du das Gleichgewicht halten kannst. Du rennst ja schon in der Früh immer gegen den Türstock.« Felix sah seinem Vater belustigt zu.

Es wirkte zwar nicht entspannt und elegant, aber zu Francos eigener Überraschung kippte er nicht von der schwarzen Scheibe hinunter. In einer Art zittrigen Hocke balancierte er in der Wohnküche der Nachbarin auf dem Wackelbrett und ruderte mit den Armen so vorsichtig wie möglich in der Luft herum. Melinda ließ sich durch sein Gestöhne nur kurz ablenken. »Über die Haltungsnoten schweigen wir, aber immerhin sind Sie im Gleichgewicht, Franco.«

Felix und Melinda hantierten wie ein eingespieltes Team herum, ihm selbst blieb nur die Rolle des gutmütigen Statisten. Glatt stellte eine tiefe Pfanne auf den Herd und goss Öl hinein. Felix öffnete den Kühlschrank. Er zog aus dem obersten Gefrierfach eine Packung Fischstäbchen heraus und legte sie neben den Herd.

»Geh ein paar Schritte zurück, Felix. Das heiße Öl. Sonst trifft dich ein Spritzer.« Melinda ließ die rechteckigen Fischreste aus dem Karton gleiten.

»Nicht, Melinda!«, schrie Felix auf. »Zuerst den Herd einschalten.«

Sie bedankte sich beim Jungen für die Erinnerung und drückte lange auf einen Knopf. Bis es dreimal piepste. »Nein, nicht, jetzt habe ich wieder die Kindersicherung aktiviert. Das gibt's doch nicht. Warum passiert mir das immer wieder?« Hilfesuchend blickte sie sich um. »Ohne Bedienungsanleitung kann ich das nicht rückgängig machen. Aber wo ist sie nur?« Gedankenverloren biss sie sich auf einen Fingernagel.

Franco sah seine Chance. »Dann essen wir doch einfach etwas aus unserem Kühlschrank nebenan.« Dass es genusstechnisch nicht mehr schlimmer kommen konnte, diese Ergänzung ersparte er sich.

»Ich weiß, wie das geht mit der Kindersicherung«, sagte Felix belustigt. Ohne eine Antwort abzuwarten, ging der Neunjährige zum Herd, drückte zwei Tasten gleichzeitig und deaktivierte mit einem langen Piepston die Kindersperre.

Franco ergab sich in sein Speiseschicksal und ließ sich in den roten Ohrensessel fallen. Als ihn keiner dabei sah, drückte er sich eine Tablette aus einer silbern folierten Packung und steckte sie schnell in den Mund.

Für eine Frau Anfang/Mitte dreißig wirkte Glatts Wohnung sehr speziell, als würde eine schwärmerische Teenagerin mit einer Managerin leben. Zwischen den Fenstern hing eine Reihe von Pferdefotos, darunter standen auf einem Biedermeiertischchen wie auf einem Altar einige Pokale. An der Schmalseite dagegen war ein Bild wie aus einem Tarantino-Film angebracht, eine rahmenlose Leinwand, durch die sich ein tiefroter, erhabener Riss zog, der sich zum Boden hin zuspitzte. Daneben eine braune, steinerne Pferdefigur samt schwerem Sockel.

In den Fransen eines grünen Flauschteppichs lag eine wissenschaftliche Arbeit über die Gemeinwohlökonomie. Franco hob sie auf und blätterte sie ohne wirkliches Interesse durch. »Basteln Sie an einem weiteren akademischen Titel, Melinda? Ernährungswissenschaft wird es wohl nicht.«

Melinda Glatt sah kurz zu ihm. Als sie die DIN-A4-Seiten auf seinen Knien entdeckte, ließ sie sogar ihre Fischstäbchen allein, die sie konzentriert in der Pfanne beobachtet hatte. »Ab und zu arbeite ich für die Uni«, erklärte sie nur kurz und griff nach dem Konvolut.

Kurz spürte Franco ihre warmen Hände, während sie ihm den Band aus der Hand nahm. Ebenso schnell war ihre Wärme wieder weg. Im Grunde fühlte er sich wohl hier. Er hätte einschlafen mögen, während eine dezente Geruchswolke von heißem Fett zu ihm wehte.

»Ich habe heute übrigens den ersten Schritt Richtung Küchengöttin gemacht«, sagte Melinda, ohne von der Pfanne aufzublicken.

»Ich verstehe. Sie kochen zum letzten Mal Fischstäbchen«, murmelte Franco so laut, dass sie es hören konnte.

»Wo denken Sie hin, Franco. Das käme ja einer Amputation meiner, äh, Kochkunst gleich. Nein.« Melinda deutete

Richtung Fenster. »Ich habe den Salat selbst gemacht. Kartoffelsalat. Nach Großmutterart. Könnten Sie ihn kosten? Nur so zur Sicherheit?«

Franco wand sich aus dem Ohrensessel und holte die rote Glasschüssel vom Fenstersims. Ein Schwall kalter Luft wehte ins Zimmer, dazu ein paar Schneeflocken. Wie verspielte Baumwollreste tanzten sie auf den grünen Teppich hinunter. Moll stellte den Salat neben Melinda auf die Arbeitsfläche und kostete ihn.

»Und?«, fragte Melinda mit einem Zwinkern.

»Ich habe Menschen schon wegen kleinerer Verbrechen verhaftet«, sagte Franco und hielt ihr den Löffel hin.

»Sagen Sie das nicht.« Entrüstet stieß sie ihn mit der freien Hand gegen die Schulter. »Und ich habe mich so bemüht.«

»Ist ja gar nicht so schlimm.« Franco grinste. »Nur ein bisschen nachwürzen, sonst finde ich den Eissalat sogar sehr gut.«

»Eissalat?« Melinda wirkte erneut alarmiert.

»Na ja, wenn Sie schon eine Kritik haben wollen. Er ist zu kalt, aber sonst mehr als genießbar.« Er nahm noch eine Kostprobe. »Sie Küchengöttin!«

»Ja, die siebte von links«, seufzte Melinda und versuchte, ein Fischstäbchen zum Abtropfen auf ein Teller mit Küchentuch zu hieven.

Fünf Minuten später gab es kein Entkommen mehr vor dem Quaderfisch. Felix ignorierte die Beilage auf seinem Teller und verdrückte im Nu vier Fischderivate, zwei Stück gingen an Hook, der beim Klappern der Teller erwacht war und sich erwartungsvoll zwischen Felix und Melinda gesetzt hatte. Moll hielt sich eher an den Kartoffelsalat. »Und wie wär's, wenn wir es einmal mit einem richtigen Fisch probieren?«, schlug er vor, um vorsichtig an der kulinarischen Zukunft von Nachbarin und Sohn zu arbeiten.

»Was, so einer mit Augen? Der mich anschaut, während ich ihn esse?«, fragte Felix entrüstet.

»Nein, muss nicht gleich so schlimm sein. Aber vielleicht eine Scholle. Irgendetwas ohne Kopf, wenn du willst. Meinetwegen im Brotkostüm. Oder Petersfisch.«

»Wenn du ihn mir rechteckig schneidest, ja. Und Gräten darf er auch keine haben.«

»Aber Schnitzel isst du, Felix. Das war auch mal ein Schwein. Oder Kalb.«

»Sag so was nicht, Papa. Sonst rühr ich nie wieder ein Schnitzel an.«

»Ich versteh ihn«, sagte Melinda schwach, während sie Moll fragend ein Bier hinhielt. Franco schüttelte den Kopf und goss sich Apfelsaft ein. Auch von den kartonierten Glasuntersetzern sahen ihn Pferde an.

»Du trinkst gerade sechzehn Stück Würfelzucker!« Felix blinzelte seinem Vater über den Tisch hinweg zu.

Franco setzte sein Glas ab und sah ihn fragend an.

»Ein Liter Apfelsaft enthält zweiunddreißig Stück Würfelzucker.«

»Sagt wer?« Franco schob das Glas ein paar Zentimeter weit von sich.

»Unsere Ernährungs-Frau-Lehrerin. Die hatten wir diese Woche zwei Stunden lang.«

»Und was soll ich jetzt tun, Felix?«

»Gib Wasser rein. Zucker ist schlecht für dich.«

Franco nickte, nahm einen weiteren Schluck vom puren Saft und aß weiter.

Als Felix die Teller abgeräumt hatte, legte ihm Melinda Glatt eine Packung Gummibärchen auf den Tisch. Der Junge riss sie sofort auf. Franco zog sein Smartphone aus der Tasche und tippte kurz darauf. Die Verbindung in den dicken

Steinmauern des Hauses war schlecht. Zudem lag das graue Gebäude im alten Nonntal nahe beim Festungsberg. Es dauerte eine Weile, bis er fand, was er suchte.

Grinsend legte er die Hand auf Felix' Gummibärchen und zog sie zu sich. »Stopp. Zucker ist ja so schlecht.«

»Ja, und?«

»In den Gummibärchen sind siebenundzwanzig Stück Würfelzucker drin.«

7

Auf dem Parkplatz des Supermarktes in Schallmoos stand noch ein einsames Auto im Schneegestöber. Knapp vor halb neun Uhr abends war das nicht ungewöhnlich. Die letzten Verkäufer verließen meist erst eine halbe Stunde nach Ladenschluss das Gebäude. Die Vierergruppe behielt den Müllraum im Auge.

Julian Kremer hatte einen billigen Plastikrucksack umgehängt, eine Studentin mit kurzen schwarzen Haaren stand neben einem dunklen Einkaufstrolley, das tiefer im Dunkel wartende Paar trug voluminöse Bergsteigerrucksäcke über den Schultern. Nicht unbedingt eine gute Tarnung. Andererseits schneite es in dicken Flocken, und die Polizei kontrollierte nur unregelmäßig. Die Gruppe lehnte in einer Hausnische und beobachtete den Parkplatz. Im Gegenlicht der Straßenlampen stieg der Atemdunst auf.

»Fühlt sich an wie ein Weihnachten, das uns nicht haben will.« Die Studentin rieb ihre Hände gegeneinander und wippte nervös auf den Zehen. »Können wir nicht schon rein? Mir wird langsam kalt.« Fast bittend sah sie Julian an.

»Da, nimm meine Handschuhe. Und bring nächstes Mal selbst welche mit.« Julian drückte ihr sein Paar in die Hand, ohne den Blick vom Parkplatz zu lassen.

»Ich habe an alles gedacht. Nur nicht an den Winter.« Entschuldigend hob das Mädchen ihre Schultern. »Ich heiße übrigens Jessica.«

»Ich weiß. Du hast in unserer Facebook-Gruppe auf den Teilnahmebutton geklickt. Und ein Profilbild, auf dem du wiederzuerkennen bist.«

»Stimmt. Hab ich ganz vergessen. Ich verliere schon den Überblick über alle Gefällt-mir-Klicks und die Unmenge Veranstaltungseinladungen, die täglich bei mir auflaufen.«

Das Paar, das noch immer schwieg, hatte sich mittlerweile zitternd umarmt und wippte im gleichen Rhythmus auf den Zehenspitzen. Es sah nicht nach Liebe aus, sondern nach einem Versuch, die Kälte in den Griff zu bekommen.

Julian spürte den kalten Nachschlüssel in seiner Hosentasche. Er winkte die zwei aus dem Dunkel näher. »Vergesst nicht, der Müllraum ist hinten links. Wir reden nur so viel wie nötig. Und vor allem hinterlassen wir den Raum sauber. Wir sind keine Horde Wildschweine. Was wir nicht brauchen können, legen wir zurück in die Tonnen. Vielleicht kommt noch jemand nach uns, der die Lebensmittel dringender braucht als wir.«

Die Studentin nickte. Sie sah Julian an, als wäre auch sie gern umarmt worden; nicht als Frau, sondern um nicht mehr zu frieren.

Julian fiel plötzlich etwas ein. »Habt ihr Ausweise mit? Nur zur Sicherheit.«

Das Paar nickte heftig, Jessica klopfte auf ihre Anoraktaschen, zuerst links, dann rechts. Hilfesuchend sah sie Julian an. »Kannst du mir den Zipp öffnen? Meine Hände sind so taub, dass ich kein Gefühl mehr in den Fingern habe. Ich würde sie gern noch ein bisschen eingepackt lassen in deinen Handschuhen.«

Der junge Mann stieß kurz Luft aus der Nase. Es klang wie ein halber Lacher. Julians Knie knackten, als er vor dem Mädchen in die Hocke ging. Mit klammen Fingern öffnete er beide Taschen an Jessicas wattierter Jacke, während sie die Hände wie eine ertappte Diebin in die Höhe hielt. »Nichts zu finden«, sagte er schließlich und richtete sich wieder auf.

»Dann muss der Personalausweis in der WG auf dem Küchentisch liegen. Ich habe ihn extra gesucht für heute Abend. Ehrlich.« Kurz steckte Jessica nachdenklich einen Zeigefinger in den Mund, wie um daran zu kauen, dann schien sie der Geschmack des Polyesters daran zu erinnern, dass sie sich Handschuhe ausgeliehen hatte.

»Wenn du einen Führerschein dabeihast, reicht das auch«, fügte Julian hinzu.

Das dürre Mädchen hob hilflos die Schultern und sah dann zu Boden. »Wo denkst du hin. Ich habe keinen Führerschein. Wozu auch? Ich könnte mir doch nie und nimmer ein Auto leisten. Stipendium bekomme ich auch keins. Und mein Vater gibt mir nicht mal die Kinderbeihilfe, dieser Sack.« Sie sah ihn flüchtig an. »Meinst du, ich würde sonst im Müll herumwühlen?«

»Warum nicht? Es gibt doch mehr Gründe, die Lebensmittel nicht verderben zu lassen. Ich würde auch ohne Dumpstern überleben. Zwar mehr schlecht als recht, aber immerhin. Nur, beim Mülldiven geht's um mehr als Essen. Schau dich mal in unserer Facebook-Gruppe um. Zum Beispiel geht es darum, dass diese Dinge viel Energie verbrauchen und trotzdem im Müll landen, und es geht um Rohstoffe, die von weit her angeliefert und dann nicht mehr genützt werden. Überall ist Kokosfett drin. Wenn wir schon Regenwälder in Ostasien dafür abholzen, können wir es doch nicht bei uns in die Tonne werfen. Und wenn wir hier Weizen verbrauchen, der irgendwo in der Dritten Welt fehlt, steigt dort der Getreidepreis. Das ist Grund genug, die Lebensmittel wieder aus der Tonne zu holen.«

»Das Dumpstern bedeutet dir offenbar viel, so wie du dich in Rage reden kannst.« Jessica sah Julian ehrfürchtig an. Sie sprach ganz leise, als schämte sie sich ein wenig.

»Ich hab darüber noch gar nicht nachgedacht. Ich bin einfach froh, wenn ich mir ein, zwei Einkäufe pro Monat ersparen kann. Ist das schlimm? Oder ist das zu egoistisch gedacht?«

Julian kam nicht mehr dazu, dem hageren Mädchen zu antworten. Das Paar stieß kurze undefinierte Laute aus und deutete auf den Parkplatz. Endlich veränderte sich etwas vor dem Kaufhaus. Ein Oberlicht an der ansonsten fensterlosen Seite des Discounters wurde hell. Und kurze Zeit später wieder dunkel. Zwei vermummte Frauen kamen lachend ins Freie und sperrten die Blechtür hinter sich ab. Eine Minute später verließen die beiden Angestellten mit dem Auto den Parkplatz.

»Jetzt aber«, sagte Julian und trat in den Eiswind hinaus. Seine drei Begleiter waren froh, sich endlich bewegen zu können. Julian sah ihnen an, dass sie am liebsten gelaufen wären. Er deutete mit der flachen Hand zu Boden. Gemächlich, gemächlich sollte das bedeuten. So fielen sie nicht auf. Er ging langsam voraus bis zur grauen Tür des Müllraums. Kurz drehte er sich um, um die Fußspuren der Gruppe im Schnee zu kontrollieren. Wie graue Untiefen hoben sich die Abdrücke vom weiß gezuckerten Parkplatz ab. Es dauerte nur Sekunden, und der Schnee nahm ihnen ihre Gestalt. Er legte sich über sie und schien sie sich einzuverleiben, damit nichts von den halblegalen Schritten zurückbliebe.

Julian war schon öfter hier gewesen und wusste, dass sein Schlüssel bei diesem Markt funktionierte. Wenn die Filiale von einem privaten Müllentsorger betreut wurde, war das viel schwieriger. Die benutzten eigene Sperrsysteme, für die sich Nachschlüssel nicht so leicht organisieren ließen. Wenn man sich ein wenig auskannte, war so ein Schlüssel leicht zu organisieren. Jemand aus der Szene hatte ihm einen Schlüsseldienst genannt. Er war einfach hingegangen, mit einem *schönen Gruß von Andi* und der Bitte um einen Müllraumschlüssel. Vierzig Euro später hatte er das Ding ohne viele Nachfragen in der Hand gehalten.

Mit einem leisen Knacken sprang das Schloss zurück. Als die Tür aufschwang, hielt Julian den Finger an die Lippen. Ein Schritt nach links. Dort war der Lichtschalter. Der Müllraum hatte kein Fenster. Man würde den Schein von außen nicht sehen. Langsam tastete Julian sich vorwärts, bis er endlich den harten Plastikwürfel des Schalters unter seiner eisigen Hand spürte. Entschlossen drückte er auf die Wippe. Die Neonröhren flackerten und gaben ein paar Sekunden später ein sparsames, aber brauchbares Licht.

»Ihr zwei nehmt den linken grünen Container, Jessica und ich bearbeiten den rechten«, sagte er flüsternd. Die junge Studentin wirkte etwas verloren, als sie vor der riesigen Mülltonne stand.

Julian schob den Deckel zurück. Volltreffer. »Ich hüpfe in die Tonne. Du hältst das Ding, damit es beim Raufklettern nicht wegrollt.« Er stemmte sich hoch und schob mit dem Fuß ein paar Wecken Milchbrot weg, die sich in einer Ecke des Containers stapelten. Dann ließ er sich hinunterfallen in den Kübel mit dem vertrauten Geruch von verrottendem Grün.

Er stand nicht im Müll. Er sank ein im Wohlstand. Da lagen Packungen mit Schinken, die sich noch kalt anfühlten von der Kühlung im Geschäft. Sie waren längst nicht abgelaufen, aber schon jetzt aussortiert worden. Geschnittener Käse lag frisch und gelb in einer weißen Kunststoffschale. Julian musste sich mehrmals bücken, um alle Nahrungsmittel in ihren Verpackungen aufzuheben und Jessica über den Tonnenrand in die Hand zu drücken. Der schwere

Chinakohl neben seinen Füßen hatte nur ein paar wenige braune Blätter. Julian brach sie ab und warf sie in eine Ecke der Mülltonne. Der Rest wirkte einwandfrei und knackig. Bei guter Lagerung hielt sich der Salat noch weitere zehn Tage.

Wie im Jagdfieber reichte Julian dem Mädchen mit der einzelnen verlorenen Haarsträhne immer wieder Lebensmittel aus dem Rieseneimer. »Legt alles dort auf den Boden. Dann suchen wir uns aus, was wir mitnehmen können.« Er sprach leise, aber jeder hörte die Anweisungen. Seine drei Begleiter wagten kaum zu atmen, während sie nach Lebensmitteln suchten.

Paprika leuchtete in drei Farben aus seiner Cellophanverpackung und zeigte keine Spuren von Alter, ebenso wenig wie ein eingeschweißtes Stück Parmesan, der laut Aufdruck noch mindestens bis zum Ende des Jahres hielt.

Das Pärchen zog eine Palette Joghurt aus seinem Container. »Was ist damit? Das läuft morgen ab.«

»Keine Angst«, sagte Julian. »Joghurt lebt so gut wie ewig. Das Zeug ist auch noch ein Monat nach Ablaufdatum genießbar wie am ersten Tag. Keine Ahnung, warum es nicht kaputtgeht. Aber ich hab's probiert! Stellt alles hin. Mein kleines Mädel ernährt sich von Joghurt.«

»Das gibt's doch nicht.« Der junge Mann mit dem Stoppelbart richtete sich in seiner Tonne auf und hob zwei Flaschen in die Höhe. »Die werfen auch Bier weg. Schaut mal. Dinkelbier. Bio. Da sind noch mindestens zwanzig Flaschen im Container.«

»Raus damit. Nehmt alles mit, was ihr brauchen könnt. Aber nicht mehr«, sagte Julian und hielt Jessica eine Packung mit Brot zum Aufbacken hin. Schon jetzt war die Lebensmittelzeile zwischen den riesigen Abfalltonnen fast vier Meter lang. Sie würden lange nicht alles mitnehmen können, was hier noch brauchbar war. Die Bierflaschen, die die Studentin eine nach der anderen vorsichtig auf den Boden stellte, klimperten leise, eine andere Art von Adventgeläut, ein vorgezogenes, das irgendwie wärmte. Jessica sah verträumt zu den klingelnden Flaschen. Gern hätte sie sich an Julian gedrückt.

8

Es dämmerte bereits, als Maximilian Marthaler gegen vier grantig mit dem schwarzen X5 von Mülln aus zu seinem Haus am Mönchsberg fuhr. Der riesige Schäferhund lag faul im Fond und grummelte manchmal. Am liebsten hätte ihn Marthaler neben dem Auto herlaufen lassen, aber dafür war es jetzt noch zu hell. Außerdem mochte Hannibal keine Katzen und verstand keinen Spaß, wenn er eine zu fassen bekam. Dummer Hund. Man durfte sich eben nicht erwischen lassen. Das unterschied Mensch und Tier. Und die Loser von den Gewinnern. Die Evolution radierte alles gnadenlos aus, was zu blöd war.

Minus vier Grad Außentemperatur zeigte sein Armaturenbrett an. Obwohl es gerade erst zu schneien begonnen hatte, schien der Schnee immer heftiger zu fallen. Die Scheibenwischer liefen mit voller Geschwindigkeit, dennoch schafften sie es kaum, die weiße Decke wegzuschieben. Aber Marthaler kannte diese Strecke fast im Schlaf und sein SUV auch.

Als sich das Gartentor hinter ihm schloss, riss der Schneefall schlagartig ab. Und so lag nur ein leichter Flaum auf dem kurzen Weg zum gelben Haus. Hannibal lief voraus und blieb plötzlich stehen. Lange schnüffelte er an einem Schneehaufen herum, dann schüttelte er sich und starrte seinen Herrn an.

Erst beim Näherkommen begriff Marthaler die seltsame Reaktion seines Hundes. Aus dem Schnee leuchteten Marthaler gelbe Zahlen entgegen. Jemand hatte in großen Lettern »500T« hingepinkelt. Das war genau die Summe, die er den Leuten schuldete. Auch der kurze Schneeexzess hatte den gelben Saldo nicht auslöschen können. Selbst nach dem Flockengewitter war die Erinnerung an die Zahlungsprobleme gut zu erkennen. Und Sascha hatte sich einfach abgesetzt. Seit mehr als zwei Wochen war nicht das kleinste Lebenszeichen von Markow gekommen.

Hannibal schien die Stimmung seines Herrchens zu riechen. Er drehte sich dem Schneehaufen zu und hob sein rechtes Hinterbein.

Das Licht aus dem Kühlschrank wirkte fast überirdisch hell. Wahrscheinlich lag es nur daran, dass er keine andere Lampe eingeschaltet hatte. Oder am kaltweißen Licht der LED-Lampen. Eigentlich hätte ihm der Hunger angesichts der bedrohlichen Urin-Show draußen vergehen sollen. Stattdessen hatte er Lust auf ein Steak, medium-rare. Mit genug Blut dran, um das Wilde noch zu spüren, das in allem und allen steckte. Es dauerte keine Sekunde, und er entdeckte das dicke Fleischstück, eingeschlagen in weißes Papier. Der Chauffeur seines Vaters hatte ihm das Entrecote wie befohlen vom Brucker im Nonntal geholt und heimgebracht. Manchmal machten ihm so kleine Extraaufgaben und Schikanen für Stöger, den alten Sack, richtig Spaß. Am Vormittag hatte er ihn auch noch um ein paar Magazine zur Bahnhofsbuchhandlung geschickt und sie sich in die Firma liefern lassen.

Kurz wog er das Steak gedankenverloren in seiner Hand, dann klatschte er es auf die blau gesprenkelte Granitplatte der Küche. Zuerst musste es Zimmertemperatur annehmen. Aber er hatte keine Lust, lange zu warten.

Marthaler entschied sich dann doch, seine Gier zu zähmen. Er warf seinen Mantel auf den Glastisch, stellte Hannibal eine Schüssel mit Wasser hin und ging in seinen Straßenschuhen ins Fitnesszimmer. Dort drückte er eine Viertelstunde lang Gewichte an der Powerstation. Mit dem Schweiß würden auch seine wirren Gedanken aus ihm hinausfließen.

Noch schwitzend stellte er eine Eisenpfanne auf den Herd und würzte das Fleisch leicht mit Worcestershiresauce. Währenddessen begann der dünne Ölfilm in der Pfanne zu rauchen. Kurz sah er den leichten Schwaden gedankenverloren zu. Dann schleuderte er einen seiner Schweißtropfen in die Pfanne. Prasselnd löste er sich in Dunst auf.

Sieben Minuten später wickelte Marthaler das Steak in Alufolie und ließ es noch kurz ruhen, während er ein Stück Butter in die Bratrückstände rührte.

Im Innersten war das Fleisch noch roh. Marthaler hatte ihm ein rotes, wildes Herz gelassen, das er nun zufrieden kaute. Jetzt noch etwas Rohes mit Ewa, und der Abend hätte nett werden können. Aber das Weib war gerade daheim in Polen.

Als er die Hälfte des Steaks gegessen hatte, läutete sein Handy. Kurz erschrak er, dann sah er den Namen Marthaler auf dem Display aufleuchten. Sein Vater vertrug es nicht, wenn man seine Anrufe nicht beantwortete. Noch kauend nahm er das Gespräch an.

»Hör zu, Max«, kam sein Vater nach einer kurzen Begrüßung umgehend zur Sache. »Ich bin heute bei einem Empfang der Wirtschaftskammer in der Alten Residenz eingeladen. Ein barockes Büfett, sicher was Tolles. Da sparen die nie. Ich kann aber nicht hingehen. Du musst das für uns übernehmen. Wegscheider ist auch dort, falls du Angst hast, dass du dich fadisierst.«

Maximilian Marthaler stöhnte hörbar auf. »Bei diesem Wetter noch außer Haus zu gehen … Außerdem ist die Sache mit Wegscheider eh schon ziemlich geritzt.«

»Eben«, unterbrach ihn Marthaler senior, »*ziemlich*. Wir

wollen das neue Museum nicht *ziemlich* als Auftrag, sondern sicher und ganz, okay?« Seine Stimme war eine Spur schärfer geworden. So wie früher, wenn sein Sohn sich gegen den Alten gewehrt hatte.

Maximilian Marthaler hatte keine Lust auf eine weitere Front. »Wann beginnt die Sache?«

»Halb sieben. Alte Residenz. Schau, dass du den Sack mit Wegscheider zumachst. Servus, Maximilian.«

Der junge Geschäftsmann legte sein Handy weg und schob das Steakbesteck verärgert zur Seite. Hannibal war lautlos herangetrabt und sah ihn mit schief gelegtem Kopf an, als wartete er auf ein Zeichen. Marthaler packte das halbe Fleischstück mit Daumen und Zeigefinger und warf es dem großen Schäferhund zu. Hannibal fing es im Flug. Dann ließ er sich auf den Bauch fallen und verzehrte das Steak zwischen seinen ausgestreckten Vorderbeinen.

Es war schon völlig dunkel. Die Festung leuchtete durch ein Südfenster ins Haus, ein kafkaeskes Monstrum, das auf den Mönchsberg hinunterlugte. Vereinzelte Schneeflocken spielten mit dem Licht, brachen es und tanzten durch das Bild, als wollten sie jeglichen Anflug von Idylle höhnisch übermalen.

Maximilian Marthaler hatte geduscht. Seine Hände strichen durch das rechte Drittel des begehbaren Schranks. Das war die Konsi-Kostümierung – konservativ und angepasst. Zu ihr griff er, wenn er Traditionsbewusstsein vortäuschen musste und ja nicht zu erkennen geben durfte, dass er auf all diese Langeweiler mit ihren hirschhornbesetzten Joppen pfiff, seinen Vater eingeschlossen. Es war weniger das Outfit der Konsis, es war vielmehr ihr Zugang zum Geschäftemachen, das ihn störte, ihre Hemmungen, ihre Ängste, ihre

Mutlosigkeit. Wer heutzutage mitspielen wollte, brauchte Pfeffer im Hintern und Chili im Kopf, Wagemut und das Selbstvertrauen des Berufsspielers, und bestimmt keine zittrigen Knie. *Just do it,* damit war er bisher gut gefahren, die jüngste Irritation mit den ungeduldigen Geldgebern nicht eingeschlossen.

Marthaler ballte die Faust und schlug sie in die linke geöffnete Hand. Von unten hörte er Hannibal winseln. Der Hund trabte unruhig durch die Wohnküche, drehte sich nervös um einen imaginären Punkt. Marthaler warf sich schnell einen Bademantel über und öffnete ihm die Haustür. Der Schäferhund sah ihn an und bewegte sich nicht.

»Los, raus mit dir.«

Hannibal machte zwei langsame Schritte, dann winselte er wieder. Marthaler griff zur Hundeleine und faltete drohend das Leder doppelt. Erst jetzt setzte sich der mächtige schwarze Rüde in Bewegung. Kurze Zeit später hielt ihm Marthaler die Gartentür auf. Der Hund verschwand mit gesenktem Kopf und blieb am Weg noch einmal stehen, um wie ein verunsichertes Kind zu seinem Vater zurückzublicken.

Marthaler ließ die Tür ins Schloss fallen.

Eine halbe Stunde später verließ er selbst das Grundstück. Der blöde Hund war nicht zurückgekommen. Zur Strafe musste der Köter die Nacht draußen verbringen.

Nachdem er schon auf den ersten Metern fast stürzte, fluchte er auf seinen Vater und hielt sich dann am hölzernen Handlauf fest, der die graue Mauer entlang in Richtung Festspielhaus hinunterlief. Das warm beleuchtete Panorama der Altstadtdächer öffnete sich vor ihm, und er blieb kurz stehen. Von diesem Punkt aus sprangen immer wieder Menschen in die Tiefe, entweder in den Hof der Abtei St. Peter oder in den Toscaninihof. Wie konnte man nur? Das Leben war ohnehin zu kurz, um sich auszuleben. Und schon hatte es sich ausgelebt.

Schmunzelnd drehte Marthaler sich um und entdeckte hinter sich eine patinierte Messingtafel, die mit einem Mönchsberg-Gedicht an Trakl erinnerte. *Immer folgt dem Wandrer dunkle Gestalt der Kühle …* Wohl die Todesfantasie eines Koksers, der mit der Droge nicht umgehen konnte. Er hatte Gedichte schon immer gehasst und sein Abitur nur mit Mühe und viel Hilfe seines Vaters geschafft. Dazu war der Alte immerhin gut gewesen.

Während er die Holzmeisterstiege in den Toscaninihof hinunterging, kochte wieder Ärger in ihm hoch. Die Sache mit der Bachelorarbeit für sein Wirtschaftsstudium zog sich noch immer hin. Natürlich hatte er sie ausgelagert. Er brauchte einen freien Kopf für wichtigere Dinge. Und Schrott aus Büchern zusammenzitieren, das sollten Leute übernehmen, die daraus ein Businessmodell gemacht hatten und die Sache daher effektiv und professionell umsetzten. Aber die Adressen, bei denen er auf Wegscheiders Rat angefragt hatte, hatten ihm alle einen Korb gegeben, obwohl er gut gezahlt hätte. Sechstausend Euro für eine Bachelorarbeit lag beileibe über dem üblichen Tarif. Seine erste Anlaufstelle, ein Mann, hatte bestimmt über ihn recherchiert. Wahrscheinlich hatte er Muffensausen bekommen. Und die Zweite, die Tusse, hatte seine Art von Humor nicht ganz kapiert und ihn heute auch sitzengelassen, auf die ganz unfeine Art.

Am Fuß der Treppe kam ihm ein Engel entgegen. Ein ganz junger Mann mit schütterem blondem Haar, das verloren über seine Schulter hing. Er trug ein weißes Tüllkleid und hinkte ein wenig. Der Eisengel war so leicht bekleidet, dass er frieren musste, zeigte aber keine Anzeichen von schmerzlicher Kälte. Das Gesicht wirkte schlecht rasiert, die Flügel baumelten wie ein Windspiel an seinem Rücken. Sie waren aus braunem Karton schlampig ausgeschnitten. Der Engelmann zwinkerte, als er an Marthaler vorbeischnaufte.

Ende November hatte der Adventsmarkt am Domplatz längst geöffnet. Der Geruch von Zuckerwatte stimmte Marthaler kurz milder. Verwirrt strich er sich durch sein blondes Haar, als er die Herkunft der Duftschwaden erkannte. Die Kindheit mit seinem Vater war nichts, woran er erinnert werden wollte. Liebe wurde mit Sicherheit überbewertet, aber sie vollständig durch Disziplin zu ersetzen war wohl auch nicht im Sinne des Erfinders gewesen.

Während sein Blick über die Lichter des Domplatzes streifte, sah er kurz Doppelbilder, die schnell wieder vergingen. Er wischte sich über die Augen, als hätte ihn eine optische Täuschung heimgesucht

Diese eingebildet glücklichen Fratzen, die sich über ihre dampfenden Tassen beugten und die Hände um die Wärme von Glühwein und Punsch legten. Was war nur los mit ihnen, dass sie mit so wenig zufrieden sein konnten? Diese Bescheidenheit war nur der Rand des Lebens, nicht sein Zentrum. Verächtlich stieß er die Luft aus und betrat den Hof der Alten Residenz durch den Seiteneingang.

An der mächtigen Tür zum Rittersaal hakten zwei mit goldenen Gehröcken und weißen Perücken kostümierte Diener die Besucher auf der Gästeliste ab. Marthaler nannte den Firmennamen und ging weiter, ohne die Erlaubnis zum Betreten des Prunkraumes abzuwarten. Schon jetzt, knapp vor dem offiziellen Beginn, wirkte der Rittersaal sehr gut gefüllt. Er blieb kurz hinter dem Eingang stehen, während er sich umsah. Überall zog sich weißer Stuck bis an die hohe Decke. Wegscheider stand genau in der Mitte des Saales zwischen den zwei riesigen Lüstern, beim weißen, barocken Kachelofen, und unterhielt sich mit einer Frau im Hosenanzug.

Als Marthaler auf ihn zukam, legte Wegscheider für einen Moment seine Hand auf ihren Unterarm und drehte sich dann von ihr weg.

»Wer war das? Der heutige Abendsport?«, grinste Marthaler den muskelbepackten Sekretär der Wissenschaftslandesrätin an.

»Viel banaler, Max. Das ist eine Kollegin meines Bruders Edi, die für den Wirtschaftsbund arbeitet. Hab vergessen, was. Ist nicht weiter wichtig.«

»Hat Edi alles so gemacht wie abgesprochen?«

Gerfried Wegscheider nickte. »Ist ein braver Junge. War offenbar nicht so schlimm. Musste auch keine Proteine abgeben, die machen das jetzt mit einem Mundhöhlenabstrich. Wir müssen ihm zur Belohnung eine Ausstellung verschaffen. Vielleicht kaufst du ihm auch ein Bild ab. Macht ja nette Dinge, der Edi.«

Marthaler blickte an die Decke. »Wenn er nicht so malt wie der da oben …«

Wegscheider folgte seinem Blick. »Rottmayr?«

»Wer ist der Kerl da auf dem Fresko?« Marthaler deutete mit weit zurückgelegtem Kopf in die Bildmitte.

»Alexander der Große.« Wegscheider sah seinen Gefährten schmunzelnd an. »Ein Mann wie der sollte ja ganz nach deinem Geschmack sein, Max.«

Marthaler nickte und drehte sich um die halbe Achse, um das Gemälde zu verfolgen. »Dem muss auch ziemlich fad gewesen sein, wenn er freiwillig Decken angemalt hat.«

»Die Alte Residenz war für Rottmayr ein Großauftrag«, bemühte sich Wegscheider kopfschüttelnd zu erklären.

Marthaler senkte grinsend den Kopf. »Danke. Ich habe

mich schon immer über Halbgebildete amüsiert, die ihr Hirn mit Wikipedia-Artikeln verstopfen. Aber apropos Großauftrag, Geri ...« Bevor er weiterreden konnte, ließ eine Fanfare alle Gespräche verstummen.

Ein Funktionär der Wirtschaftskammer auf einer niedrigen Holzbühne versprach zuerst ein noch nie gesehenes Büfett und verlas dann umgehend Kennzahlen des letzten Jahres und wies auf die Wichtigkeit des Standortes Salzburg hin, der von klein- und mittelständischen Betrieben getragen wurde. Während Wegscheider mit verschränkten Armen interessiert zuhörte, sah sich Marthaler unter den Besuchern um. Er kannte gut zwei Dutzend von ihnen. Und keinem dieser Lodenkasperl durfte er seine Verachtung zeigen. Immer wieder musste er sich zu einem freundlichen Lächeln zwingen und die Hände von Geschäftspartnern schütteln, die an ihm vorbei langsam zwischen den Stehtischen nach vorne gingen und sich für das Essen in eine strategisch günstige Position brachten. Das Büfett war offenbar hinter dem Redner aufgebaut, momentan aber noch durch einen goldenen Vorhang in Raumhöhe verborgen. Schon roch es nach Gebratenem und süßen Gewürzen. Marthaler hatte im Augenblick keinen Appetit. Irgendwie fühlte er sich, als hätte er etwas Schlechtes gegessen. Einen verdorbenen Fisch, wie vor Jahren auf Mallorca, oder die ekelhafte Rouille, die ihm ein Kellner während eines Ferienaufenthaltes in Südfrankreich zur Fischsuppe auf den Tisch gestellt hatte. Zwei Tage hatte er damals gekotzt.

Nach einer weiteren Fanfare fiel der gestickte Vorhang. Ein Raunen lief durch den Saal, von der ersten Reihe bis zu den hintersten und bislang eher desinteressierten Besuchern. Alle begannen zu klatschen. Selbst für Haute-Cuisine-Verwöhnte war der Anblick außergewöhnlich. Vergoldete

Hirschgeweihe thronten auf silbernen Tabletts über bunten Fasanen, deren Schwanzfedern sich über ein üppiges Angebot barocker Delikatessen bogen. Pasteten in der Form fantasievoller Fische lagen neben drei ganzen Hechten. Ein Pfau schlug sein Rad über der Speisenvielfalt, sein Körper war aus Teig, daneben stolzierten Rebhühner, gefüllt mit Flusskrebsen, wie Kärtchen mit ausufernd schwungvoller Silberschrift verrieten. Eine gebratene Gans schien über das Büfett zu schreiten, zu ihren Füßen falsche Lerchenpastete und Krebsmus, ebenfalls in Tierformen. Daneben lagen Würste, eine davon war als *sonderbare gute Leberwurst* ausgezeichnet. Es roch süßlich, nach einer Mischung aus Mandeln, Rosinen und Tokajer, dann wieder schien eine Schwade Safrangeruch von der Tafel zu kommen. Von den nach dem Braten wieder aufgesetzten weißen Flügeln eines Kapauns hing Blattgold über das Festmahl. Am Ende der Tafel drehte ein Koch einen Spieß über einem Gasfeuer, ein anderer goss langsam eine Essenz aus Zimt, Muskat, Nelken, Zitronenzesten, Eiern, Mehl und Butter auf die Eisenstange, so dass sich langsam ein aromatischer Krapfen bildete.

Selbst Marthaler, der bis vor einer Minute keinen Appetit verspürt hatte, bekam allein durch den Anblick des Überflusses wieder Lust auf eine Mahlzeit.

»Wir tafeln heute wie ein lebenslustiger Fürsterzbischof vor dreihundert Jahren«, ergriff der Redner noch einmal das Wort, »einfach, weil wir dafür verantwortlich sind, dass es diesem Land so gutgeht und die Menschen im Wohlstand baden. Einfach, weil wir es verdient haben, liebe Freunde, und weil wir darüber hinaus noch viele mittragen, die wenig bis gar nichts leisten. Und ich muss nicht extra betonen, dass die grassierende Umverteilung von oben nach unten manchmal allzu weit über unsere selbstverständlich ertragenen christlichen Pflichten hinausgeht. Dass es allen gutgeht, wenn es der Wirtschaft gutgeht: Dieses eherne Prinzip nützen manche leider ohne Hemmung bis weit hinter die Grenzen der Anständigkeit aus. Darauf wollen wir heute feinsinnig hinweisen und haben als Sinnbild für alle Leistungsverweigerer auf der anderen Seite des Rittersaales auch ein sehr frugales Essen angerichtet – es entspricht genau dem Speiseplan, mit dem weniger Begüterte vor drei Jahrhunderten auskommen mussten. «

Vereinzelt war Lachen zu hören, der Großteil der Besucher drehte sich allerdings neugierig zum Volksbüfett um. Weder Wein war dort zu finden noch Butter, dafür ein rußiger schwarzer Topf mit Getreidebrei, daneben ein unförmiger Riesenlaib Brot mit einer Platte, auf der sich Kutteln schlängelten.

Marthaler stürzte auf der anderen Seite des Rittersaales zuerst ein Stück süßer Specktorte auf seinen Teller, bevor er eine Rebhuhnpastete zu zerstören begann. Hinter dem Büfett war durch zwei Fenster der mit warmen Farben beleuchtete Domplatz zu sehen. Zufrieden blickte Marthaler auf die kleinen frierenden Menschen hinunter, deren bloße Existenz ihn vor ein paar Minuten noch unangenehm erregt hatte. Es hatte wieder leicht zu schneien begonnen, in wenigen dicken Flocken.

Suchend drehte sich Marthaler um. Er brauchte Gerfried Wegscheider noch, um das Gespräch von vorhin zu Ende zu bringen.

Als Maximilian Marthaler die Alte Residenz gegen neun verließ, war er nicht mehr nüchtern. Und vor allem wieder schlecht gelaunt. Vor dem Adventsmarkt am Residenzplatz zögerte er. Ein irrer Menschenzug kreuzte seinen Weg.

Ganz langsam wankten ihm seltsame Gestalten entgegen, in einem Gang, der wie von defekten Muskeln gebremst und zerstört schien. Einem hing ein Teil der Gedärme aus dem Bauch, einem anderen hatte eine tiefe Wunde das halbe Gesicht geraubt. Dahinter schleppte sich ein Mädchen mit wirren blauen Haaren und blutverschmiertem weißem Hemd daher, an anderen Wesen baumelten die Arme willenlos herunter, während sie mit blutigen Köpfen vor sich hin stolperten. Die Gliedmaßen gehörten nur noch halb zu den Kreaturen, die Knochen torkelten in ihren Gelenken herum, als hätte der Körper jeden weiteren Kontakt mit Sehnen und Muskeln abgebrochen. Einige stießen Geräusche aus, die an kotzende Betrunkene erinnerten, andere stöhnten wie Gewürgte.

Marthaler hatte keine Vorstellung, wie viele Leute sich in diese seltsame Prozession von Schauergestalten eingereiht hatten; es mussten ein paar Dutzend sein. Unwillkürlich brach ein Lachen aus ihm heraus, als er ein Mädchen sah, bei dem noch der Griff eines Tranchiermessers aus der Brust ragte. Dann musste er sich kurz krümmen und unterdrückte fluchend einen Schmerzschrei. Sein Magen rebellierte. Er hätte kotzen mögen. Die Völlerei war einfach zu viel für ihn gewesen.

Marthaler stieß mit dem Jungen zusammen, dessen Innereien aus dem Bauch hingen wie ein schmutziger Metzgerschurz. »Na, was seid denn ihr für Komiker?«, fragte er ihn mit belegter Stimme. Der Untote wandte ihm wie in abgehackter Zeitlupe den Kopf zu. Als er Marthaler endlich ansah, erschrak er und wich viel zu schnell einen Schritt zurück.

»Na, nicht nur den Verstand, sondern auch die Stimme verloren, was?«, höhnte Marthaler, obwohl er sich schwertat beim Reden.

»Zombie-Flashmob«, sagte der aufgeschlitzte Junge nur gehorsam und verschwand irritiert mit ein paar Laufschritten in der schauerlichen Menge.

»Den habe ich doch schon mal gesehen«, lallte Marthaler und musste gleich darauf kichern.

Noch immer bekam die Gruppe vom Domplatz her Nachschub. Und während er noch über den Jungen nachdachte, zog sie Marthaler in ihrem Sog mit, ohne dass er sich dagegen hätte wehren können. Er war bereits zu langsam und schwach, um zu fliehen. Nach ein paar wenigen Sekunden befand er sich inmitten der Zombieschar und wankte mit den Seelenlosen am Alten Markt vorbei Richtung Universitätsplatz. Auch er konnte seine Bewegungen nicht wie gewohnt kontrollieren, sie waren eckig und langsam wie jene der Untoten um ihn herum. Er schleppte sich in der Menge vorwärts, wollte ihr entkommen, schaffte aber die Flucht aus dem Strom der Gespenster nicht. Und plötzlich wusste er, was die verstümmelte Sieben an seiner Hauswand bedeuten sollte. Es war keine Zahl. Es war eine Sense.

Die Kreatur neben ihm blickte Marthaler kurz an. Ihre Augen waren weiß und leer, die Arme lang und kräftig. »Du bewegst dich voll realistisch«, stammelte sie wie nebenbei, abgehackt und fast ohne Atem, ein Hauch aus dem Totenreich.

Marthaler schlug den Augenlosen mit der Hand auf den Hinterkopf. »Scheiß Zombie!«, brüllte er, aber es kam nur ein schwaches Lallen aus seinem Mund.

»Selber Zombie, schau dich an«, antwortete der Untote plötzlich mit tiefer, unverstellter Stimme und stieß Marthaler in das Dunkel des Durchgangs zum Universitätsplatz.

9

Kurz vor Mitternacht barsten die Schneewolken. Augenblicklich erlosch die rötliche Lichtkuppel über der Altstadt. Sie wurde erstickt im Flockentaumel. Wer noch einen romantischen Spaziergang auf den Mönchsberg gewagt hatte, um allein zu sein oder allein zu zweit, dem zeigten sich Dom und Residenz, Universitäts- und Franziskanerkirche nur mehr hinter einer dunklen milchigen Wand. Der Eisengel stand auf der Terrasse oberhalb des Toscaninihofes. Er hatte die Hände auf die Konglomeratbrüstung gelegt und starrte in die Tiefe. Der Schnee konnte seinem Kleid nichts anhaben. Weiß auf weiß. Plötzlich lachte er schallend. Er streckte seine Zunge heraus und spürte die kühlen Flocken. Sie fielen so schnell und dicht, dass sie nur langsam schmolzen. Mit geschlossenen Augen sog er die kalte Luft ein. Kurz überlegte er, wieder auf den Mönchsberg zu verschwinden, dann blickte er auf die Stadt und entschloss sich, durch die Schneenacht zu streifen. Seine Füße steckten in unförmigen alten Wanderschuhen. Er würde nicht frieren.

Die Adventstände schienen in den Boden zu sinken, so schnell deckte sie der Schnee zu. Die überdimensionalen roten Weihnachtskugeln allerorten verloren rasch ihren Glanz. Hatten sie kurz zuvor noch barocke Bilder wie von einem Fischauge verzerrt widergespiegelt, setzten sie nun weiße Borten an und fielen in einen blinden Schlummer. Wer langsam an ihnen vorbeiging, dessen Leben erlosch im Spiegelbild. Ebenso rasch schluckte der schnell wachsende Schneerasen den Schall der Schritte. Er sog jeglichen Lärm in den Boden, eine gierige Unterwelt, die sich in diesem Augenblick von allem nährte, was sie zu fassen bekam. Nur der Himmel weit über der Stadt schien noch zu atmen, während darunter das Leben den Atem anhielt. Oder so tat als ob.

10

Du sollst nicht töten.« Moll schüttelte gedankenverloren den Kopf.

Irritiert sah ihn Oberhollenzer an. »Hm?«

»Du sollst nicht töten.« Der junge Chefinspektor in seinem schwarzen Anorak starrte auf den Toten in der großen Mülltonne. Dann glitt sein Blick über das grauweiße Portal der Kollegienkirche.

»Bist du heute mit dem philosophischen Fuß zuerst aufgestanden, Franco?« Oberhollenzer klopfte ein paar Schneeflocken von seinem grünen Wetterfleck.

Franco Moll schüttelte den Kopf, während er Hans Schmid von der Tatortgruppe 1 aus der Distanz beobachtete. Der pensionsreife Spurensicherer und einer seiner Mitarbeiter wirkten in ihren weißen Wegwerfanzügen leicht deplaziert in dieser Schneewüste. Weiß auf weiß. Sie klebten eben den Rand der Mülltonne mit Streifen ab, wohl auf der Suche nach Fasern, die der Täter beim Hineinheben des Opfers hinterlassen haben könnte. »Nein, Oberhollenzer«, griff Moll die Frage auf, »mir ist erst vor ein paar Tagen aufgefallen, dass das Tötungsverbot in den Zehn Geboten nur an fünfter Stelle steht. Das ist kein besonders wichtiger Platz. Warum also sollte man sich daran halten?«

Oberhollenzer, ein Bär von einem Mann, der von Monat zu Monat weitere Kilos zulegte, hob kurz seinen Jagdhut, als müsste er seine Gedanken belüften. »Immerhin sichert uns dieser Lapsus des Herrn unseren Arbeitsplatz.«

»Trotzdem ein mieses Ranking«, hörten die beiden Ermittler der Abteilung »Leib und Leben« eine junge Frauenstimme. Sie hatten Martina Pelegrini die rot-weiße Polizeiabsperrung nicht passieren sehen. »Was steht denn vor dem Töten?« Die Polizistin sah ihre Kollegen aus einem mit Pelz umrahmten Gesicht lächelnd an. Eine kurze blonde Strähne hing aus der Kapuze. Sie war kaum größer als eins siebzig, aber trotzdem eine beeindruckende Erscheinung, unter anderem, weil sie in den letzten zwei Jahren viel an Selbstbewusstsein gewonnen hatte. Deshalb zog sie viele Männerblicke auf sich, auch wenn sie sich bemühte, sehr distanziert zu wirken.

Moll dachte kurz nach. »Wenn ich die Gebote nicht mit Felix hätte lernen müssen, wäre es mir gar nicht aufgefallen. Aber die drei ersten Gebote sind ein reiner göttlicher Egotrip. Begonnen damit, dass man keinen anderen Gott als ihn haben soll bis hin zur Aufforderung, ihn gebührend zu ehren. Quasi eine Blankounterschrift unter einen Liefervertrag, dessen Inhalt man noch gar nicht kennt.«

»Da stinkt das Tötungsverbot auf Platz fünf echt ab.« Pelegrini kam einen Schritt näher und sah kurz auf Oberhollenzers Wetterfleck aus grünem Loden. Sie verkniff sich einen Kommentar, auch weil Schmid zu ihnen stapfte und seine Hände in die Hüften stemmte.

»Also ehrlich, Burschen, ich glaube nicht, dass wir da viel finden. Am ehesten noch an der Kleidung des Toten. Fotografiert haben wir schon. Jetzt müssen wir auf die Gerichtsmedizin warten. Ich fasse da vorher nichts an. Aber schaut euch die Sache mal aus der Nähe an, wenn ihr schon da seid. Und bleibt auf dem schmalen Weg, den ich ausgetreten habe. Links und rechts möchte ich mir den Schnee noch anschauen. Vielleicht finde ich etwas.«

Moll spürte, wie ihm der Schnee unter die Hosenbeine kroch, während er ein paar Schritte auf die grüne Mülltonne zuging. Sie stand an der Westseite des Universitätsplatzes, im Winkel zwischen der leicht vorragenden Kollegienkirche und der Mauer der alten Universität. Der Tote lag in der zu zwei Drittel befüllten Tonne auf einem Bett aus Nelken, Chrysanthemen und Rosen, bekleidet mit einem dunkelblauen Mantel und einem schwarzen Anzug. Er hatte sich zusammengekrümmt wie ein frierendes Kind. Seine Krawatte hing lose um den Hals, die obersten zwei Hemdknöpfe waren geöffnet, als hätte er sich irgendwann Luft verschaffen müssen. In seinen kurzen blonden Haaren klebten Eiskristalle, auch die Augenbrauen waren weiß von Eis. Das Gesicht zeigte keinerlei Entspannung, es wirkte verkrampft, und im Mundwinkel schien ein abfälliger Zug festzuhängen.

»Wer hat ihn denn gefunden?«, fragte Pelegrini und drängte sich auf der Gänsemarschspur vorsichtig an Moll vorbei, um sich den Toten in der Tonne anzusehen.

»Einer von den Mistküblern, die in der Früh die Reste vom Grünmarkt abholen«, antwortete Oberhollenzer. Er war hinter seinen Kollegen zurückgeblieben. »Die öffnen routinemäßig die Tonnen. Oft schläft ja ein Besoffener seinen Rausch darin aus, oder ein Sandler übernachtet drin.«

»Und woran er gestorben ist, wissen wir noch nicht, oder?«

Moll schüttelte den Kopf. »Zu sehen ist nichts. Aber ganz freiwillig wird er sich mit großer Wahrscheinlichkeit nicht in die Tonne gelegt haben. Der Mann wirkt nicht so, als hätte er sich keinen Platz zum Schlafen leisten können.«

»Darf ich bitten?«, unterbrach Schmid. »Ich suche jetzt mal nach der Nadel im Heuhaufen. Sprich, ich kehre jetzt den Schnee weg. Vielleicht liegt ja was drunter, was ihr brauchen könnt. Eine Tatwaffe zum Beispiel. Oder der Ausweis des Mörders.« Er lachte über seinen Scherz und bückte sich dann, um den Schnee im Umfeld der Mülltonne zentimeterweise mit einem Besen wegzukehren.

Dicke, eiskalte Schneekristalle prasselten aus dem Nirgendwo in Molls Gesicht, plötzlich aufgewirbelt von einem hinterlistigen Wind. Es hatte während der Nacht fast dreißig Zentimeter geschneit. Und ebenso plötzlich, wie der Schneesturm gekommen war, hatte er sich noch vor der Dämmerung wieder verzogen. Moll war um halb sieben vom lauten Schaben einer Schneeschaufel wach geworden. Im Erhardgäßchen oberhalb seiner Wohnung hatte jemand den Gehsteig vor dem Haus gereinigt.

Felix hatte ihn aufrecht im Bett sitzend überrascht und war sofort zu ihm unter die Decke geschlüpft. »Schau, die Schneeschwaden, Papa. Als würde jemand mit dicken Backen kräftig hineinblasen. Ich mag den Winter.«

Nicht nur sein Sohn war von der Schneelandschaft begeistert gewesen, die langsam aus der Dämmerung auftauchte. Der frühe Winter hatte ihn selbst berührt. Ein Eilzug zurück in frühe Jahre. Der Holzschlitten an der Wand, dazu die mehrfach geflickten Textilbahnen der Sitzfläche. Die immer nassen Fäustlinge. Auf den Radiatoren die mit Zeitungspapier ausgestopften Schuhe, in die man auch hineinstieg, wenn sie nicht trocken waren. Hauptsache raus auf die Wiese.

»Gehen wir am Wochenende rodeln, Papa? Auf den Krauthügel?«, hatte ihn Felix aus seinen Gedanken geholt und ihm gleich ein Versprechen abgenommen.

Auf dem Universitätsplatz wischte sich Moll jetzt die unangenehmen Seiten des Winters aus dem Gesicht und suchte nach einem Taschentuch. Pelegrini hielt ihm eines mit spitzen Fingern vor die Nase.

Oberhollenzer sog hörbar Luft ein. »Es ist jetzt fast neun. Ich habe noch nicht gefrühstückt. Und wenn mich mein wursterprobter Zinken nicht täuscht, dann sind beim Ritzerbogen vorn schon die Würstl heiß. Was meint ihr?«

»Ich habe auch Hunger«, kam Pelegrini Moll zuvor und setzte sich schon in Bewegung.

Schweigend trottete das Trio in Richtung der gelb-weiß gestreiften Plastikwände, die einen Gemüsehandel in der kalten Jahreszeit ein wenig schützten. Dahinter lag der dampfende Wurststand. Vor dem Portal der Kollegienkirche war eine Frau noch mit dem Einräumen ihres Blumenladens beschäftigt. Rasch schloss sie die Schiebetür eines Autos und hastete mit zwei cremefarbenen Kübeln voller Rosen in die sichere Wärme ihres verhüllten Standes. Auf der anderen Seite des Platzes verkaufte jemand Brotlaibe aus einem fahrbaren Laden heraus. Unter den weißen Schürzen trugen die zwei Verkäufer grau gestrickte Westen. Und auch ein Delikatessenhändler hatte sich bereits hinter grün-weißen Plastikbahnen verschanzt. Vereinzelt schlichen Passanten zwischen den alten Fassaden des Platzes und den Grünmarktständen entlang, den Kopf gesenkt und trachtend, nicht von einer plötzlich aufwirbelnden Schneewolke überrascht zu werden. Wo im Sommer teure Gaststätten die Besucher des Platzes bewirteten, klafften in der Zeile der Markstände jetzt große Lücken vor den Altstadthäusern in ihren gedeckten Gelb-, Rosa- und Brauntönen.

»Minus fünf, der Schnee bleibt liegen«, sagte einer der Verkäufer, als Moll und seine Kollegen mit dampfendem Atem unter das Vordach der Wurstbude traten.

»Und?«, fragte Oberhollenzer, als er den ersten Bissen kaute. »Worauf tippt ihr? Besoffene Geschichte oder gewaltsamer Tod? Das wäre ja nicht der erste Alki, der seinen Rausch in einer warmen Tonne ausschlafen wollte.«

Bevor Pelegrini oder Moll antworten konnten, lehnte sich

Hans Schmid neben ihnen an den Tresen. »Burschen, ich habe Blut im Schnee gefunden. Wird wohl vom Toten stammen. Oder bei besonders viel Glück vom Täter. Was ich aber nicht glaube. Der Gerichtsmediziner ist auch schon da, falls es euch interessiert.«

»*Der* Gerichtsmediziner?« Moll biss von seiner krachenden Semmel ab. »Hat sich die Szifkovits umoperieren lassen? Ein bisschen männlich war sie eh schon immer.«

»Aber nur im Herzen, äußerlich ein Vollweib, wenn du mich fragst«, grinste Schmid. »Es ist eine Vertretung aus Linz. Die Szifko ist grad nicht da.«

»Na gut, Hans, dann beeile ich mich mal. Auch wenn es eine Fleißaufgabe ist, dass wir da sind.« Moll zahlte für alle drei und ging noch kauend mit Schmid weg. »Lasst euch Zeit und wärmt euch auf. So fallt ihr mir wenigstens nicht wegen einer Verkühlung aus.«

»Schon eine Idee?«, fragte Moll Doktor Brüser, nachdem er sich vorgestellt hatte.

»Nur vage«, antwortete der bärtige Mediziner, ohne den Polizisten anzusehen. »Wir nehmen den Toten mal raus und messen seine Temperatur. Genauer schau ich ihn mir auf dem Tisch an. Bei dieser Kälte mach ich vor Ort gar nichts. Da frieren mir ja die Hände ab.« Der schlanke Mann winkte Schmid mit dem rechten Zeigefinger näher. »Raus mit dem Kerl und aufs grüne Tuch. Dann zieht ihr ihm gleich was über die Hände, damit wir etwaige Kampfspuren sicherstellen können. Und ab mit ihm in die Ignaz-Harrer-Straße.«

»Irgendwas zur Identität?«, fragte Moll, dem der herrische Ton des Mediziners nicht entgangen war.

Fragend sah Schmid Doktor Brüser an, während er die Arme zusammen mit seinem Kollegen bereits in die Mülltonne streckte, um die Leiche umzulagern. Der Gerichtsmediziner nickte ihm zu. Schmid griff vorsichtig in die Innentasche des Mantels, schüttelte nach kurzem Suchen den Kopf und versuchte es dann noch einmal im Sakko. Langsam zog er eine Geldbörse heraus und entnahm ihr mit seinen Latexhandschuhen einen scheckkartengroßen Führerschein. Wortlos drückte er ihn Moll in die Hand.

11

»Die Ignaz-Harrer-Straße deprimiert mich immer mehr. Bald gibt's hier nur noch Kebabbuden und leere Auslagen.« Julian warf seinen Rucksack in eine Ecke der Wohnküche. Unmittelbar darauf ärgerte er sich über seine Dummheit. Er hatte vergessen, dass er sein Aufnahmegerät mitgenommen hatte, für ein Interview morgen früh, bevor er in die Redaktion ging. Eigentlich hatte er Pia zur Begrüßung küssen wollen. Jetzt kramte er im Rucksack nervös nach dem Rekorder. Mit zittrigen Fingern schaltete er das Gerät ein und drückte gleich auf Aufnahme. Er hustete. Die Lautstärkebalken schlugen aus, die Sekunden liefen mit. Glücklicherweise funktionierte das Gerät. Eine Extraausgabe hätte ihn jetzt völlig aus der Bahn geworfen. Es war schon schlimm genug, dass die Waschmaschine immer wieder ganz unorthodox klapperte und vielleicht ihr baldiges Ende ankündigte.

Pia legte den Stift auf das Grafikpad und klappte den Laptop zu. Die bunte Figur einer halb kolorierten Ratte mit Brille verschwand. Sie musste das Sujet für eine Leseförderungskampagne spätestens morgen früh fertig haben. Der Auftrag war schlecht honoriert, aber wenigstens zahlte die Agentur immer sofort. Als sie sich vom Küchentisch erhob, sah sie Julian ernst an und hielt ihm nur die Wange zum Küssen hin.

»Ist was, Pia?«

Ohne Erwiderung ging die Frau mit der knabenhaften Figur zu einem Stapel Post und zog daraus einen amtlichen Umschlag im typischen DIN-A5-Format hervor. »Kann es sein, dass du mir diesen Brief unterschlagen hast? Der ist doch schon vorige Woche gekommen, oder?«

Julian schwieg. Dann sah er an Pia vorbei.

»Unterschlagen ist nicht das richtige Wort. Als der Briefträger kam, war ich gerade unten bei den Postkästen. Ich habe den Brief übernommen und wollte ihn dir bringen. Ich dachte, wir hätten etwas zu feiern und wenigstens mal das Problem mit Majas Vaterschaft geklärt. Weil wir ja ohnehin beide wissen, was drinsteht, habe ich ihn gleich geöffnet. Tja ...« Er sah aus dem Fenster. Der Hohenstaufen jenseits von Reichenhall war ein einziges weißes Dreieck. Ihn fröstelte, während sein Blick über die Schneeberge im Westen wanderte. »Es war wohl doch nicht so, wie wir ... wie du dachtest. Marthaler ist nicht Majas Vater.«

»Verdammte Scheiße«, schrie Pia und warf den Brief auf den Boden. »Ich werde doch wissen, mit wem ich damals im Bett war.« Sie gab dem Papier einen Tritt. Es flog kurz auf und segelte dann unter den Tisch. Gleichzeitig ballte sie die Fäuste und gab ein undefinierbares Knurren von sich. Dann legte sie sich die Hände wie eine Haube auf den Kopf und begann, rund um den Tisch zu marschieren, während sie immer wieder fluchte oder schrie, ein zorniges Mantra in unterschiedlichen Lautstärken, unterbrochen nur von Blicken an die Decke, als läge dort eine Erklärung für den Brief.

Plötzlich blieb sie stehen und hob die Hand. »Glaub es oder glaub es nicht, Julian. Es gibt keine andere Möglichkeit. Marthaler ist der Vater, Irrtum ausgeschlossen, auch wenn ich mich selbst dafür geißeln könnte.«

»Und wenn nicht, ist es auch egal, Pia. Majas Vater bin jetzt ich. Es ging uns ohnehin nur darum, dass er wenigstens seine finanziellen Pflichten wahrnimmt.«

»Marthaler ist der Vater. Der biologische«, fügte sie hinzu.

»Er hat uns ganz einfach reingelegt. Das ist doch genau seine Liga. Bestimmt hat er jemanden bestochen oder gekauft. Das ist allemal billiger, als achtzehn Jahre lang zu zahlen.«

»Julian ist mein Vater.« Maja stand in der Tür des Kinderzimmers und sah verunsichert auf die beiden lauten Erwachsenen, die so gar nichts mit dem Paar zu tun hatten, das sie sonst kannte. »Und warum weinst du, Mama?«

Pia hatte gar nicht bemerkt, dass ihr ein paar Tränen über die Wangen liefen. »Weil ich erkältet bin, Maja.« Der Zwang, die souveräne Mutterrolle zurückzugewinnen, ließ sie wieder Fassung annehmen. »Aber lass uns jetzt allein, Maja. Das geht nur uns was an.«

Wortlos drehte sich Maja um und ging zurück in ihre rosa Welt. Die Tür ließ sie offen.

»Ich könnte ihn umbringen, diesen Mistkerl«, murmelte Pia und atmete heftig aus.

Julian sah sie irritiert an. Ihre Haare hingen jetzt strähnig herunter, als hätten sie sich ihrer Aufregung angepasst, ihr sonst so freundliches Gesicht hatte jede Form von Weichheit verloren. Dann sah er die rote Rose in einer grünen Weinflasche auf dem Tisch stehen und zuckte zusammen.

»Wo hast du die her?«, fragte er schärfer als beabsichtigt.

»Ich dachte, du hättest sie mir mitgebracht. Sie steckte außen in deinem Hamsterrucksack. Ich habe sie ins Wasser gestellt. Wenn sie für jemand anderen war, dann sag mir das. Und zwar gleich.« Pias Augen funkelten, vor Tränen und Zorn.

Schnell schüttelte er den Kopf. »Natürlich nicht«, murmelte er. Krampfhaft versuchte er, die Rose aus seinem Kopf zu verdrängen.

12

»Maximilian Marthaler? Von der Marthaler-Dynastie?« Brigadier Gokl saß halb auf Pelegrinis Schreibtisch und starrte auf den Plastikführerschein, den ihm Moll eben in die Hand gedrückt hatte.

»Klären Sie mich als Wienerin auf, Herr Brigadier. Marthaler-Dynastie bedeutet was? Mozartkugeln? Oder Immobilien? Oder einfacher Altstadtadel?« Pelegrini sah ihren Vorgesetzten ohne jede Ironie an.

»Der alte Marthaler hat ein Reinigungsimperium. Großwäscherei, Putzfirma und so weiter.«

»Das heißt, Sie kennen ihn, oder?« Wieder wirkte Pelegrinis Blick völlig nüchtern, was Gokl mehr irritierte, als hätte er einen zynischen Unterton bemerkt. Seine Nase wurde ganz schmal, während er zweimal nickte.

»Vom Tennis. Ab und zu spielen wir miteinander. Ein Unternehmer alter Schule.«

»Und«, schaltete sich Oberhollenzer ein, »auch wenn mich das bei Fräulein Pelegrini jetzt verdächtig macht. Marthaler senior hat eine Jagd im Oberpinzgau gepachtet.« Damit griff er zu seinem grünen Hut, der auf dem Schreibtisch lag, und schoss ihn wie einen Frisbee in Richtung des Bockgeweihs, das einsam auf einem lackierten Holzbrett in der Mitte der langen Bürowand hing. Kurz baumelte der Filzhut an einem kleinen Spross des Geweihs, dann stürzte er zu Boden. Der schwergewichtige Polizist hatte die Jagdtrophäe in einem missmutigen Augenblick montiert, um Moll zu ärgern. Moll und Pelegrini hatte der Tierkadaver, zum Missfallen ihres Kollegen, erheitert statt abgestoßen. »Macht nichts«, sagte

Oberhollenzer mit Blick auf den Hut und erhob sich schwerfällig aus seinem Bürostuhl. »Das ist jetzt mein tägliches Bewegungsprogramm. Einmal Bock und retour. Das sollte für einen modernen Menschen ausreichen.«

Moll schüttelte nur verständnislos den Kopf, als er Oberhollenzer schwer atmend den Hut aufheben sah.

Gokl hatte mit seinem Gesäß mittlerweile den halben Schreibtisch von Martina Pelegrini erobert. Seine Beine baumelten wie bei einem unsicheren Kind, die Hände waren unter die Oberschenkel geklemmt. »Und was wissen wir von den Todesumständen von Marthaler junior?«

»Schmid ist für uns bei der Autopsie. Marthaler dürfte eine Wunde am Hinterkopf haben, dazu ein Hämatom unter dem linken Auge und weitere Blutergüsse im Brustbereich. Das deutet stark auf einen Kampf hin.«

Pelegrini hatte ihren Platz geräumt und sich hinter Oberhollenzer gestellt. Interessiert starrte sie auf seinen Bildschirm, riss sich dann aber mit einem unterdrückten Grinsen los. »Eine genaue Todesursache haben wir noch nicht, by the way.«

»By the way«, echote Gokl. »Meine Tochter redet auch wie eine SMS.«

»SMS ist out«, schmunzelte Pelegrini. »Kurznachrichten schickt man jetzt über WhatsApp oder den Facebook Messenger. Sie sollten mal mit Ihrer Tochter reden, damit Sie den Anschluss nicht verlieren, Herr Brigadier.«

Pelegrini wartete mit angriffslustig vorgeschobenem Kinn auf eine Zurechtweisung ihres Vorgesetzten. Der nickte stattdessen nur und wirkte dabei irgendwie wund. »Meine Tochter ist gerade mein geringstes Problem«, sagte er leise.

Seitdem die Parteifarbe an der Spitze des Landes und damit auch der Landeshauptmann gewechselt hatten, standen die Sterne für Gokls Karriere nicht mehr so gut wie früher. Ganz im Gegenteil. Der Landespolizeikommandant war in weite Ferne gerückt. Dafür hatte sich der Mittvierziger wieder mehr an seinen Mitarbeitern orientiert und holte sich dort wohl die Zuwendung, die ihm von oben zunehmend entzogen wurde.

Mit einem nicht ganz geglückten Versuch, Entschlossenheit zu signalisieren, schlug Gokl seine Hände auf den Tisch und sprang sportlich auf die Füße. »Gut, ihr haltet mich auf dem Laufenden. Skurrile Geschichte. Der junge Marthaler im Mistkübel …« Noch beim Hinausgehen schüttelte er den Kopf.

»Was ist denn mit dem los?«, fragte Pelegrini und sah ihm ungläubig nach. »Wenn er so nett ist, bekomme ich richtig Angst vor ihm.«

»Seine Tennisschläger nimmt er auch nicht mehr mit ins Büro«, bemerkte Moll.

»Ich bringe auch mein Jagdgewehr nicht mit ins Kommissariat«, sagte Oberhollenzer.

»Eh, aber die Rackets waren seit Jahren seine engsten Begleiter im Berufsalltag.«

»Meinst du, er ist krank?« Oberhollenzer setzte den Blick des kleinen betroffenen Buben auf.

Moll zuckte mit den Schultern. »Keine Ahnung. Wir kennen ihn ja überhaupt nicht.«

Hinter dem Rücken der beiden Polizisten ratterte die Kaffeemaschine so laut, dass jede weitere Unterhaltung unmöglich wurde. Pelegrini stellte eine Espressotasse unter die Ausgussöffnung und legte den Kopf erwartungsvoll schief. Plötzlich entdeckte sie die Kaffeepackung, griff sie sich und drehte sich um. Mit steinerner Miene hielt sie Oberhollenzer und Moll die Verpackung entgegen, als wären sie vom Leibhaftigen besessen. »Ihr habt schon wieder diesen Sudelkaffee gekauft!«

»Wieso, Martina?« Moll hob die Hände, um sie zu beruhigen. »Der schmeckt doch gut, oder?«

»Ja, aber wir hatten ausgemacht, wir kaufen nicht diesen Pestizidkaffee. Der hat nicht einmal ein Ökosiegel.«

»Ich glaube, das größere Problem ist, dass unsere Kaffeemaschine eine Prostataschwäche hat.« Oberhollenzer deutete auf den schwach tröpfelnden schwarzen Strahl.

»Lenk nicht ab, Oberhollenzer.«

»Ach, beruhig dich, Martina. Ich zahle doch nicht sechzig Euro für einen Kilo Kaffee, nur weil der Röster jede Bohne mit Namen kennt.«

»Ignorant. Ausgemacht war bio.«

»Nächstes Mal«, meinte Moll. »Aber beim Automaten auf dem Gang bekommst du auch keinen Biokaffee.«

»Ihr wollt mich provozieren. Mir wird schon was einfallen.« Sie zog die Tasse unter der röchelnden Maschine hervor und fügte noch hinzu: »Ökoschurken.«

»Ich hab dir ja gesagt, dass eine Frau im Team alles nur durcheinanderbringt, Oberhollenzer.«

»Das stimmt«, sagte Pelegrini. »Schlimmer als eine Frau sind nur noch zwei Männer im Team.«

13

Der Ruf Gottes, des Gottes in Weiß, hatte sie beim Mittagessen in Brunos kulinarischer Folterkammer namens LAGE ereilt. LAGE war die Abkürzung für Landesgendarmerie-Kommando und Brunos Rache an der Zusammenlegung von Polizei und Gendarmerie vor mehr als einem Jahrzehnt. Im Namen des Beisls lebte der aufgelöste Wachkörper quasi weiter, links vor dem Eingang zur Polizeidirektion in der Alpenstraße. Bruno, der Ex-Gendarm, rächte sich auf subtile Weise, über seine Küche, oder was man darunter mittels eines Blicks in die Speisekarte verstehen musste. Er erledigte seine Opfer, die Gäste, wie ein besonders heimtückischer Giftmörder, durch jahrelange Intoxikation mit allem, woran der Körper über kurz oder lang leiden musste, von Cholesterinbomben über Zuckerexzesse bis hin zu blind machenden Schnäpsen.

Aus Nostalgie hatte das Polizisten-Trio der Abteilung »Leib und Leben« Bruno wieder einmal besucht, einfach, um ihm durch ihr bloßes Erscheinen zu zeigen, dass seine perfiden Strategien bei ihnen noch nicht aufgegangen und sie nach wie vor am Leben waren. Die Käsekrainer »à la Bruno« – mit höllisch scharfem Chilisenf – hatten sie bekommen, ohne sie überhaupt bestellt zu haben. Aus Angst vor noch mehr kulinarischer Nötigung hatten sie sich nicht einmal darüber beschwert. Umso willkommener war der Anruf aus der Gerichtsmedizin gewesen.

Moll stand vor dem Seziersaal und klopfte zaghaft an die schwere Schiebetür.

»Ja, rein mit Ihnen«, hörten sie die kräftige Stimme eines Mannes.

Vorsichtig schob er die Nirostatür auf.

Doktor Brüser blickte nur kurz von der Leiche auf. »Was tun S' denn so mädchenhaft. Kommen S' rein.«

»Wenn wir dürfen, gern. Doktor Szifkovits mag das gar nicht, wenn wir dabei sein wollen.«

»Mir ist das wurscht. Der Kollege Schmid ist sowieso da, wie es sich gehört. Und dem da«, er deutete auf den Toten, »ist es auch egal.«

Im oberen Brustbereich lief ein Schnitt halbkreisförmig um den Hals der Leiche, ein weiterer das Brustbein entlang abwärts. »Den Y-Schnitt kennen Sie bestimmt schon. Hat aber nicht viel gebracht. Was wir brauchen, liegt fast alles an der Oberfläche. Ich sag's Ihnen gleich.« Doktor Brüser ging an das Kopfende des Tisches und drückte von beiden Seiten auf den Brustkorb. Eine Helferin tackerte die Sektionswunden zu. Das klackende Geräusch tat weh, es erinnerte an die Werkzeuge, mit denen Dachdecker Nägel in Holzbretter schossen.

»Wir sind noch nicht ganz fertig, ich muss noch ein bissl Toxikologie machen, aber einiges kann ich Ihnen schon sagen, falls Sie sich gerade langweilen und ein Opfer brauchen.« Brüser lachte über seine Doppeldeutigkeit und kam wieder um den Tisch herum. Seine Einmalhandschuhe klatschten unangenehm feucht beim Ausziehen. »Wir haben mittlerweile gerechnet. Die Außentemperatur in der Nacht lag in der Stadt bei minus sechs Grad. Demnach dürfte der Mann gegen ein Uhr früh verstorben sein, plus minus eins. Das passt auch mit den Totenflecken zusammen. Die haben sich in der Früh noch wegdrücken lassen. Das ist in den ersten zehn bis zwanzig Stunden ganz normal. Der Mann ist von der Lage der

Livores her auch nicht umgebettet worden. Er muss also in der Mülltonne gestorben sein. Die Frage ist, woran?«

Brüser sah die Polizisten in ihren Winterjacken belustigt an. Sein Blick blieb am Wetterfleck hängen, der Oberhollenzer wie eine große grüne Fledermaus erscheinen ließ.

»Informationsasymmetrie«, sagte Pelegrini leicht genervt über das Ratespiel.

»Daran kann man sterben?« Brüser zwinkerte der blonden Kriminalpolizistin zu.

»Kann man. Wenn ich weiß, wo die Mine liegt und Sie Blumen pflücken schicke.« Um sich für ihre Unverfrorenheit nicht einen Rüffel von oben herab einzufangen, sprach sie weiter. »Gemeint war aber eigentlich: Sie wissen sinnbildlich, wo die Bombe liegt, weshalb ich nicht danach suchen möchte.«

Brüser schürzte erheitert die Lippen. »Also gut, kein Quiz. Wir haben deutliche Zeichen, dass der Mann erfroren ist. Womit wir noch einmal bei den Totenflecken wären. Die sind am Rand hellrot. Da wir eine Kohlenmonoxidvergiftung ausschließen können, liegt es wohl an den Minusgraden. Warum erfroren?«

Er sah der Leiche nach, die eben aus dem Raum geschoben wurde.

»Warum erfroren? Weil er allem Anschein nach ziemlich betrunken war. Genaue Werte bekommen Sie nach der Toxikologie. Aber die Pupille stand weit offen. Dazu noch eine Reihe von Verletzungen, allesamt nicht tödlich. Die dürften von Tritten gegen die Beine stammen. Am auffälligsten ist ein Cut am Hinterkopf. Das könnte ihn außer Gefecht gesetzt haben. Aus der Bewusstlosigkeit ist er in seinem Rausch wohl nicht mehr erwacht.«

»Diese Wunde …«, Moll tippte sich an den Hinterkopf, »… stammt die auch von einem Tritt?«

Brüser nickte Schmid zu, der sich mittlerweile zur Gruppe gestellt hatte. Der Spurensicherer schwitzte und schnaufte beim Reden. »Da haben wir Spuren von Farbe und Verputz in der Wunde gefunden. Die Kollegen vom Herrn Doktor schauen sich das gerade genauer an. Ich fahre jetzt noch einmal auf den Grünmarkt und untersuche die Mauer mit einem Polilight. Vielleicht finde ich eine kleine Blutspur. Dann wüssten wir wenigstens, wogegen der Mann gedonnert ist.«

»Wie viel Zeit könnte denn zwischen dem Deponieren des Mannes in der Mülltonne und seinem Tod vergangen sein?« Pelegrini versuchte, Brüser so freundlich wie möglich anzusehen, obwohl ihr sein flapsiger Ton auf die Nerven ging.

»Sicher eine ganze Weile – zwei bis vier Stunden sind durchaus möglich.« Brüser wartete kurz auf eine weitere Reaktion, dann klatschte er einmal in die Hände. »Danke, die Herrschaften. Das wär's vorerst. Ich geh jetzt mal zum zweiten Frühstück.«

»Eines noch …« Schmid drehte sich zu einem Beistelltisch um und hob einen transparenten Beutel mit einer Geldbörse in die Höhe. »Das gebe ich euch als Asservat mit. Den Führerschein habt ihr ja schon. In der Geldbörse sind übrigens fast fünfhundert Euro drin. Nach Raub sieht das nicht aus. Nur, Handy und Schlüssel haben wir nicht bei ihm gefunden.«

»Mord oder schwere Körperverletzung mit Todesfolge?«, fragte Pelegrini, während sie das Gelände der Doppler-Klinik in Salzburg-Lehen verließen. Trotz Eiseskälte standen immer wieder Menschen im Pyjama oder Bademantel samt Winterjacken vor den Eingängen der verstreuten Spitalsgebäude und rauchten.

Pelegrini fuhr langsam. Die letzten zwei Stunden hatten die Fahrbahn erneut mit einem leichten Schneeflaum überzogen, links und rechts säumten die Schneewehen wie riesige Wulste den Straßenrand. Oberhollenzer blickte seine Kollegin ein paarmal vom Beifahrersitz aus an, versagte sich dann aber abfällige Kommentare zu ihrem Fahrstil. Pelegrini spürte seinen Blick, ignorierte ihn jedoch. In Wien wäre sie bei diesem Wetter niemals in ein Auto gestiegen. Und wahrscheinlich nicht einmal außer Haus gegangen.

»Welches Delikt?« Moll lehnte sich zwischen den Sitzen nach vorne und verdeckte den Blick durch den Rückspiegel.

»Keine Ahnung. Das werden letztendlich Gerichtsmedizin und Staatsanwalt entscheiden. Nachdem wir unsere Arbeit gemacht haben. Dass da einer ordentlich malträtiert wurde, ist klar. Freiwillig legt sich wohl niemand zum Sterben in eine Mülltonne. Heißt auf jeden Fall: unser Job.«

»Es gibt auch von einem Wunder zu berichten.« Oberhollenzer sagte es wie beiläufig, während er seine Hand mit dem alten Handy wieder unter dem Wetterfleck versteckte. »Der Chef war laut seiner SMS selbst beim alten Marthaler und hat ihm die Todesnachricht überbracht.«

»Echt?«, entfuhr es Pelegrini und Moll fast gleichzeitig.

»Wenn das so weitergeht, wird er mir noch richtig sympathisch. Ich weiß gar nicht, ob ich das will«, fügte er hinzu und lehnte sich mit einem Seufzen zurück in den Sitz. Erst als sie in Mülln die Eisenbahnunterführung passierten und Richtung Zentrum abbogen, fragte er: »Was machen wir jetzt?«

»Schon wieder ein Quiz mit Spielfiguren«, stöhnte Pelegrini. »Ich mach das rote Hüterl, okay? Ich checke Marthalers letzten Tag.«

»Ja, so ähnlich hätte ich mir das auch gedacht«, nickte Moll und freute sich, dass er dem Telefonmarathon entgangen war.

»Ich schau mal, ob es irgendwo auf dem Universitätsplatz eine Videoüberwachung gibt, die ganz, ganz zufällig«, er dehnte die letzten drei Worte übermäßig aus, »auf den Platz geht und vielleicht etwas aufgezeichnet hat.«

»Und ich darf einen Schneemann bauen?«, fragte Oberhollenzer.

»Darfst du. Aber erst, wenn du das Handy von Marthaler gefunden hast.«

Oberhollenzer nickte und nieste.

14

Martina Pelegrini war nur einen Augenblick auf dem Gang gewesen, um in Ruhe vom Handy aus zu telefonieren. Als sie wieder ins Büro zurückkam, gab Oberhollenzers Computer infernalische Töne von sich. Ein Amerikaner schrie manisch herum, dazu Fanfaren wie zu einem Soldatenepos.

»Entschuldige«, sagte Oberhollenzer nur, und die Geräuschkulisse verstummte. Pelegrinis Neugier konnte er damit nicht abstellen. Ohne ein Wort zu sagen, starrte sie auf das YouTube-Video, das Oberhollenzer angehalten hatte. »Epic Meal Time.«

»Kann man dich keinen Augenblick allein lassen, Oberhollenzer, ohne dass du einen Blödsinn anstellst?«

Statt einer Antwort drückte der wuchtige Polizist auf die Leertaste. Das Video lief weiter. Ein Amerikaner mit gut entwickelter Fast-Food-Figur bestellte aus dem Auto fünfundvierzig Hamburger in drei Drive-ins, dazu einen Pot Hamburgersauce, etwa acht Lagen Frühstücksspeck, kiloweise Analogkäse und ein paar Zwiebelringe. Dann das Insert: »Fast Food Lasagne – Next Level Fast Food Usage.«

»Ist das dein Ernst?« Pelegrini sah auf Oberhollenzers Kopf hinunter.

Der Polizist legte seinen Zeigefinger auf die Lippen und ließ die Kochshow weiterlaufen. Der Psycho schrie erneut und briet dann Unmengen von Faschiertem an, goss einen halben Kübel passierte Tomaten und eine halbe Flasche Jack Daniels darüber. Schließlich schichtete er seine fünfundvierzig Hamburger in drei Lagen und getrennt durch dicke

Speckschichten in ein riesiges Nirostageschirr, um sie mit der Fleischsauce zu übergießen.

Pelegrini hielt den Atem an, bis der Mann die Pfanne ins Rohr schob. Aber bevor sie etwas sagen konnte, zählte der Maniac in seiner gelben Kapuzenjacke schreiend den Kaloriengehalt seiner Fast-Food-Lasagne auf und vermeldete schließlich 71 488 Kalorien. Am Schluss verspeiste er das Fettkonglomerat mit vier Leuten, die wirkten, als hätte die Evolution sie vergessen. Sie starrten in ihren Marinefrisuren und grobgliedrigen Silberhalsketten ungefähr so intelligent in die Kamera wie Gangsta-Rapper nach einem wuchtigen Schlag auf den Hinterkopf.

»Und sie bekommen nicht mal eine Maulsperre, wenn sie das Zeug essen«, sagte Oberhollenzer und stoppte das Spektakel.

»Das ist so ekelhaft, Oberhollenzer. Wenn du dir Pornos anschauen würdest, könnte ich das eher verstehen.«

»Das ist doch etwas Ähnliches, oder?« Oberhollenzer sah Pelegrini leicht verzweifelt an.

»Ja, Food Porn sagen manche dazu. Aber wenn ich mir das ansehe, halte ich diese Bezeichnung für einen Euphemismus.« Sie zog sich einen Stuhl heran und setzte sich an die Stirnseite von Oberhollenzers Schreibtisch. »Wir müssen reden.«

»Epic Meal Time hat fast sieben Millionen Abonnenten«, murmelte Oberhollenzer entschuldigend.

»Sag bloß, du bist einer von ihnen?«

Er schüttelte den Kopf. »Du verstehst das nicht. Ich finde das auch abstoßend. Aber wenn ich rausgehe und mir bei Bruno ein Leberkäsesemmerl hole, nehme ich noch mehr zu. So bekomme ich auch ein bisschen Essen ab. Und es macht nicht dick, weil es ekelhaft ist. Obwohl das Anschauen manchmal schon hungrig macht.«

»Ja, eben, wie Pornos.«

Oberhollenzer nickte. »Ach zum Teufel, Martina. Es geht um etwas anderes.«

Pelegrini legte den Kopf leicht schief und wartete auf mehr Erklärungen. Die wenigsten Leute ertrugen in solchen Situationen das Schweigen. Der große Mann vor ihr, der Kriminelle manchmal mit einer Hand die Wand hochschob, wirkte in diesem Augenblick zusammengesunken und klein, hilfsbedürftig und etwas verloren im Leben.

»Schau, Martina, ich lebe seit vier Jahren allein. Bis dahin hatte ich daheim in Mittersill eine Freundin. Wir haben nur am Wochenende zusammengelebt. Und irgendwann sagte Maria, das sei ihr zu wenig. Aber da war's schon zu spät. Sie hatte schon Ersatz gefunden.«

Oberhollenzer hob den Kopf, während Pelegrini weiterhin schwieg und ihn so ungerührt wie möglich betrachtete.

»Sieh mich nicht an wie einen waidwunden Hirsch, Martina. Das war ganz okay für mich und, abgesehen von der gekränkten Eitelkeit, nicht die große Katastrophe. In so einer Fernbeziehung lebt man sich auch ein bisschen auseinander. Sie ist jetzt mit einem Viehbauern zusammen. Obwohl sie Tiere immer gehasst hat.«

»Tut gut, oder?«

Oberhollenzer nickte. »Oder nein, es ist mir wurscht. Da ist wirklich nichts zurückgeblieben. Was nicht unbedingt für unsere gemeinsame Geschichte spricht. Also einen Eifersuchtsmord brauchst du dir von mir nicht zu erwarten.« Er grinste halbseitig.

»Aber wenn ich das recht verstanden habe, dann wärst du jetzt wieder bereit für ein bisschen mehr, äh, Selbstverstümmelung durch Liebe.«

»So groß würde ich das gar nicht sehen. Aber eine Partnerin zu haben, mit der ich kann, wäre schon schön. Das ist doch nicht vermessen, oder? Nur, so wie ich momentan aussehe ... Ich hab in den letzten drei Jahren fünfundzwanzig Kilo zugenommen. Jetzt reicht's mir sogar selbst. Zusammen mit euren verständnislosen Blicken, wenn ich mich schwerfällig bücke.«

Pelegrini spürte einen Anfall von Heißhunger auf etwas Süßes, unterdrückte aus Rücksicht auf Oberhollenzer aber dann den Impuls, sich Schokolade aus ihrem Schreibtisch zu holen. »Wir machen ein Kombinationsprogramm. Du brauchst Bewegung, sonst nimmst du nie ab. Dafür habe ich eine Idee und bringe dir morgen etwas mit.«

»Ich nehme sicher keine Drogen«, sagte Oberhollenzer schnell.

Pelegrini tippte sich mit einem Zeigefinger an die Schläfe. »Drogen, tsss ... An Hirnmasse hast du definitiv nicht zugenommen, Oberhollenzer. Nein, ich denke an etwas sehr Modernes und Praktisches. Aber was ebenso wichtig ist, du brauchst eine Frau.«

»Du erinnerst mich an den Mann, der verzweifelt zum Psychiater geht und ihm seine Sorgen erklärt. Der Psychiater hört ihm zu und schlussfolgert: ›Lassen Sie doch einfach die Sau raus.‹ Darauf der Mann: ›Aber gerade das ist ja mein Problem.‹«

»Ist schon gut, Oberhollenzer. Nur, dass ich eine Lösung habe. Ich weiß, wie wir eine Frau für dich finden.«

Er gab ein undefinierbares Grunzen von sich. »Und wie macht man das in hoffnungslosen Fällen?«

»Damit!« Pelegrini deutete auf den Bildschirm. Sie schob Oberhollenzer auf seinem Rollstuhl ein paar Zentimeter zur Seite, mehr war aufgrund der manövrierten Masse nicht möglich, und legte ihre Hände auf die Tastatur. Flink tippte sie *mypartner-port.com* in die Adresszeile des Browsers und wartete, bis sich die Startseite mit dem Bild eines hübschen Paares in mittlerem Alter aufbaute. Ohne zu zögern, schob sie den Mauszeiger über den herzförmigen Anmeldebutton.

15

Recht ergiebig war das nicht«, sagte Moll und zog den Zipp seines Anoraks noch weiter hoch. Er hatte sich vor dem Zipfer Bierhaus mit Oberhollenzer getroffen. Gegenüber, beim Wurststand neben dem Ritzerbogen, standen Touristen und Einheimische Schulter an Schulter und tunkten frierend ihre Würste in Senf und Kren, weniger aus Hunger als im verzweifelten Versuch, sich aufzuwärmen. Oberhollenzer sog hörbar die Schwaden des Kochwassers ein. Er deutete mit dem Kopf auf die Würstelbude. »Eine geht noch, oder?«

»Willst du mich umbringen? Das wäre heute schon die dritte. Nein. Reden wir beim Gehen. Da wird uns auch warm.«

Oberhollenzer fügte sich und stapfte los. »Bewegung«, hatte Pelegrini gesagt, »nur Bewegung hilft beim Abnehmen.« Irgendwann musste er damit beginnen. Und lieber zu zweit als allein. Er musste nur zusehen, dass er seinen schlanken Kollegen etwas bremste, der gleich temperamentvoll losgestartet war. Er hustete ausdrucksvoll und zwang Moll gleich einmal dazu, sich nach ihm umzudrehen.

»Wirst du krank, Oberhollenzer?«

»Glaube nicht. Aber lass dir etwas Zeit.« Er holte hörbar Luft. »Marthalers Handy war gestern Abend um halb neun das letzte Mal bei einem Sendemast eingeloggt, und zwar in diesem Bereich der Altstadt. Er wohnt ja ganz in der Nähe. Vielleicht hat er sein Handy einfach nur daheim vergessen. Ich lasse uns zur Sicherheit auch noch seine Verbindungsdaten kommen.« Kurz blieb Oberhollenzer stehen, um unter seinem Wetterfleck nach etwas zu suchen. Er zog an einem langen roten Band einen Schlüssel hervor. »Den habe ich für Marthalers Haus organisiert und von seinem Vater abholen lassen. Der alte Marthaler lebt übrigens im Thumegger Bezirk, auf der anderen Seite der Festung.«

Moll nickte. Das war nicht weit weg von seiner eigenen Wohnung, nur schon etwas ländlicher, weiter raus Richtung Westen. Thumegg wirkte wie ein Dorf in der Stadt. »Wie gesagt, ich habe nicht viel erreicht. Ich habe die Geschäfte am Universitätsplatz abgeklappert. Einzig der Juwelier ganz weit hinten hat eine Kamera an der Fassade angebracht. Damit sieht er aber nur einen Bruchteil des Platzes und vor allem nicht das Eck der Kollegienkirche mit der Tonne für den Grünabfall. «

»Die Überwachung ist sicher genehmigt. Oder?« Oberhollenzer grinste. »Weißt du, dass in Österreich fast hunderttausend Videoanlagen rechtswidrig sind? Die Datenschutzkommission würde schön schauen, wenn sich dabei alle an die Gesetze halten würden.«

»Dann müssten sie ihr Personal wahrscheinlich verdreifachen. Auf jeden Fall ist ab neun Uhr abends außer Schneegestöber nicht sehr viel zu sehen auf den Bildern. Einmal zieht eine größere Gruppe von Leuten vorbei, so eine Kostümtruppe, keine Ahnung, warum die im Advent auf Fasching machen. Fehlanzeige also.«

Sie hatten fast das Ende der Sigmund-Haffner-Gasse erreicht. Vor ihnen erschien das Haus für Mozart mit dem Festspielhaus, im Furtwänglerpark hingen überdimensionale rote Weihnachtskugeln in den Bäumen. Oberhollenzer sah ängstlich auf die Konglomeratwand des Mönchsbergs, die immer näher kam. Als sie den Toscaninihof betraten, waren nur ihre Schneeschritte zu hören und weit weg der jammernde Ton einer Glasharfe. »Du meinst jetzt sicher, dass ich mit dir da hinaufklettere, oder, Franco?«

Moll nickte, schnappte Oberhollenzers Arm und zog ihn zur Holzmeisterstiege. Langsam gingen sie unter der verwinkelten Überdachung hoch. Oben gab sich der Pinzgauer Polizist keine Mühe mehr, seine Atemnot zu verbergen. Erschöpft lehnte er sich auf die steinerne Brüstung und blickte mit von der Kälte tränenden Augen auf den Ausgang der Altstadtgarage hinunter. Er hustete kurz wie ein Raucher und drehte sich dann zum großen grauen Gebäude in seinem Rücken um. Aus seinem Dach ragte eine überdimensionale gemauerte Laterne. »Ich hoffe, Marthaler wohnt in der Edmundsburg.«

Moll klopfte ihm auf die Schulter. »Leider nein. Ein paar hundert Meter sind es noch, aber das Gefälle ist jetzt bekömmlicher als über die steile Felsenstiege. Übrigens, ich habe ganz vergessen, dir zu sagen, dass es mittlerweile sogar einen Aufzug rauf gibt. Ich weiß aber nicht, wo man ihn findet. Er geht angeblich vom Toscaninihof ins Haus Mönchsberg 1. Das ist das Kapellhausstöckl, da oberhalb der Stiege. Der Bau gehört den Festspielen.«

»Wenn du mir das früher gesagt hättest, den Lift hätte ich auf jeden Fall in kürzester Zeit ermittelt.«

»Ja, eh«, lachte Moll, »aber so macht es mehr Spaß.«

»Dir vielleicht«, sagte Oberhollenzer und setzte sich mit einem Seufzer wieder in Bewegung. Vorsichtig zog er sich Schritt für Schritt den hölzernen Handlauf Richtung Bürgermeisterloch hinauf.

Drei Minuten später standen sie mitten in der Stadt und gleichzeitig fünfzig Höhenmeter darüber in einer dörflichen Idylle, tief verschneit, mit jedem Blick in einem anderen Jahrhundert. Ein wuchtiges Barockhaus stand unweit eines uralten Bauernhauses mit ergrauter Lärchenfassade, eine Villa auf der Höhe der Domtürme in Sichtweite eines Wehrturms. Es dämmerte, das gelbliche Licht aus den Fenstern hatte etwas Beruhigendes. Als wäre die Welt in Ordnung, weil ein warmer Farbton sie weich zeichnete.

Moll nahm Oberhollenzer den Schlüssel aus der Hand, während ihm der Pinzgauer mit dem Handy beim Aufsperren Licht gab. Die Tür war nur ins Schloss gedrückt und sprang sofort auf.

16

»Nein, Papa, schon wieder.«

Franco hörte Felix' Hilfeschrei aus dem Bad. Weil die Jalousie hochgezogen war, konnte er seinen Buben durch die Glaswand fassungslos vor der Wanne stehen sehen. Er legte das Kräutermesser aus der Hand und ging vorbei am roten Acrylherzen zu ihm.

»Da«, sagte Felix und deutete auf den flauschigen grünen Teppich. »Hook hat schon wieder eine Pfütze gemacht.«

Franco stöhnte auf. Der rot-weiße Tiger verwüstete mit seinen Ausscheidungen langsam ihre Wohnung. »Ich verstehe das nicht. Ich habe doch heute früh erst seine Kiste ausgeleert und frische Streu reingegeben. Warum ist er damit nicht zufrieden?« Er packte den Teppich und stopfte ihn umgehend in die Waschmaschine. Felix hielt sich währenddessen die Nase zu.

»Ich hab's dir ja gesagt, Felix. Tiere halten es bei uns nur im Kühlfach gut aus.«

»Nicht schon wieder, Papa.«

»Ich meine ja nur. Außerdem habe ich noch kein einziges Mal daran gedacht, dein Pinkelmonster zu essen. Im Übrigen, es hat gerade geklopft. Ich habe einen Verdacht, wer das sein könnte.«

Einen Augenblick später kam Felix mit Melinda zurück. Sie trug ein enges grünes Kleid, das knapp über dem Knie endete. Verstohlen sah Franco ihre Beine an, als sie sich mit seinem Sohn auf die Couch setzte. Die quirlige Frau sprang aber gleich wieder auf und ging vergnügt zu Franco.

»Da, Schüsslersalze, das brauchen Sie!« Sie stellte eine kleine braune Medizinflasche vor ihm ab und strich wie nebenbei über seinen Unterarm.

»Ich? Wogegen soll ich die nehmen? Gegen Anfälle von Wahnsinn?«

»Nein, nicht Sie. Die sind für Hook.«

»Hook!« Franco griff sich an die Nase. »Haben Sie ihn schon gefragt, ob er daran glaubt, Melinda?«

Melinda warf den Kopf zurück und sah scheinbar verzweifelt an die Decke. »Das ist keine Glaubensfrage. Schüsslersalze helfen sogar bei Pferden, Franco.«

»Was, pinkeln die Rösser auch ins Badezimmer?«

Felix sprang auf und klopfte seinem Vater auf den Popo. »Aber wir können es doch zumindest probieren, Papa. Du bist manchmal so ...«

»... schulmedizinisch«, ergänzte Franco, als sein Sohn nach dem richtigen Wort suchte. »Hook ist ja zumindest kein Impfgegner, sogar das Wurmmittel hat er bereitwillig geschluckt, weil er keine andere Wahl hatte.« Langsam ließ er die Kräuter über den Salat rieseln. »Aber natürlich probieren wir das Elixier. Du und Schwester Melinda könnt es unserer verhaltensoriginellen Katze ja einflößen, während ich koche.«

Felix schnappte sich das braune Fläschchen und zog Melinda von der Couch fort. Wenig später kehrten die beiden zufrieden mit Hook zurück.

»Ich habe ja einen Verdacht, warum Hook das macht«, sagte Felix geheimnisvoll, während er die Katze auf der Couch kraulte. Der Tiger hatte blitzartig seine Rolle gewechselt und spielte nun das Schmusemonster.

Franco wollte schon nachfragen, sah seine Nachbarin aber aus den Augenwinkeln grinsen und stellte sich taub.

Felix schreckte die Ignoranz seines Vaters nicht ab. »Er pinkelt aus Protest. Wegen einer gestörten Mensch-Tier-

Harmo …« Er stockte und sah hilfesuchend zu Melinda. »Jetzt weiß ich das Wort aus deinem Buch nicht mehr.«

»Harmonie«, ergänzte Glatt, deren Mund sich immer breiter öffnete.

»Om«, sagte Franco und drückte seine Hände wie zum Gebet gefaltet an die Stirn.

»Du nimmst das schon wieder nicht ernst, Papa, oder? Es können doch nicht alle sterben, damit du sie ernst nimmst.«

»Das war jetzt untergriffig, Felix.«

»Nein, aber das klingt so logisch mit der gestörten Mensch-Tier- …« Er verknäuelte seine Hände zu einem tanzenden Knödel. »Du weißt schon, was ich meine. Du und Hook seid keine Freunde. Das spürt er.«

Franco drehte sich um und verschränkte die Arme vor seiner Brust. »Ich mag Katzen grundsätzlich. Ich mag auch Hook. Aber lieber wäre mir, er würde unsere Wohnung nicht in ein Tierklo verwandeln. Ich pinkle auch nicht in sein Kisterl, obwohl es ihm wahrscheinlich egal wäre, weil er es eh nicht benutzt.«

»Aber du wolltest nie eine Katze. Hook spürt das.« Felix sah ihn an wie einen begriffsstutzigen Nachhilfeschüler.

»Müssen wir jetzt mit ihm zum Psychologen?«

»Super Idee, Papa. Schade, dass ich nicht selbst draufgekommen bin. Adrienne aus der 2a geht auch zum Schulpsychologen. Ja, wir suchen uns einen Psychologen für dich und Hook.«

»Okay, selbst schuld«, murmelte Franco. Aber niemand hörte seine Bemerkung, weil Melinda im gleichen Augenblick losprustete und ihr Gesicht an Felix' Hals vergrub.

»War das Ihre Idee, Melinda?«

»Nein, aber wenn, wäre ich stolz darauf.« Sie lachte weiter und hielt sich den Bauch.

Franco öffnete ein Tiefkühlfach und durchsuchte das Gemüse. Aus Rache würde er den beiden die Zanderfilets mit Augen und Mund servieren, geschnitten aus Karotten und Erbsen. Vielleicht gewöhnten sie sich so daran, dass auch Fische ein Gesicht hatten.

17

Schmid hielt ein Papier in die Luft und fächerte damit herum. »Schauts, Burschen, viel haben wir nicht. Aber nachdem das Opfer nicht selbst in den Mistkübel geklettert ist, muss ihn jemand hineingehoben haben. Das geht nicht ohne Kontakt. Wir haben uns eigentlich im Hüftbereich Spuren erwartet.« Schmid ging in die Knie und schulterte eine imaginäre Figur. »Der Täter müsste den Körper ja eigentlich wie einen Sack Mehl über der Schulter getragen haben. Aber nichts. Das war ein Schuss in den Ofen. Glücklicherweise haben wir uns auch die Rückseite der Leiche angesehen. Dort haben wir dann einiges Material gefunden.«

Moll war aufgestanden, um Schmid den Bericht abzunehmen. »Das heißt, er hat ihn mit einer Art Rettungsgriff um den Bauch aufgerichtet und dann wahrscheinlich in die Mülltonne gekippt.«

Schmid nickte. »So schaut's aus. Marthaler war nicht einmal besonders schwer, nur fünfundsechzig Kilo auf einen Meter vierundsiebzig. Was das heißt, müsst ihr euch überlegen. Ich vermute mal, der Täter war kein besonderer Athlet, wenn er ihn so aufwendig über die Tonnenkante gehievt hat.«

Schmid drehte sich um, hob grüßend die Hand und verließ das Büro.

Oberhollenzer lümmelte über seinem Schreibtisch. Seine waidmännische Kleidung vom Vortag hatte er gegen normale Jeans und ein rot-weiß kariertes Holzfällerhemd vertauscht. »Welche Fasern suchen wir?«

In diesem Augenblick platzte Pelegrini herein. Voller

Energie warf sie ihre Jacke über die Lehne des Bürostuhls. »Was suchen wir?« Sie strahlte die beiden an.

»Weißt du, dass es fast unangenehm ist, mit anzusehen, wie gut es dir geht?«, sagte Oberhollenzer und beugte sich wieder über den Bericht.

Pelegrini trug ihre Winterjacke zum einsamen Geweih an der Wand und hängte es neben Oberhollenzers Mantel an einen Spross. »Ich entschuldige mich schon jetzt dafür. Und ich verspreche euch, dass es sicher nicht so bleiben wird. Ihr habt ja einen ganzen Tag Zeit, das zu ändern.« Wieder setzte sie ein Lächeln von einem Ohr zum anderen auf.

»Wir suchen nach dunkelgrünen Baumwollfasern. Und nach grauen Kunsthaaren.«

Pelegrini deutete auf Molls Jacke, die schlampig neben dem Monitor auf dem Schreibtisch lag. »Wahrscheinlich so ein Anorak. Das Bündchen unten ist aus Baumwolle, und die Kapuze ist mit einer Art Kunstfell besetzt. Gibt's leider zu Tausenden.«

Sie setzte sich und legte den Arm über die Lehne. »Was habt ihr sonst noch, was wir alle wissen sollten?«

»Oberhollenzer und ich waren gestern noch im Haus auf dem Mönchsberg. Nette Hütte übrigens. Das Handy haben wir nicht gefunden. Das ist verschollen. Dafür eine große Hundeschüssel, aber keinen Hund dazu. Der ist auch verschollen. Und dann lag noch ein Laptopkabel neben dem Tisch, aber der Computer war – ratet mal – auch verschollen.«

Kurz war von Oberhollenzers PC das Geifern eines Amerikaners zu hören, der etwas von einem »pile of couch potatoes« schrie. Mit einem Schlag auf die Tastatur brachte Oberhollenzer den Ton zum Verstummen. »Verzeihung«, murmelte er ertappt. »Vielleicht hat Marthaler sein Notebook im Büro gelassen?«

»Genau, sein Büro.« Pelegrini lehnte sich vor und drückte die Fingerspitzen gegeneinander. »Marthaler hat einen Teil der väterlichen Firma übernommen. Mutter gibt's keine mehr, die ist schon vor fast zwanzig Jahren gestorben. Der alte Marthaler leitet eine Großwäscherei, der junge hat sich um eine Reinigungsfirma gekümmert. Die Firmen haben ihren Sitz in Schallmoos.« Kurz kramte sie auf dem Schreibtisch in einem Zettelkonvolut. »Und zu vorgestern, Dienstag, seinem Todestag … Er war tagsüber ganz normal im Büro, kurz nach Mittag verabschiedete er sich, um daheim etwas zu holen und dann mit einer Frau essen zu gehen. Er war aber knapp nach zwei wieder zurück, sagte mir seine Sekretärin am Telefon. Gegen halb vier hat er schon Schluss gemacht. Angeblich, um heimzufahren. Dann dürfte ihn sein Vater zu einer Abendveranstaltung in die Residenz geschickt haben. Ich hab das gecheckt. Dort war er bis ungefähr neun. Danach haben wir keine Spur mehr von ihm.« Sie sprang auf, schnappte sich eine Kaffeetasse und ging zur Maschine. Unverrichteter Dinge kam sie wieder an den Schreibtisch zurück. »Milch ist aus.«

»Raubmord war das jedenfalls auch keiner, mit so viel Geld in Marthalers Brieftasche. Und wer lauert einem Typen an einem öffentlichen Platz auf, wo man leicht gesehen werden kann?« Moll verschränkte die Arme in seinem Nacken. »Marthaler ist seinem Täter wohl zufällig über den Weg gelaufen.«

»Der muss einen starken Grund gehabt haben, Marthaler unter diesen Umständen zu entsorgen.« Oberhollenzer sprach langsam, weil er wieder fasziniert auf seinen Bildschirm starrte. Ab und zu flackerten Farben über sein Gesicht. »Ich meine, das Risiko, erwischt zu werden, war ja ziemlich groß.«

»Na denn, suchen wir das Motiv. Fährst du mit mir zum alten Marthaler, Oberhollenzer?«

»Stopp! Für Oberhollenzer habe ich ein anderes Programm. Und der alte Marthaler sieht sicher gern eine junge Frau.« Pelegrini zog ein weißes Band aus ihrer Hosentasche und hielt es wie ein Schmuckstück in die Höhe. »Abholen musst du es dir schon selbst, Oberhollenzer. Das gehört bereits zum Bewegungsprogramm, wie besprochen.«

Knurrend erhob sich Oberhollenzer. »Ich trage so was nicht. Ich habe schon die Freundschaftsbänder in der Schule gehasst.«

»Das ist kein Freundschaftsband, sondern ein Fitnessgerät. Das Ding zählt deine Schritte. Und die tägliche Leistung kannst du auf dem Display ablesen. Noch mehr wie etwa den Kalorienverbrauch, aber auf dem Handy.«

Oberhollenzer zog sein altes Nokia hervor. »Auf meinem sicher nicht.«

»Dann auf meinem, okay? Ich überwache dich ab jetzt.«

»Muss das sein, Martina?«

»Ich sage nur, in sechs Wochen hundertvierzig oder lieber hundertzwanzig Kilo?«

»Ich ergebe mich.« Er streckte beide Arme nach vorne, als wollte er sich Handschellen anlegen lassen.

»Sei ein Mann und stell dich der Herausforderung.« Während Moll bereits in seinen Anorak schlüpfte, legte Pelegrini den Sensor um das linke Handgelenk des großen Polizisten. »Zehntausend Schritte pro Tag, okay? Und zum Einstieg gehst du uns jetzt Milch holen. Nicht bei Bruno, sondern draußen beim Shoppingcenter Alpenstraße, ja? Die fünfhundert Meter wirst du sicher ohne Notarzt schaffen.«

Oberhollenzer nickte ergeben. »Wenn nicht, wisst ihr ja, wo ihr mich suchen müsst.«

»Und hör endlich auf, dir diese perversen YouTube-Videos anzusehen. Wenn du dich mehr bewegst, hast du sogar weniger Hunger. Oder zumindest kannst du dir den Hunger erlauben.« Damit ging sie zum Geweih und zog ihre und Oberhollenzers Jacke von den Resten des einst kapitalen Bockes.

18

Erich Marthaler war ein sechzigjähriger Mann mit kurzem grauem Haar und einem schmalen Gesicht. Obwohl er kaum mehr als eins siebzig maß, sahen Moll und Pelegrini eine stattliche Erscheinung vor sich. Ihre Kondolenz nahm er mit einem Nicken entgegen und drehte sich dann sofort um, als müsste er die riesige Maschinenhalle knapp neben den Westbahngleisen in Itzling ständig im Auge behalten. Aus zwei Lkws rollten Arbeiter Container mit Schmutzwäsche. Sie schütteten die Textilien in große blaue Säcke, die kurze Zeit später an die Hallendecke stiegen und dort wie leuchtende Kokons über den Köpfen der mehr als dreißig Menschen zu einem Nirostaungetüm schwebten. Die Behälter sammelten sich über dem glänzenden Riesen-Trilobiten in einem Quadrat. Jede Minute öffnete sich einer der blauen Sackcontainer, und ein Haufen Wäsche stürzte in das Maul des Edelstahltieres.

Marthaler senior streckte die Hand in Richtung des Geräts aus. »Das sind unsere Superwaschmaschinen. Drei Stück, jede zwanzig Meter lang, mit einundzwanzig Waschkammern. So wäscht man heute, wenn man erfolgreich sein will.«

»Ein starker Tag heute?«, fragte Pelegrini.

»Nein, gar nicht. Am stärksten ist der Montag. Da waschen wir ungefähr siebzigtausend Kilogramm Wäsche, vor allem von Hotels und Krankenhäusern.« Er drehte sich wieder zu den Polizisten um und suchte in ihren Augen nach Anzeichen von Respekt für das Werk, das er hier am Laufen hielt.

»Und Sie wissen, wem welche Wäsche gehört?«

»Das wird alles codiert, bevor es in den blauen Wäschesack kommt. Sogar wenn es in der nächsten Halle getrocknet, automatisch gebügelt und gefaltet wird, wissen wir von jedem Stück jederzeit, wem es gehört.«

»So etwas bräuchte ich für meine Socken auch. Bei jedem Waschen kommt einer weniger aus der Waschmaschine zurück«, entfuhr es Moll.

Erich Marthaler versuchte, ein Schmunzeln anzudeuten, es gelang nur halb. »Dragan«, rief er einem Mann zu, der eben einen leeren Wäschecontainer mit lautem Scheppern vorbeirollte. »Geh mit dem Neuen zur Hepatitis-Impfung, wenn du hier fertig bist.«

»Sie lassen die Leute impfen?« Pelegrini sah ihn überrascht an.

»Natürlich. Ich will ja nicht, dass sie sich mit irgendwelchen Keimen aus dem Krankenhaus anstecken. Das bin ich meinen Mitarbeitern schuldig, oder?«

»Das heißt, Sie bezahlen allen in der Firma die Impfung?«

»In meiner schon«, sagte Marthaler so sachlich wie möglich, »mein Sohn hat es anders gehalten. Er ist eine andere Generation.«

»Was meinen Sie damit?«

»Er hatte andere Vorstellungen von Management. Aber jetzt denkt man über vieles auch anders als vor dreißig Jahren.«

Eine junge Frau ging am Trio vorbei, das noch immer fasziniert die Prozession der Wäschesäcke über den Köpfen beobachtete. Sie grüßte Marthaler respektvoll mit »Herr Kommerzialrat«.

»Mein Sohn war mehr ein Rechner, kein Chef der alten Schule. Für die jungen Leute sind Mitarbeiter heutzutage leicht austauschbar, wenn sie nicht richtig spuren. Und nichts konnte Maximilian schnell genug gehen, als gäbe es nichts zu verlieren.« Er atmete tief durch und winkte einer Frau tief im Hintergrund der Halle. Es sollte wohl so viel bedeuten wie »ich komme gleich«. »Meine Mitarbeiter sind irgendwie meine Kinder. Die tauscht man nicht so leicht aus, auch wenn sie ungehorsam sind. Für mich hat sich das bezahlt gemacht. Ich habe von meinem Vater eine Wäscherei mit zwei großen Waschmaschinen und zwölf Beschäftigten übernommen. Jetzt sind wir weit mehr als einhundert Leute in unserer Familie. Und ich könnte nicht behaupten, dass ich vor dem Konkurs stehe.« Er pausierte kurz und sprach dann leiser weiter. »Nur ohne Nachfolger stehe ich jetzt da.«

Für einen Moment starrte der alte Marthaler auf den Boden, als spiegelte er Bilder seines toten Sohnes wider. Nach ein paar Sekunden, in denen er schwer atmete, hatte er sie verscheucht – oder zumindest weggeschoben. »Ich habe Maximilian die Reinigungsfirma überlassen, damit er dort einmal übt, bevor er alles übernimmt. Damit er sich quasi die Hörner abstoßen kann.«

»So, wie Sie das beschreiben, hat sich Ihr Sohn mit seinem Führungsstil sicher nicht nur Freunde gemacht.«

Marthaler schüttelte den Kopf. »Aber er hatte schnell den richtigen Riecher und die richtigen Verbindungen. Deshalb hat er sich vorgestern Abend in der Residenz ja auch mit Wegscheider, dem Sekretär der Landesrätin, getroffen. Ich kann nicht gut mit dieser neuen Generation. Die Leute sind mir zu … ichzentriert. Sie sehen nur den augenblicklichen Erfolg, nicht das Ganze. Disziplin ist ihnen verdächtig, aber es geht um Disziplin, Disziplin, Disziplin. Vielleicht überrascht es Sie, wenn ein alter Konservativer wie ich das Wort *nachhaltig* verwendet. Aber ich glaube an einen nachhaltigen Umgang mit Menschen und daran, dass man auch eine Firma nachhaltig führen muss und nicht wie ein Heuschreckenkommando alles in kürzester Zeit aberntet, um dann entweder weiterzuziehen oder zu verhungern.«

Ein Mann, der sein weniger gepflegter Bruder hätte sein können, drückte Erich Marthaler eine schwarze Ledermappe in die Hand. »Ich warte im Auto auf dich«, sagte er zum Firmenchef und nickte den Polizisten freundlich zu. »Übrigens, der Hund von Max ist verschollen. Ich wollte ihn heute füttern.«

»Otto Stöger, mein Chauffeur und Unterstützer.« Marthaler sah ihm mit einem Lächeln nach. »Und ein guter Freund aus alten Tagen, dem ich sehr verpflichtet bin.«

Sandra Wörgötter wirkte nicht so, als hätte sie der Tod ihres Chefs sonderlich getroffen. Im Gegensatz zur warmen Atmosphäre im weitgehend mit Eschenholz eingerichteten Büro der Marthaler Großwäscherei saßen die Ermittler bei Marthaler Cleaning Services inmitten von Glas und Edelstahl. Alles war hell und strahlend und fast aggressiv sauber.

»Tut mir leid, aber den Laptop des Chefs habe ich hier nicht gefunden. Den muss er mitgenommen haben. Die Docking-Station in seinem Büro ist leer«, sagte die groß gewachsene Frau und lächelte Pelegrini und Moll freundlich an.

»Wie wurde denn in der Firma über Marthaler junior geredet?«

Sie stieß ein verächtliches Lachen aus. »Sich unter Untergebenen Freunde zu machen gehörte nicht zu seiner Stärke. Ich bin erst sechs Monate hier, meine Vorgängerin hatte er überhaupt nur vier Monate, die davor, glaube ich, noch kürzer. *Hire and fire.* Und das Geschäft seines Vaters hat ihn nicht die Bohne interessiert. Das machte er doch nur, um in absehbarer Zeit die viel profitablere Großwäscherei übernehmen zu können. Sie können sich ja bei den Frauen umhören, die für ihn putzen. Ich wette, was Sie am öftesten hören werden, ist: ›Nix guter Mann.‹«

»Frauengeschichten?«, fragte Moll.

»Er hat es einfach bei allen probiert, wenn er gerade Lust und Laune dazu hatte.«

»Auch bei Ihnen?«

Wörgötter wich Molls Blick nicht aus und nickte.

»Und?«

»Der ist jetzt echt nicht mein Typ. Ich stehe nicht auf kleine Männer. Und seine überhebliche Art ging mir auch auf den Keks. Aber für unsere Arbeitsbeziehung war mein Korb bestimmt nicht hilfreich.« Sie suchte in Pelegrinis Augen kurz nach Verständnis und fand es in einem leichten Nicken der Polizistin. »Außerdem war ich ihm zu … weiblich, wenn Sie wissen, was ich meine.« Sie tätschelte kurz ihre wohlgeformte Hüfte. »Es wurde gemunkelt, dass er es hin und wieder mit einer polnischen Schnepfe vom Personal treibt. Sie wissen ja, manche Leute erzählen auch ihre Bettgeschichten herum, weil sie sich wichtigmachen wollen.«

»Wissen Sie ihren Namen?«, übernahm Pelegrini das Gespräch.

»Wenn ich ihn sehe, erkenne ich ihn.« Sie legte die Hand auf die Computermaus und scrollte nach ein paar Klicks eine Liste runter. »Ewa Biliecka. Aber das wird Ihnen nichts helfen. Die Frau hat letzte Woche freigenommen und ist bis kommenden Mittwoch in Polen.«

»So genau wissen Sie das?«

»Es steht zumindest da. Wir schreiben das nicht nur in der Lohnabrechnung auf, sondern auch hier, weil es dann keinen

Sinn hat, sie anzurufen, wenn wir dringend mehr Personal brauchen.«

»Und haben Sie eigentlich den Kalender Ihres Chefs verwaltet?«

Wörgötter nickte. »Wollen Sie einen Ausdruck von dieser Woche?« Ohne eine Antwort abzuwarten, klickte sie auf das Drucken-Symbol. »Übrigens, Marthaler hatte am Dienstag am Telefon einen handfesten Streit, nachdem er grantig vom Mittagessen zurückkam. Er war ziemlich außer sich und hat ein paarmal seinem Gesprächspartner gedroht, ihn auffliegen zu lassen, wenn er sich nicht sofort hinter die Arbeit klemmt.«

Drohungen ließen Moll immer aufhorchen, auch wenn nur ein Bruchteil von ihnen jemals zu Konsequenzen für Leib und Leben führte. »Haben Sie eine Ahnung, worum es bei diesem Streit ging?«

»Nö, überhaupt nicht. Einmal fiel das Wort Uni. Marthaler hat seit mehreren Jahren Betriebswirtschaft studiert. Er war jedenfalls außer sich und beschwerte sich bei seinem Gesprächspartner, er habe ihm versprochen, sich die Sache zu überlegen.«

Moll deutete durch die Glaswand in Marthalers Büro. »Hat er vom Festnetz aus telefoniert?«

»Nein. Von seiner Reaktion zu schließen, dürfte er auf eine SMS reagiert und dann gleich von seinem Handy aus angerufen haben«, sagte Wörgötter und zeigte zu dem Arbeitsraum. »Sie können sich von mir aus dort gern mal umsehen.«

Pelegrini ließ einen sehnsüchtigen Blick auf die Kapsel-Kaffeemaschine hinter Wörgötter fallen und ging dann seufzend mit Moll in den Glaskobel. Sie schlossen die Tür hinter sich, um sich wenigstens gedämpft ohne ein drittes Paar Ohren unterhalten zu können. Aus einer Steckdose hinter dem schweren transparenten Schreibtisch baumelte das

Kabel eines Handyladegerätes. Einzig eine weinrote Ledercouch samt zwei Sesseln brachte etwas Farbe in den Raum. Auf dem Beistelltisch lagen Hochglanz-Reisemagazine, obenauf ein Titelbild aus der Südsee. Die Garderobe stand wie ein in den Boden gerammter Speer aus Edelstahl im Zimmer. Schon nach dem Öffnen der zweiten Schreibtischschublade war den Ermittlern klar, dass sie hier nichts finden würden. »Moderne Menschen deponieren ihr Leben im Handy und im Notebook, nicht mehr auf Papier«, bemerkte Pelegrini. »An und für sich eine super Sache für uns. Blöd nur, wenn beide verschwunden sind.«

»Die Handydaten kriegen wir auch anders«, sagte Moll und öffnete ihr einladend die Tür zum Vorzimmer.

»Marthalers Essenstermin ist übrigens im Kalender eingetragen.« Wörgötter wedelte mit dem Zettel in ihrer Hand. »Es steht kein Name dabei. Ich musste ihm für dreizehn Uhr einen Tisch in der Elmo-Pizzeria an der Lehener Brücke reservieren. Vielleicht erfahren Sie dort mehr. Brauchen Sie eigentlich ein aktuelles Foto von ihm? Wenn ja, schicke ich Ihnen eines. Er hat sich die Haare vor eineinhalb Monaten blond gefärbt.« Damit drückte sie Moll die Terminliste der Woche in die Hand. »Hat es eigentlich schon jemand seinem Kind gesagt?«

»Er hatte ein Kind?« Pelegrini drehte sich an der Tür überrascht um.

»Hat Ihnen das der alte Marthaler nicht erzählt?«

Die Polizisten schüttelten den Kopf.

»Verstehe …« Die Sekretärin blickte aus dem Fenster. »Ich habe es nur durch Zufall erfahren, weil ich einen Dauerauftrag gesehen habe, der nirgends zuordenbar war. Unser Controller hat mich dann aufgeklärt. Dass der alte Marthaler nicht darüber redet, ist eigentlich eh klar. Was nicht zur sauberen Fassade passt, wird einfach gutbürgerlich totgeschwiegen. So wie er auch seinen ekelhaften Sohn nach außen hin immer gestützt hat, egal, wie mies er sich uns gegenüber benahm. Die Familie steht letztendlich doch über allem, auch über jeder Moral.« Sie sah auf den Bildschirm. Dann kritzelte sie einen Namen auf einen rosafarbenen Zettel und schob ihn Moll über den Tisch zu, der der redefreudigen Frau im Gegenzug seine Visitenkarte hinterließ. »Das dürfte wohl die Mutter sein. An sie gehen die Zahlungen.« Wörgötter lachte kurz sarkastisch. »Viel ist es im Übrigen nicht. Alle außer sich hat der kleine Marthaler ja sehr kurzgehalten.«

»Gibt es sonst noch etwas, was Ihnen ad hoc einfällt, Frau Wörgötter?«

Sie schüttelte den Kopf und lächelte Moll nachdenklich an. »Auch wenn Sie mich geschmacklos finden: Sollten Sie den Typen schnappen, der Marthaler auf dem Gewissen hat, dann geben Sie ihm nicht nur eine Strafe, sondern auch eine Medaille für Verdienste um die Menschheit.«

19

Waschen und putzen sind zumindest ein zukunftssicheres Geschäft. Es gibt viel mehr Schmutz zu beseitigen, als wir alle denken«, sinnierte Moll, während sie bei der Lehener Brücke aus dem Dienstwagen stiegen.

Der pummelige Wirt in der Elmo-Pizzeria erinnerte sich sofort an Marthaler, als Moll ihm dessen Foto auf dem Handy vor die Nase hielt. Wörgötter hatte das File umgehend gemailt.

»Montag oder Dienstag war der da, mit einer rotblonden Frau. Er ist so der Typus kleiner Mann, der seine geringe Körpergröße mit den Attitüden Michael Jordans kompensiert.« Der schwitzende Patron sortierte wie nebenbei einige Wolfsbarsche in ein rechteckiges Edelstahlgeschirr. »Die Frau hätte von der Größe eigentlich gut zu dem blonden Herrn gepasst.«

»Haben Sie etwas vom Gespräch der beiden mitbekommen?«, fragte Pelegrini.

Der Wirt schüttelte den Kopf. »Die saßen dort in der Ecke. Der Tisch war reserviert. Nach Liebespaar sah es nicht aus, auch wenn der Mann sich stark für die Frau interessierte. Er aß übrigens ein Carpaccio, sie einen Salat mit Hühnerstreifen. Na ja, als Essen würde ich so einen Salat nicht bezeichnen. So etwas bestellen Menschen, die eigentlich nicht essen wollen. Oder nicht gern essen.« In schneller Abfolge kontrollierte er unter dem Pizzatisch drei Schubladen, in denen fertige Teigkugeln ruhten.

»Wissen Sie noch, wie lange die beiden da saßen?«

»Die Frau ging auf jeden Fall vor dem Mann. Sehr lange

war sie nicht da. Vielleicht eine Dreiviertelstunde. Die beiden hatten auch kurz Zoff, dabei fiel das Weinglas des Mannes um. Weißwein, also nicht so schlimm. Vom Salat ging übrigens die Hälfte zurück.«

»So was merken Sie sich?«, fragte Pelegrini zweifelnd.

»Ja klar. Wenn die halbe Speise in den Kübel wandert, will ich wissen, warum. Falls etwas schiefgelaufen ist, kann ich es zumindest nächstes Mal besser machen. Oder, wenn es öfter vorkommt, die Portionsgröße ändern. Ist ja schade um den sinnlosen Wareneinsatz.«

20

Oberhollenzer saß erneut vor dem Monitor und starrte fasziniert auf ein Video, als Pelegrini die Tür zum Büro aufriss.

»Du sollst dich doch bewegen und keinen auf Couch-Potatoe machen, Oberhollenzer.«

»Mit allem habe ich gerechnet, aber nicht damit, dass ich mich mal einer Domina wie dir ausliefere, Pelegrini.«

»Ich sag nur, hundertvierzig oder hundertzwanzig.«

Oberhollenzer simulierte mit seiner großen Hand das Klappern eines Schnabels. »Ob du's glaubst oder nicht …«, damit hielt er das Video an, »… ich ermittle.« Mit einem festen Schlag auf seine Oberschenkel stand er so flink wie möglich auf und warf sich vor Moll und Pelegrini wie ein furchterregender Türsteher in Position. »Erstens, ich habe die Gesprächsnachweise für Marthalers Handy bekommen. Kopien liegen bei euch auf dem Tisch. Zweitens, ich schaue fast jeden Tag die lokalen Fernsehnachrichten.« Geduldig wartete Oberhollenzer auf eine Reaktion seiner Kollegen.

Kurz ließen sie ihn hängen, dann erbarmte sich Moll. »Du solltest weniger fernsehen und mehr lesen, Oberhollenzer.«

Ein breites Grinsen zeigte sich auf Oberhollenzers Gesicht. »Dann wäre uns das hier entgangen.« Er winkte die beiden zu seinem Monitor. Wortlos drückte er auf die Play-Taste. Vor dem Dom, wo sonst der Jedermann vom Tod geholt wurde, defilierte langsam ein Zug von Dämonen vorbei und schleppte sich weiter durch die Dombögen auf den Residenzplatz. Die Gestalten mit ihren zerstörten Gesichtern passierten die hellen Lichter des Adventsmarktes. Einem hingen Gedärme bis zu den Knien aus dem Bauch, einem Mädchen fehlte das halbe Gesicht, anderen schien der Brustkorb wie mit einer Machete aufgerissen oder die Stirn mit groben Stichen genäht, als hätte jemand in ihrem Hirn gewühlt. Kurz hielt die Kamera in pupillenlose, tote Augen, dann in ein Gesicht, dem halbseitig die Wange fehlte und den Blick auf blutige Zähne freigab. Manche der Schauerfiguren röchelten, andere gaben undefinierbare tierische Laute von sich.

»Eine Zombieparade, Dienstagabend. War gestern auf Sendung, das Video kann man in der TVthek ein paar Tage lang ansehen«, sagte Oberhollenzer wie beiläufig.

»Passt sehr gut zu Weihnachten«, murmelte Pelegrini.

Der Zug der Untoten passierte den Alten Markt und tauchte dann in den dunklen Ritzerbogen ein. Danach hüpfte der Fernsehbeitrag zurück zu den Vorbereitungen der Parade. Einige Dutzend vor allem junge Leute ließen sich in den Bögen der Alten Universität schminken und sich in Zombies verwandeln. »Der Zombie-Flashmob an sich ist eher eine Zivilschutzübung, basierend darauf, dass die Zombies ja bald einmal kommen werden«, erklärte der junge Veranstalter, während einige aus der Zombiebrut hinter ihm die abgehackten, langsamen Bewegungen der Untoten einstudierten. Auch sein Gesicht war bereits blutüberströmt. »Wann die Hirnfresser kommen, wissen wir nicht. Aber wir wollen den Leuten auf jeden Fall mal beibringen, wie sie sich verhalten sollen, wenn es so weit ist. Weil die einzige Chance ist, sich selbst als Zombie zu tarnen«, empfahl der bärtige Mann, bevor er sich selbst davonschleppte, schon ganz in der Rolle des Untoten.

»Ich glaube, der Bursch täuscht sich«, sagte Pelegrini, »es

gibt eh schon so viele Zombies. Manchmal fühle ich mich ja selbst so, wenn ich zum Beispiel am Samstag bei IKEA einkaufen gehe. Und wenn ich Investmentbankern beim Reden zuhöre, dann bin ich mir definitiv sicher, dass die Zombies unter uns sind.«

Noch während sich der Zug in einer Schlusseinstellung friedlich durch die Sigmund-Haffner-Gasse wälzte, drehte sich Pelegrini suchend Richtung Kaffeemaschine um. »Und wenn ich nicht bald einen Kaffee bekomme, dann werde ich selbst zum Zombie.«

»Zuerst die Arbeit, Frau Inspektor.« Moll hielt sie fest. »Oberhollenzer hat ja sicher noch eine Geschichte zum Video auf Lager. Oder stehst du ganz privat auf Amateur-Slasher-Movies?«

»Vielleicht, wenn ich wüsste, was das ist«, sagte Oberhollenzer und startete das Video von neuem, diesmal bildschirmfüllend. »Ich weiß schon, dass einmal anschauen reicht. Aber ...« Er hielt das Bild an, als die Kamera vom Turm der Neuen Residenz über den Adventsmarkt auf den Zombiemarsch schwenkte. »Seht mal, wie spät es im Video ist. Drei Minuten vor neun.« Damit ließ er den Film weiterlaufen. Als die Blutparade den Alten Markt passierte, stoppte er wieder. »Genau hinsehen. Erkennt ihr ihn?«

»Unglaublich, du musst Adleraugen haben.« Pelegrini klopfte Oberhollenzer anerkennend auf die Schulter.

»Das ist der Jäger in mir«, sagte der nur. »Hier haben wir Maximilian Marthaler inmitten der Zombies. Fragt mich nicht, warum. Aber er ist auch noch in der nächsten Einstellung zu sehen, wenn man weiß, wonach man suchen muss. Und dann verschwindet er mit der Bande im Ritzerbogen. Und weg ist er.«

»Perfekt, Oberhollenzer. Jetzt haben wir einen Zeitrahmen. Der Ritzerbogen ist ja nicht mehr als hundert Meter entfernt vom Tatort.«

»Genau. Die Zombieparade biegt hinter dem Durchgang zum Universitätsplatz in die Sigmund-Haffner-Gasse ein. Marthaler hat sich da wohl aus dem Zug gelöst und ist seinem Tod entgegengegangen.«

Moll begann, etwas auf einen Zettel zu kritzeln. »Wenn der Zug um drei vor neun über den Residenzplatz gezogen ist, war er, selbst wenn man sich so langsam dahinschleppt wie die Zombies, circa um zehn nach neun beim Ritzerbogen, Marthaler also spätestens um Viertel nach auf der Höhe der Tonne zwischen Kollegienkirche und Alter Universität. Dort wird er wohl nicht auf seinen Täter oder Mörder gewartet haben.«

»Das heißt, wir können von etwa Viertel nach neun als Zeit des Angriffs auf Marthaler ausgehen«, notierte Pelegrini.

»Wenn wir es genauer wissen wollen, rufe ich meine Schwester Laura beim Rundfunk an«, sagte Moll und dachte kurz mit Bedauern daran, dass er sie seit Ewigkeiten nicht mehr gesehen hatte. »Bei den Fernsehaufnahmen wird meist auch die Zeit mitcodiert. Dann wüssten wir auf die Minute genau, wann die Zombies im Ritzerbogen verschwunden sind. Aber die Näherung ist auch so ganz hilfreich.«

»Und ich kümmere mich mal um Marthalers ominösen Termin mit der Frau beziehungsweise den Streit am Telefon. Aber zuerst brauche ich einen Kaffee.« Mit diesen Worten stürmte Pelegrini auf die Maschine zu. Eine Sekunde später stieß sie einen spitzen Schrei aus und hielt eine in Plastik eingeschweißte Packung mit Kaffeeobers-Kapseln in die Höhe. »Oberhollenzer, das ist nicht dein Ernst.«

»Was ist denn jetzt schon wieder?«

Pelegrini sprach langsam, um auch von etwas Begriffsstutzigen verstanden zu werden. »Hat dein Hirn nach dem kurzen Fußweg so unter Sauerstoffmangel gelitten, dass du diesen Müll hier kaufen musstest? Ein halbes Kilo Plastikabfall für ein paar Tropfen Milch, die wahrscheinlich nie eine Kuh gesehen hat?«

»Aber es ist so praktisch, wenn die Milch portioniert ist«, versuchte Oberhollenzer, seine Kollegin zu beruhigen. »Außerdem wird uns die Milch doch immer sauer in diesem himmelalten Kühlschrank. Der kühlt nicht mehr anständig. Da sind diese Tabs doch immer noch die ökologischere Lösung.«

»Du bist ein … Öko-Zombie.«

»Und du eine Öko-Furie!«, schrie Oberhollenzer und stürmte beleidigt aus dem Zimmer.

»Ach geh!« Genervt ließ Pelegrini ihre Arme sinken. »Jetzt muss ich ihn wieder besänftigen. Bin ich die Mutter Teresa, oder was?« Sie drückte Moll das Kaffeeobers in die Hand und lief aus dem Büro.

Wenig später kamen Oberhollenzer und Pelegrini versöhnt zurück, in den Händen zwei Plastikbecher vom Kaffeeautomaten im Stiegenhaus.

»Deinen ökologischen Fußabdruck möchte ich nicht haben«, konnte sich Moll in Richtung seiner Kollegin nicht verkneifen.

Sie rollte nur mit den Augen. »Diesen Automaten werde ich auch noch missionieren, das schwöre ich dir. Und einen neuen Kühlschrank kaufen wir auch. Der frisst sicher so viel Strom wie ein modernes Kühlhaus.«

Moll ignorierte die Drohung mit dem Neukauf. Pelegrini schnappte sich die Liste mit den Telefonnummern und blätterte sie langsam durch. Eine Weile wurde es still im Büro. Selbst klackende Geräusche von den Tastaturen waren keine zu hören, ab und zu das Schaben der Kaffeebecher auf dem Tisch, dann ein Räuspern oder ein lauter Atemzug.

Moll mochte diese Pausen. Meist bewegte sich etwas in diesen Phasen des Luftholens.

Lange starrte er über die Hellbrunner Allee hinweg auf den Untersberg. Er versuchte, das Kabel der Seilbahn zu sehen, konnte es aber nur anhand der Bergstation erahnen. Alles war jetzt Schnee. Er war früher als gedacht gekommen und verlängerte die kalte Jahreszeit. Trotzdem war es heute heller als am Tag zuvor. Vielleicht kam in dieser Woche noch einmal die Sonne heraus. Samstag oder Sonntag musste er auf jeden Fall sein Rodelversprechen mit Felix einlösen. Und auch seinen dämmernden Großvater in Lehen besuchen. Hoffentlich erinnerte sich der alte Mann überhaupt noch an ihn. An allen Ecken gab es etwas zu erledigen. Er sah Felix wieder mal zu wenig, seine Schwester so gut wie nie, und dazu noch der demente Viktor in seiner Hochhauswohnung.

Mit einem Seufzer beugte Moll sich über einen Notizblock und begann, Marthalers letzten Tag zu skizzieren. Zuletzt schrieb er »Wegscheider« auf seine Liste, den Namen des Sekretärs der Landesrätin, danach drei Fragezeichen.

»Nichts«, sagte Pelegrini nach einigen Telefonaten. »Unter der Nummer, die Marthaler kurz nach zwei angerufen hat, meldet sich nur die Aufforderung, eine Nachricht zu hinterlassen. Keine persönliche Mailboxansage, nur die übliche Provideraufforderung mit der Standardstimme. Die Nummer stammt von einem Prepaidhandy. Soll ich eine Nachricht hinterlassen und einfach um einen Rückruf bitten?«

»Ja, ganz nüchtern. Verschreck die Frau nicht durch Details oder deinen Beruf. Und gib ihr deine Handynummer.«

Kurz strich Moll über den nicht mehr ganz modernen grünen Apparat auf seinem Schreibtisch. »Mach aber gleich auch die harte Telefontour, die Providerdaten. Nur zur Sicherheit.«

Statt einer Antwort tippte Pelegrini noch beim Hinausgehen in ihr Handy.

21

Gerfried Wegscheider bemühte sich, mitfühlend zu erscheinen. Aber seine Redepausen wirkten auf Pelegrini und Moll nicht ganz echt. Als ob ihn Maximilians Tod nicht wirklich verwunderte. Und wenn er ihn berührte, dann zeigte er es nicht.

»Natürlich kannte ich Marthaler. Wir hatten immer wieder miteinander zu tun. Er hat einige Reinigungsaufträge in Liegenschaften, die das Wissenschaftsressort betreffen. Aber Freunde? Nein, das waren wir nicht. Da hat sich der alte Marthaler geirrt. Der Mann denkt noch in ganz anderen Seilschaften.«

Der kantige Sekretär der Bildungslandesrätin Wochinz stand vor dem Fenster zum Chiemseehof. In diesem ehemaligen Bischofssitz im Herzen der Altstadt tagte die Salzburger Landesregierung, und hier residierte auch der Landeshauptmann, wenn er wegen einsturzgefährdeter Decken nicht gerade ein Ausweichquartier nehmen musste. Der Sitz lag versteckt in einem verwinkelten Gassenwirrwarr des Kaiviertels und schien sich mit seinem schmalen Einfahrtsportal geradezu abzuschotten von allem, was außerhalb der Mauern passierte.

»Wie verlief denn der Dienstagabend in der Residenz?« Pelegrini sah ihn interessiert an. Er wirkte durchtrainiert, mit breiten Schultern. Unter dem Sakko zeichneten sich muskulöse Oberarme ab.

»Beim barocken Büfett? Ich habe ihn dort nur kurz gesehen. Er ging so gegen neun und wollte sich ein Taxi nehmen, um sich den Aufstieg auf den Mönchsberg zu ersparen.«

»Sie haben sich doch angeblich gestritten auf dem Fest.«

»Ach was.« Wegscheider machte eine abfällige Handbewegung und sah kurz hinaus auf die dunkelrosa Fassade des Innenhofes. »Marthaler hatte zu viel getrunken. Wie oft, im Übrigen, wenn ich ihm begegnet bin. Er wollte Insiderinformationen zu einer Ausschreibung für ein Objekt. Aber das geht gar nicht.«

»Sehr anständig«, sagte Moll und bemühte sich, nicht ironisch zu klingen. »Ging Marthaler allein?«

»Allein, ja. Aber er *ging* nicht, er wankte, wenn Sie verstehen, was ich meine.«

Wegscheiders Handy brummte. Er sah kurz auf das Display. »Die Landesrätin ist fertig.« Routiniert und ohne hinzusehen, zog er ein kleines Stück Karton aus der Innentasche seines Sakkos. »Hier haben Sie meine Karte, wenn Sie noch etwas von mir brauchen.«

Oberhollenzer kehrte fast zur gleichen Zeit ins Kommissariat zurück wie seine Kollegen. Er deutete mit dem Daumen nach unten.

»So, es ist fast halb sechs. Jetzt ziehen wir mal Bilanz«, rief Pelegrini und sah ihr übergewichtiges Sportprojekt streng an.

»Ich kann nicht viel berichten. Ich habe nur die Mutter von Marthalers Sohn in Hallein getroffen. Miriam Schönberger ist Anfang dreißig, ihr Sohn Niklas fast vierzehn – eine wirkliche Jugendsünde also. Nur, der Bub weiß nicht, wer sein Vater ist. Sie hat es ihm nie verraten, und er hat nie danach gefragt. Schönberger hat mich gebeten, es ihm auch nicht zu sagen. Praktisch …«, Oberhollenzer suchte nach Worten, »… ich meine, wenn man keinen Vater hat, kann man ihn auch nicht verlieren.«

»Verstehe, war mehr ein Höflichkeitsbesuch«, murmelte Moll.

»Ja, die Schönberger und der Marthaler haben auch seit Jahren keinen Kontakt mehr. Ganz am Anfang hat er den Buben offenbar ein paarmal gesehen, dann haben sich ihre Wege aber völlig getrennt. Sie hat es mit einem Studium in Wien probiert, das sie dann abgebrochen hat. Im Übrigen ist sie eine ganz aparte Erscheinung, im Körperbau das Gegenteil von mir, und sie wirkt recht positiv.«

»Darf ich tippen: wieder kein Herz, das über Marthalers Abgang zerbrochen wäre«, sagte Pelegrini und versuchte, ihr Handy via Bluetooth mit Oberhollenzers Fitnessarmband zu koppeln.

»Bestimmt nicht. Aber sie hat gleich erwähnt, dass ihr Sohn jetzt wohl eine Waisenrente bekommt. Die ist bestimmt höher als die Brosamen, die Marthaler ihr immer überwiesen hat, meinte sie.«

»Mordmotiv Waisenrente … klingt nicht gerade überzeugend.« Moll sah sich nach seinen Kollegen um. Beide schüttelten den Kopf.

Pelegrini hob einen Zeigefinger. Ein Schalk funkelte in ihren Augen. »Mit *Bilanz ziehen* meinte ich vorhin nicht deinen Besuch in Hallein, Oberhollenzer.«

»Sondern?«

»Deine heutige Bewegungsleistung.«

Oberhollenzer hob seinen Arm und streckte ihn von sich, als sei er weitsichtig. »Fast achttausend Schritte heute. Das ist doch ganz gut für den Anfang.«

»Lüg nicht, Oberhollenzer. Du bist sportlich totalüberwacht.« Pelegrini hielt ihr Handy hoch und las das Display ab. »Es waren genau sechstausenddreihundertsechsunddreißig Schritte.«

Oberhollenzer hob entschuldigend die Schultern. »Ich habe aufgerundet.«

»Ja, eh. Aber es waren immerhin fast eintausendfünfhundert Kalorien, die du so vernichtet hast, wenn dein Gewicht mit hundertfünfundzwanzig Kilogramm stimmt.«

»Da habe ich ein bisschen abgerundet.«

»Du mein Rundungskönig«, lachte Pelegrini auf.

»Tausendfünfhundert Kalorien«, Oberhollenzer dachte kurz nach und tat, als bräuchte er seine Finger zum Rechnen. »Wie viele Leberkässemmerl sind das, Martina?«

22

Ich habe die Lösung für euch!« Melinda Glatt hielt einen kleinen bedruckten Karton in die Höhe und strahlte in die Wohnküche. Unter einem kurzen roten Kleid trug sie eine neckische weiße Strumpfhose mit roten Kirschen und Herzen.

Felix jagte eben Hook nach, der wie ein Maniker die immer gleiche Runde lief – unter dem Tisch durch auf die Couch, weiter über die Rückenlehne und wieder runter auf den Boden und unter den Tisch. Er war längst kein Kätzchen mehr, aber noch immer sehr verspielt. Und vor allem verrückt.

»Verstehe«, sagte Moll und schloss seufzend eine Küchenschublade. »Sie nehmen uns Hook ab oder bringen ihn ins Tierheim.«

»Ach Franco, jetzt seien Sie doch mal konstruktiv. Ich habe hier einen Raumduft speziell für Katzen. Ein Wohlfühlhormon für den häuslichen Tiger.« Sie begann, den Karton zu öffnen und eine Art Beipackzettel auszuwickeln. »Vermittelt Ruhe, Vertrauen und Sicherheit, steht hier.«

»Wem?«, fragte Franco. »Der Katze oder Felix? Oder mir?«

»Bei Felix brauchen Sie dazu nur den Geruch von Fischstäbchen in Öl. Bei Ihnen habe ich leider noch kein Rezept gefunden, bin mir aber sicher, dass wir in der veterinärmedizinischen Hausapotheke fündig werden.« Sie lachte und drückte ihm ein kleines blaues Gerät in die Hand, das einem Insektenstecker ähnelte. »Einfach einstecken, und Hook fühlt sich wie im siebten Himmel.«

»Gras für die Katze, Melinda. Wenn das mal die Drogenfahnder erfahren …«

»Keine Angst, alles legal.«

»Und Felix und ich fangen damit nicht zu schnurren an? Vielleicht wachsen meinem Sohn Barthaare.«

Felix hing längst an Melindas Arm. »Ich weiß, dass du Spaß machst, Papa. Oder nicht? Bekomme ich dann wirklich einen Bart?«

Franco lachte und strich Felix über das Haar. »Sucht eine Steckdose für das Ding.«

Sein Sohn nahm Melinda an der Hand und zog sie in den Gang zum Bad. Unter dem großen roten Acrylherz steckten sie das Gerät mit Hooks Wohlfühlhormonen in die Wand.

»Es gibt gleich etwas zu essen, Melinda. Sie bleiben doch, oder?«

»Eigentlich wollte ich …«

»Keine Widerrede. Ich habe zwar keine Ahnung, was ich kochen soll, aber ich bin heute wild entschlossen.« Franco blickte sich um und öffnete den Apothekerauszug, um die Vorratslage zu sondieren. Dann zog er eine Tiefkühlschublade nach der anderen aus.

»Auweia«, mischte sich Felix ein, »wieder Küche der Verzweiflung …«

»Ich hätte noch ein paar Fi…«, bot Melinda mit spitzbübischem Lächeln an.

»Nein, dann schmore ich uns lieber ein paar Ledersohlen.« Francos Blick fiel auf einen Kräutertopf. »Ein Wunder. Basilikum im Topf, das überlebt hat. Normalerweise ist es nach einer Woche tot. Ich kaufe es eigentlich nur mehr zu Dekorationszwecken.«

Felix nahm den Topf in beide Hände. »Ja, das haben wir ganz vergessen. Deshalb schaut es so gut aus.«

»Vielleicht sollten wir es mit Hook auch so machen, Felix.«

»Papa, fang nicht schon wieder an. Sonst frage ich Melinda, ob man für dich auch so einen Duftstecker kaufen kann, damit du harmonisch wirst.«

»Ich bin doch die Harmonie in Person.«

Melinda nickte. »Stimmt. Seit Sie die Verrückte fast aufgeschlitzt hat, wirken Sie richtiggehend ausgeglichen. Bei diesem Aderlass haben Sie irgendwie das schlechte Karma verloren.«

»Sagen Sie jetzt nicht, dass ich das gebraucht habe.«

»Überhaupt nicht.« Sie wirkte tatsächlich betroffen. »Ich finde Sie jetzt nur … cool.«

Franco musste lächeln. Jemand fand ihn cool. Das hatte er schon seit Ewigkeiten nicht mehr gehört. Vielleicht lag es nur daran, dass er sich seit einiger Zeit keine Gedanken mehr darüber machte, wie er wirkte. Ohne es zu merken, legte er Melinda den Arm um die Schulter und bugsierte sie zu Felix, der bereits Blätter vom Basilikum zupfte.

»Felix weiß, wie man Pesto macht. Das ist das einfachste Gericht der Welt. Und es schmeckt immer gut, selbst mit geschmacklosem Winterbasilikum. Es reicht, dass es grün ist. Ich hatte eigentlich nicht vor, es zu essen. Aber in der Not …«

Kurze Zeit später schälte Melinda zwei Knoblauchzehen und lächelte Franco an, als wollte sie ihm ein Stück Sommer schicken. Felix entkamen ein paar Pinienkerne. Sie hüpften über den Boden wie glückliche Zwerge. Als Melinda sich die Hände gewaschen hatte, suchte sie nach einem Handtuch. Franco nahm ihre Finger, zog sie mit sich und drückte ihr ein weiches Küchentuch in die Hand. Felix goss reichlich Olivenöl in den Mixer und rief Melinda, um ihr die Zutaten zu erklären. Sie nickte wie eine eifrige Schülerin und sah sich ab und zu nach Franco um, der die Einschulung amüsierte verfolgte, während er die dünnen Spaghetti im Kochwasser beobachtete. Felix ließ die Maschine nur kurz grummeln und gab erst zuletzt das Basilikum zu.

»Das müssen wir schonend zerkleinern, Melinda.«

»Sagt dein Papa, oder?«

Felix nickte.

Später saßen sie bei Tisch wie eine Familie, die schon immer so vertraut zu Abend gegessen hatte. Der Rotwein stand in großen bauchigen Gläsern zwischen den Tellern, Felix hatte die Katze auf seinem Schoß, während er aß.

Franco hob sein Glas. »Nur zum Anstoßen. Ich nehme gerade Antibiotika.«

»Sie Armer. Sie wirken so gesund.« Melinda sah ihn lange über den Rand ihres Glases hinweg an und fuhr sich dann gedankenverloren durchs Haar.

»Schaut mal, wie gut das aussieht.« Felix hob seine Spaghettigabel in die Höhe. »Ich kann die Pasta schon mit einer Hand wickeln. Ohne die Nudeln zu schneiden. Und ohne Löffel. Nur am Tellerrand. Wie ein richtiger Italiener.«

Um halb sieben hüpfte Hook in Francos Bett. Er spazierte kurz über die Laken und schnüffelte wie ein Hund in die Falten der Bettwäsche. Franco war schon seit mehr als einer halben Stunde wach. Vorsichtig nahm er den Tiger und trug ihn in die Küche, wo er ihm in einer kleinen Schüssel gewässerte Milch auf den Boden stellte. Hook schlabberte entspannt und zufrieden. Vielleicht half diese vertrauensbildende Maßnahme, dass sich Hook wohler fühlte in der Wohnung. Dann legte Franco sich noch einmal ins warme Bett und lauschte nach Geräuschen aus Melindas Wohnung. Nicht einmal die Dusche konnte er hören. Oder es lag an den dicken Steinmauern.

»Was ist das?« Felix stand in der Schlafzimmertür und hielt ein rot-weißes Knäuel in der Hand.

Franco wurde rot. »Das könnte Melindas Strumpfhose sein. Sie muss sie wohl vergessen haben. Wo hast du sie denn gefunden?«

»Auf dem Boden vor der Couch.«

»Melinda war furchtbar heiß.«

Felix nickte. Er bekam plötzlich ein ganz weiches Gesicht und legte den Lockenkopf schief. »Du hältst mich wohl für einen Volltrottel, Papa. Ich glaube, du hast vergessen, dass ich schon fast zehn bin.«

23

»Marthalers Schlüssel und sein Handy sind gefunden worden.« Schmid starrte das einsame Geweih an der Wand an, während er sprach. »Wir schauen uns das Zeug schnell an, aber recht viel ist davon nicht zu erwarten. Danach könnt ihr das Handy zum Spielen haben.«

»Ja, gern, nur her damit«, sagte Moll und blickte unbewusst auf sein eigenes Telefon. Das Trio saß seit acht im Büro. Die Zeit drängte, besonders an Freitagen. Wenn man nicht bald genug mit der Arbeit begann, erreichte man niemanden mehr.

Pelegrini wartete, bis Schmid den Raum verlassen hatte. »Ich klemme mich zuerst hinter das Telefon unserer Unbekannten. Peilen hat wenig Sinn, weil das Handy kaum einmal eingeschaltet ist. Mal sehen, was wir über die IMEI-Nummer des Gerätes herausfinden können. Vielleicht hat die Frau ja doch irgendwo ihre Spuren hinterlassen. Sie hat mich gestern übrigens angerufen, während ich in der Dusche war, allerdings keine Nachricht hinterlassen. Vielleicht war ihr meine Ansage nicht sympathisch genug.«

»Hast du ihr auf der Mailbox mit einem Fitnessarmband gedroht?«, fragte Oberhollenzer.

»Sei froh, dass du mich hast.« Pelegrini knüllte ein Blatt Papier zusammen und schoss es auf Oberhollenzer ab. Der duckte sich hinter seinen Monitor und warf es umgehend zurück. Er traf die junge Kollegin über dem rechten Auge.

»War wohl ein finaler Rettungsschuss.« Gokl stand mitten im Raum. Niemand hatte ihn kommen gehört. »Aber gut, dass Sie mich daran erinnern. Sie müssen alle wieder mal zum Schießtraining.«

Pelegrini musste sich das Lachen verkneifen.

»Warum?« Oberhollenzer setzte seinen unschuldigsten Blick auf. »War doch ein guter Schuss, oder?«

»Gut, dann erlasse ich Ihnen das Training mit Papiergeschossen. Sie dürfen gleich scharf schießen, Oberhollenzer. Aber die junge Kollegin muss auch mit Papiermunition üben«, sagte der Brigadier, dem die Heiterkeit der Polizistin nicht entgangen war. »Und sonst? Gibt es auch im Fall Marthaler etwas zu lachen?«

Moll brachte Gokl im Eiltempo auf den jüngsten Stand.

»Und was macht Sie so sicher, dass die unbekannte Frau etwas mit Marthalers Tod zu tun hat?«

»Gar nichts. Aber sie ist der erste gute Hinweis auf eine beträchtliche Missstimmung«, antwortete Moll. »Er dürfte ihr gedroht haben. Offenbar wusste der junge Marthaler etwas, was ihr schaden konnte. Und wie ein wohlüberlegter Hinterhalt hat der Angriff auf dem Universitätsplatz ja nicht gewirkt. Eher wie eine Tat im Affekt.«

»Ja, die Brutalität der Frau an sich ist Legende.« Gokl blickte wie ein angeschossenes Reh aus dem Fenster und schien kurzzeitig seine Truppe vergessen zu haben.

Moll trommelte auf den Tisch, um wieder die Aufmerksamkeit seines Vorgesetzten zu bekommen. »Übrigens hatte Marthaler eins Komma vier Promille Alkohol im Blut.«

»Ein Notfallpsychologe hat mir kürzlich gesagt, dass Alkohol durchaus eine Lösung sein kann. Allerdings nicht auf Dauer.« Gokl hauchte verstohlen in seine Hand. »Ich nehme an, dass Sie am Wochenende weitermachen, solange Sie eine Fährte haben. Und wenn nicht, dann erst recht.«

Alle drei nickten – auch noch, als Gokl schon die Tür hinter sich geschlossen hatte.

»Langsam mache ich mir Sorgen um ihn.« Moll blickte dem Brigadier nach. »Ich habe gehört, es gibt Zoff im Hause Gokl. Das dürfte der Grund sein, warum er wie auf Rohypnol wirkt. Der Chef schläft momentan im Hotel, seine Frau lässt ihn nicht mehr ins Haus.«

»Hat er sie mit einem Tennisschläger hintergangen?«, fragte Pelegrini.

»Hintergründe kenne ich keine, sorry. So intensiv interessiere ich mich dann auch nicht für Gokls Liebesleben, wenn er überhaupt eines hat.«

Oberhollenzer sah unabsichtlich auf sein Fitnessarmband und erschrak. »Eintausendzweihundertachtundachtzig.« Er sprang auf und federte in den Beinen, ohne zu springen, und kontrollierte erneut das Display. »Eintausendzweihundertfünfundneunzig. Ich muss was tun.«

»Dann hol uns doch eine Jause aus dem Shoppingcenter. Was hältst du davon?« Pelegrini kritzelte schnell etwas auf einen Zettel und drückte ihm die Notiz in die Hand.

»Du willst einen Apfel?«

»Nein, Oberhollenzer, der ist für dich. Ebenso wie die Mandarinen. Franco und ich nehmen die zwei Wurstsemmerl. Und wehe, du stopfst dir auf dem Weg eine Leberkäsesemmel rein. Dein Fitnessknebel erkennt das, glaub's mir, der hat auch dafür einen Sensor eingebaut.«

Oberhollenzer tippte sich unzweideutig an die Stirn. »Gegen dich ist die NSA ein Schrebergartenverein.« Damit schnappte er sich seinen Hubertusmantel vom Geweih und ging mit Blick auf seinen Schrittzähler aus dem Büro.

Kurze Zeit später brachte Schmid Marthalers Handy vorbei. »Wie erwartet … Unmengen Fingerabdrücke drauf, da ist kaum mehr was auszumachen. Aber wir haben auf jeden Fall DNA-Spuren genommen. Nur für den Fall. Die Sachen wurden gegenüber vom Café Tomaselli gefunden. Fast zwei Tage nachdem er sie verloren hatte. Das ist nicht ganz koscher. Eventuell hat sich da jemand Schlüssel und Handy ausgeliehen.« Schmid legte Moll das Gerät auf den Tisch. »Der Schlüssel ist bei mir, falls ihr ihn braucht.«

»Und den Hund? Hat man den schon gefunden?«

Der altgediente Spurensicherer schüttelte den Kopf. »Davon weiß ich nichts. In der Asservatenkammer ist er jedenfalls nicht. Sonst hätte ich ihn bellen hören.«

»Seltsame Sache«, sagte Moll und griff nach Marthalers Handy.

Pelegrini beugte sich sofort über das Smartphone. »Nicht die Anruflisten, Franco. Die habe ich eh schon vom Provider. Mich interessieren die SMS.« Sie nahm Moll das Gerät aus der Hand und scrollte durch die Kurznachrichten. »Schau, das ist die Nummer der Frau. Er hat ihr auch ein paar Kurznachrichten geschrieben.«

Langsam bauten sich Bruchstücke aus Marthalers Kommunikationswelt vor den beiden Polizisten auf. Plötzlich tippte Pelegrini auf eine von Marthalers SMS. *Bach-Thema: Unternehmensbewertung anhand eines Fallbeispiels. Mein Angebot: 6 k, Lieferung bis 20. Jänner.* Erwartungsvoll sah sie Moll an. »Hast du keine Idee?«

Moll sah sie fragend an. Er hatte sein Telefon auf lautlos gestellt und eben erst selbst eine SMS bekommen, die er allerdings nicht vorlesen wollte. *schmetterlinge und grummelgrummel, lg melindas bauch.*

»Marthaler hat doch studiert, hat die Sekretärin gesagt. Und das hier heißt nichts anderes, als dass er sich seine Bachelorarbeit schreiben lassen wollte. Das ist völlig illegal und gleichzeitig in gutbetuchten Kreisen so üblich. Ich kenne auch jemanden, der sich mit dem Schreiben von wissenschaftlichen Arbeiten sein Leben aufbessert.«

Wieder tippte Pelegrinis Zeigefinger auf eine SMS.

»Die Frau hat beim oder nach dem Mittagessen offenbar kalte Füße bekommen und ihm abgesagt. Das hat den Narziss sehr aufgebracht. *Zicken Sie nicht herum. Wenn Sie mir bis morgen Abend nicht ein Exposé liefern, lasse ich Sie auffliegen. Und bilden Sie sich nichts auf Ihre Titten ein. Ich hab schon schönere gesehen.* Diese, äh, freundliche Rezension der Brust unserer Zielfrau hat er um 14:20 Uhr am Todestag abgeschickt, kurz bevor er noch einmal ihre Nummer gewählt hat. Sie hat ihm zuvor ganz freundlich mit der Begründung abgesagt, dass sie die Bachelorarbeit zeitlich nicht schafft.«

»Warum flippt Marthaler dann gleich so aus?«

»Das würde ich die Frau gern fragen. Aber ich denke, dass Marthaler zeitlich schon ziemlich unter Druck war.«

Eine Viertelstunde später, fast zeitgleich mit dem Ton einer eintreffenden Mail, sprang Pelegrini auf und schlug die Hände klatschend zusammen. »Du, es tut sich was.« Sie ballte ihre Faust und drückte den Daumen. »Mit ein bisschen Glück haben wir sie. Unser Phantom hat das Handy vor zwei Monaten im großen E-Shop in Taxham gekauft. Gleich weiß ich mehr.« Mit rotem Kopf griff sie zum Tischtelefon. Nach fast fünf Minuten, in denen Moll nur halb zugehört hatte, legte Pelegrini mit einem langen erleichterten Seufzer auf.

»Leider hat die Frau bar bezahlt, Franco. Pech für uns.«

»Und das macht so gute Stimmung bei dir?«

»Das nicht.« Pelegrini strahlte. »Die überwachen dort ihre Kassen und bewahren die Aufnahmen drei Monate auf.

Sagen sie halt. Wahrscheinlich mehr. Mir egal. Auf jeden Fall suchen mir die Sicherheitsleute vom E-Shop jetzt die Aufnahmen vom 29. September raus. Die Frau hat dort um 13:19 Uhr eingekauft. Damit haben wir zumindest ein Bild. Ich fahre mal raus ins Einkaufscenter und checke die Aufnahme.«

24

Pelegrini stürzte sich zuerst über die Wurstsemmel, als sie zweieinhalb Stunden später aus dem Europark zurückkam. Mit lautem Rascheln befreite sie die Jause aus dem braunen Papier und stopfte die Semmel manisch in sich hinein, während sie vor der braunen Pinnwand stand und auf die Totenfotos von Marthaler starrte.

»Stümper«, murmelte sie mit vollem Mund.

»Hatten sie doch keine Videoaufnahmen im E-Shop?«

Sie schüttelte den Kopf. »Ich meine diese Wurstverkäufer.« Sie sah auf ihre Semmel, bevor sie wieder hineinbiss. »Das Weißbrot ist völlig aufgeweicht vom Gurkerl. Intelligente Menschen legen es zwischen die Wurst. So geht das.«

Oberhollenzer hob entschuldigend die Schultern und blickte neidisch auf die Semmel. »Ich werde die Leute nächstes Mal instruieren, falls ich nach der Wanderung dorthin noch genug Luft habe.«

»Ich bitte darum.« Noch kauend, wischte Pelegrini die enorme Bröselmenge vom Tisch in den Papierkorb.

»So, und jetzt zu meiner Mission. Hier ist das Bild unseres Phantoms zur Besichtigung.« Oberhollenzer sprang auf und ging mit schweren Schritten zu Pelegrinis Schreibtisch. Er drehte das Foto zu sich und studierte es. »Hübsche Person. Zur Fahndung können wir sie auf Basis unserer Fakten aber nicht ausschreiben.«

»Nein, können wir nicht. Ich habe das Ganze auch elektronisch. Wir lassen sie jetzt durch die erweiterte Google-Bildsuche laufen. Die findet für uns ähnliche Fotos. Die Frau ist so jung, dass sie bestimmt Aufnahmen von sich im Netz hat. Wenn wir nur ein bisschen Glück haben, kriegen wir so ihren Namen.«

Nun beugte sich auch Moll über den Farbausdruck. Kurz vergaß er beim Anblick der Frau zu atmen. Dann wanderte sein Blick zuerst zu Pelegrini, anschließend zu Oberhollenzer, die noch immer auf das Foto starrten.

»Dafür brauchen wir kein Google«, sagte er leise. »Das ist meine Nachbarin, Melinda Glatt.«

25

Oberhollenzer und Pelegrini wandten sich ihm ruckartig zu.

»Das ist nicht dein Ernst, oder?« Pelegrini legte den Kopf schief und schloss kurz die Augen. Sie atmete tief durch.

Oberhollenzer legte Moll die Hand auf die Schulter. »Dann ziehen wir das ab jetzt allein durch, okay?«

Moll nickte.

Pelegrini griff nach einem Notizblock. »Weißt du, wo sie arbeitet, Franco?«

»Bei der S-Bank in Liefering.«

»Gut, dann nutzen wir doch das Überraschungsmoment und reden mal mit ihr. Pack dich zusammen, Oberhollenzer. Wir satteln.«

Moll rührte sich nicht, als sein Handy das Eintreffen einer neuen SMS anzeigte. Es war knapp nach zwei. Melinda hatte vielleicht noch Pause in der Bank. Eine Weile bemühte er sich, die Kurznachricht zu ignorieren, dann öffnete er sie doch. Unter anderen Umständen hätte sein Herz über die SMS gejubelt.

kann es sein, dass du heute nacht mein alter halbiert hast? fühle mich wie 17.

Jetzt waren die Dinge schlagartig anders. Kurz nahm er das Smartphone in die Hand. Dann antwortete er doch nicht. Es hatte sich gut angefühlt, gestern Abend. Alles. Er hatte keine Panik bekommen, als sie nebeneinander auf der Couch gesessen hatten, mit ihren Gläsern in der Hand, und die Knie sich ab und zu berührt hatten, wenn einer von ihnen beim

Reden gestikulierte. Pelegrini hatte sich angenehm entspannt über ihren Pferdewahn lustig gemacht, und er bemerkte währenddessen, dass alle seine Hobbys in den letzten Jahren weggefallen waren. Weder ging er im Winter noch Ski fahren noch zu Rock- oder Jazzkonzerten, sogar das Kochen hatte er auf ein Minimum zurückgeschraubt. Und irgendwo lag ein Schirm aus seiner Paragliding-Zeit. Das hatte sich mit Felix' Geburt erledigt. Zu gefährlich, hatte die Mutter seines Sohnes damals zu Recht befunden.

Aber die Erkenntnis hatte nicht weh getan, im Gegenteil: Es hatte ihn erleichtert. Wie nebenbei hatte Melinda gesagt: »Das kriegen wir schon hin.« Das »Wir« war in seinem Kopf hängen geblieben. Dann drückten ihre Knie plötzlich an einem winzigen Berührungspunkt an seine, während sie beide spiegelgleich den Ellbogen auf der Rückenlehne der Couch aufgestemmt hatten und den Kopf damit abstützten. Ein Zufall vielleicht, dieser minimale Kontakt durch Jeans und Strumpfhose. Und irgendwann zog Melinda die Beine zu sich hoch auf die Couch, und die Berührungspunkte wurden mehr, Knie an Oberschenkel, Zehen an Fußbeuge. Und man konnte sie nicht mehr als Zufall abtun.

Auch während er bei Bruno saß, wanderten seine Gedanken ziellos herum. Er stocherte in einem Suppentopf mit zähem Rindfleisch und aß kaum etwas. Wie tief steckte Melinda wirklich in der Marthaler-Sache drin? Sie hatte doch relativ entspannt gewirkt. Oder verstellte sie sich nur so gut? Und war sie gestern Nacht deshalb so anlehnungsbedürftig geworden, weil sie geahnt hatte, dass sie in den Fokus der Ermittlungen geraten würde? Einfach, um ihn über das Bett auf ihre Seite zu ziehen?

In einem Anfall von hilfloser Wut warf Franco das fast leere Wasserglas um. Bruno sah ihn nur schweigend von der Seite an und wischte die kleine Lache mit einem übel riechenden Tuch weg. Franco entschuldigte sich mit brüchiger Stimme und legte das Geld auf den Tisch. Er wickelte sich in seinen schwarzen Anorak und ging statt ins Büro hinaus zum Frohnburgweg. Auch der kurze Spaziergang zur Hellbrunner Allee besänftigte ihn nicht. Zudem hatte er die Handschuhe im Kommissariat liegen gelassen. Der Schnee knirschte wie sprödes Glas unter seinen Schuhen. Aus der Frohnburg hörte er dumpf Klaviermusik. Das Lachen zweier Studenten, die eben zum gelben Barockschloss einbogen, passte nicht zur eisigen Brise, die sein Gesicht zunehmend erstarren ließ. Moll tastete nach der Alufolie in seiner Hosentasche. Mit klammen Fingern drückte er eine Tablette aus der neuen Verpackung. Um sie besser schlucken zu können, bückte er sich nach einer Handvoll Schnee. Langsam ließ er die Eiskristalle in seinem Mund schmelzen und spülte mit dem Eiswasser das Medikament hinunter.

26

Jetzt weiß ich, wie ein Engel aussieht.« Maja drehte sich vergnügt um ihre eigene Achse, während sie dick eingepackt in einen roten Anorak durch den Schnee neben der Straße hüpfte.

Julian ließ Pias Hand los. »Warum?«

»Weil ich eben einen gesehen habe.«

»Soso. Wo denn?«

Maja deutete auf die Augustinerpforte, die mit ihren drei Schießscharten wie ein grantiger Geist auf die Spaziergänger heruntersah. »Da.«

Julian blickte sich zur Sicherheit um. Gerade erst hatten sie von Mülln aus begonnen, auf den Mönchsberg zu spazieren, vorbei an den mächtigen Schanzenmauern der alten Befestigungsanlage. Die Fantasie der Kleinen sprudelte einfach mal wieder über. »Da ist niemand.«

»Eben«, sagte Maja und sprang jetzt abwechselnd mit dem rechten und linken Bein die Stufen zum Tor aus grauem Konglomeratgestein hoch. »Engel können ja verschwinden.«

»Und sie atmen so ...« Pia blies mit einem Lachen eine große Wolke aus Atemdunst in den Winternachmittag.

»Genau. Und sie haben Flügel aus Pappdeckel, die wackeln wie die Ohren vom Otto-Opa.«

»Eh klar«, sagte Julian. »Und sicher ein weißes Kleid.«

»Natürlich. Woher weißt du das?« Maja stand jetzt mitten unter dem Tor mit dem erzbischöflichen Wappen.

»Weil ein Engel in roten Jeans komisch aussehen würde.«

»Stimmt.« Damit hatte Maja das Thema auch schon vergessen. Sie bückte sich und versuchte, mit ihren Wollfäustlingen mühsam Schnee aufzuheben und zu einer Kugel zu formen. Ungelenk warf sie ihn in Richtung von Pia und Julian, die nun wieder Hand in Hand hinter ihr hergingen. Der lockere Schnee zerstob in alle Richtungen, kaum hatte er ihre Hand verlassen.

Pia blieb unter dem Torbogen stehen und drückte Julian gegen die Wand. »Ich habe angenehme Neuigkeiten«, flüsterte sie und küsste ihn auf den Mundwinkel.

Julian blieb kurz der Atem weg. Hoffentlich nicht schwanger. Das wäre jetzt der absolute Wahnsinn und würde ihm den letzten Rest Boden unter den Füßen wegziehen. Er biss sich auf die Lippen und versuchte, zu lächeln. Was auch immer kommen mochte.

»Da, halt mal, Julian.«

Pia drückte ihm ihre Lederfäustlinge in die Hand und tastete ihre halblange H&M-Jacke ab. Ihre locker gestrickte Mütze mit Schirmkappe hatte sie weit in den Nacken geschoben, die brünetten Haare lugten darunter verspielt hervor, als müssten auch sie etwas von der Kälte abbekommen. Die Filztasche mit der aufgenähten Plastikapplikation – ein zehn mal zehn Zentimeter großes Stück eines roten Schwimmflügels – trug sie quer über den Körper. Sie war noch schlanker geworden. Aber obwohl sie kein Gramm Fett mehr an sich zu tragen schien, fühlte sie sich die meiste Zeit wohl in ihrer Haut. Sie konnte sich mit Widrigkeiten leichter arrangieren als er. Wenn bei ihm schon der Zorn zu kochen begann, konnte sie noch immer lächeln. Mittlerweile hatte sie den Verschluss ihrer Filztasche geöffnet und wühlte darin herum.

»Was suchst du eigentlich, Pia? Brauchst du ein Taschentuch?«

»Nach … Tamtaratam.«

Mit strahlendem Gesicht zog sie eine Piccoloflasche Sekt hervor. »Der ist jetzt sicher kühl. Und hier sind die Sektflöten dazu.«

Sie drückte ihm vier Plastikteile in die Hand. Julian steckte Stiel und Behälter der Wegwerfbecher ineinander. Noch immer bemühte er sich um ein Lächeln, obwohl er sich mittlerweile sicher war, dass er zum falschesten Zeitpunkt Vater werden würde.

Pia goss die beiden Gläser halb voll. Der Sekt sprudelte kaum in der Kälte. Wieder küsste sie ihn, diesmal lange.

»Du fragst gar nicht, was es zu feiern gibt?«

»Ich beherrsche mich, obwohl es mich fast zerreißt.«

Tonlos stieß sie ihre Flöte gegen seine.

»Ich habe den Auftrag bekommen. Den großen. Die gesamte CI. Briefpapier, Firmenlogo, Visitenkarten, Prospekte. Alles.«

»Echt? Ist das wahr? Die ganze Corporate Identity?« In ihm schienen schlagartig Eiszapfen aufzutauen und sich zu verflüchtigen. »Der Auftrag, für den du Probeentwürfe abgeliefert hast?«

Pia nickte und trank einen Schluck. »Das heißt, wir sind für das nächste halbe Jahr durchfinanziert. Und wenn die Waschmaschine durchbrennt, kriegen wir das auch hin.«

Zwanzig Meter weiter versuchte Maja, über den mit Kies bestreuten Weg zu rutschen. Wenn es ihr auch nur ein paar Zentimeter gelang, stieß sie undefinierbare Freudenlaute aus.

»Du kommst nie drauf, für wen ich zeichne, Julian.«

Er blickte sie fragend an.

»Für die Großwäscherei des alten Marthaler.«

»Nein.« Wieder tat sich ein Loch in Julian auf. »Den nimmst du aber nicht an, den Auftrag, oder?«

Schlagartig wich das Strahlen aus Pias Gesicht. »Die Frage ist jetzt nicht ernst gemeint, oder?«

Julian zögerte.

»Also doch.« Pia sah ihn an, dann nahm sie ihm ihre Fäustlinge aus der Hand und setzte sich mit verkrampfter Miene in Bewegung.

»Warte, Pia. Ich meine ja nur. Marthaler ist Marthaler.«

Wütend drehte sie sich um. »Es ist mir egal. Verstehst du? Selbst wenn der alte Marthaler genauso ein Ekel wäre wie der junge, würde ich diesen Auftrag machen. Solange er nicht mit Waffen handelt, ist mir das in der momentanen Situation egal. Es ist gutes Geld. Scheiß auf deine Prinzipien. Du bist nur verbohrt. Außerdem bin ich gegen Sippenhaftung. Der Alte behandelt seine Leute gut. Und der Junge lebt nicht mehr.«

Julians Sekt schwappte auf seine Hände. Von irgendwoher hörte er das Surren von Bogensehnen und kurz danach immer wieder dumpfe Einschläge. Die Stachelschützen probten am nahen Schießstand mit ihren Armbrüsten. Julian fühlte sich plötzlich gefangen, hier in der Müllner Schanze.

Pia trug noch immer die halb volle Piccoloflasche in der Hand. »Am liebsten würde ich dieses verdammte Glas in den Schnee schleudern. Wenn Maja nicht dabei wäre …«

»Was würdest du gern machen, Mama?«

»Heimgehen«, sagte Pia. Julian wollte nach ihrer Hand fassen, aber sie zog sie ruckartig und mit einem Zucken im Gesicht weg.

»Ich möchte aber gern noch ein bisschen im Schnee spielen.«

Pia nickte. »Geh nur weiter, wir kommen dir gleich nach.«

»Streitet ihr?« Maja sah an beiden hoch.

»Nein. Wir diskutieren nur heftig.«

»Dann ist es gut.« Mit ein paar Hüpfern lief das Mädchen voraus.

»Du benimmst dich immer mehr wie … wie ein Ideologe. Wenn jemand seine Kaffeemaschine nicht im Repair-Café repariert und das Brot nicht aus der Mülltonne holt, ist er ein Feind. Langsam geht mir dein Hardlinertum auf die Nerven. Du bist so intolerant geworden.«

Sie sah ihn kurz von der Seite an. Noch immer lag die Wut wie ein kalter Blitz in ihrem Gesicht.

»Manchmal denke ich mir, du bist depressiv. Auf Männerart halt. Mit Aggression und so. Dann kannst du wieder so sanft sein …« Sie schüttelte den Kopf. »Auf jeden Fall ist es momentan wirklich nicht leicht mit dir. Und ich lasse mir die Freude über den Großauftrag sicher nicht von dir verderben.«

Trotzig setzte sie die Piccoloflasche an ihren Mund und nahm einen Schluck. Dann steckte sie die Flasche und das Plastiksektglas neben dem Weg in den Schnee.

Julian wusste nicht, wie er sie besänftigen sollte. Irgendwie hatte sie recht. Und irgendwie verstand sie ihn im Augenblick überhaupt nicht. Warum musste sie gerade für Marthaler arbeiten? Und ihn damit immer an das junge Ekel erinnern?

Sein Handy piepste. Der Akku wurde leer. Er zog es kurz aus der Tasche. Nur noch zwanzig Prozent.

Wieder langte er nach Pias Hand. Diesmal zog sie sie nicht weg. Aber weder griff sie nach seinen Fingern noch erwiderte sie seinen Druck. Die Hand lag in seiner, als gehörte sie nicht zu der schlanken Frau, die mit eingefrorenen Zügen neben ihm auf den Mönchsberg ging.

»Zuschauen!«, rief Maja, die schon auf sie gewartet hatte. Sie stand neben der Straße und breitete die Arme aus. Als

Julian und Pia hinsahen, ließ sie sich rückwärts in den Schnee fallen. Dann blieb sie wie ein Käfer liegen.

»Ich zeige dir, wie das wirklich geht«, rief Julian und zog sie auf. Er war froh, Pia zurücklassen zu können, und stellte sich mit leicht gegrätschten Beinen neben Maja in den tiefen Schnee. Sie tat es ihm gleich und streckte die Arme aus. Auf eins, zwei, drei ließen sie sich nach hinten in den Schnee plumpsen. »Und jetzt machen wir ein Engerl«, sagte Julian und bewegte seine Arme nach oben und unten, bis die Zeichnung von Engelsflügeln im Schnee erschien.

Die Kälte in seinem Rücken tat kurz gut. Der Himmel bewegte sich in Grautönen über ihn hinweg. Ab und zu blinzelte ein Streifen Türkis dazwischen hervor. Dann wieder kamen schwarze Schwaden. Irgendwo brannte es im Universum. Maja kicherte neben ihm und fächerte noch immer ihre Arme auf und ab, ein kleiner verspielter Engel. Pia stand weit weg und rührte sich nicht; sie war erstarrt.

Julian hätte liegen bleiben mögen. Er fühlte sich plötzlich so erschöpft, dass er sich kaum vorstellen konnte, jemals wieder aus dem Schnee aufzustehen. Es war gut, in dieser weichen Vertiefung zu liegen. Nur im Nacken schmerzte die Kälte, der Schnee, der sich unter die Jacke fraß wie ein eisiges Tier. Er wurde ruhig.

Liegen.

Rasten.

Schlafen.

Ganz lange.

Hinein in eine weiße Nacht.

Das Handy läutete. Reflexartig drehte sich Julian auf die Seite und zog es aus der Jacke. Eine Nummer aus dem Funkhaus. Mit klammen Fingern nahm er das Gespräch an.

Eine Minute später klopfte er sich den Schnee von seiner Hose ab und starrte zurück auf das Engelsbild. »Tut mir leid, Pia. Ich muss weg. Ein Autobusunfall. Die brauchen alle Leute für die Berichterstattung, die sie kriegen können.«

Pia nickte und legte kurz die Hand auf seine Schulter.

27

Oberhollenzer und Pelegrini kamen gegen sechzehn Uhr zurück ins Büro. Moll war kurz eingenickt, als er den Kopf auf den Schreibtisch gelegt hatte. Gähnend wankte er zur Kaffeemaschine und ließ einen doppelten Espresso in seine Tasse tröpfeln. Während er den beiden den Rücken zuwandte, versuchte er, zu lächeln. Doch, es ging schon wieder. Und nach dem kurzen Schlaf fühlte er sich zuversichtlicher.

»Und, ihr zwei Supercops? Kriegen wir Glatt dran?«

Pelegrini lächelte verschmitzt. »Sie hat ein paar Fehler gemacht. Sie weiß nämlich nicht, was wir wissen.«

Oberhollenzer blickte auf sein Fitnessarmband und ließ sich dann stöhnend in den Bürostuhl fallen, der unter der Last ebenfalls aufächzte. »Sie behauptet, sie hätte Marthaler vor einiger Zeit in einem Lokal kennengelernt. Und er hätte sie angebaggert. Das sei bei ihr aber nicht auf fruchtbaren Boden gefallen. Aber natürlich habe er bald gewusst, dass sie Wirtschaft studiert habe. Und deshalb hat er sie gefragt, ob sie ihn bei seiner Bachelorarbeit unterstützen könne. Weil sie abgelehnt hat, hat er angeblich durchgedreht.«

»Das ist gelogen.« Moll dachte nach. »Die SMS von Marthaler zeigt deutlich, dass über einen richtigen Deal geredet wurde. Und warum benutzt sie ein Prepaidhandy?«

»Aus Paranoia, meinte sie. NSA und so, diese ganzen Bespitzelungsgeschichten. Außerdem gebe sie ihre Privatnummer so gut wie nie her. Und einem Typen wie Marthaler schon gar nicht. Der hätte sie sonst auch noch per SMS und Anrufen mit seinen Avancen verfolgt.« Pelegrini hielt für einen Moment inne, weil Moll etwas auf seine Schreibtischunterlage kritzelte. »Und der Kontakt mit Marthaler ist kein Zufall. Glatt wirkt nicht so, als würde sie sich in denselben Aufreißschuppen herumtreiben wie Marthaler. Oder weißt du mehr, Franco?«

Moll schüttelte den Kopf. »Nein, sie hat ein eher geregeltes Leben. Aber …« Er führte sich Melindas Gesicht vor Augen. »Aber was wissen wir denn schon Genaues über unsere Nachbarn.«

Pelegrini überhörte den nachdenklichen Ton. »Ich glaube, dass die Kleine schlau ist und das kommerziell macht. Was mir grundsätzlich egal wäre, nur wenn ihr Nebengeschäft auffliegt, könnte es sein, dass sie wegen Beihilfe zum Betrug dran ist. Sie hat also etwas zu verlieren. Das könnte ein starkes Motiv sein, Marthaler aufzulauern und ihm eins über die Rübe zu ziehen. Abgesehen davon möchte ich schon gern wissen, welche saturierten Großbürgerkinder sich ihren Titel mit so einer gekauften Arbeit erschlichen haben.«

»Das heißt?«

»Das heißt, dass wir uns jetzt eine Genehmigung holen, damit wir morgen in aller Frühe Glatts Wohnung durchsuchen«, warf Oberhollenzer ein. »Dann sehen wir, ob sie die wissenschaftlichen Arbeiten gewerblich verfasst. Und vielleicht fällt uns auch sonst noch etwas in die Hände, was uns weiterhilft.«

»Ich muss nicht dabei sein, oder?«, fragte Moll so gelassen wie möglich.

»Vorläufig nicht. Aber wenn sich der Verdacht gegen Glatt erhärtet, steigst du entweder aus oder vergisst, dass sie neben dir wohnt«, sagte Pelegrini und sah ihn bestimmt an. »Nur so ein Mitarbeitervorschlag.«

»Eh klar, aber sollte sie nichts Großes ausgefressen haben, muss ich weiter neben ihr leben, auch wenn unser Kontakt sehr beschränkt ist und vor allem von meinem Sohn gepflegt wird. Sie ist wenig daheim. Sie hat irgendwo in Morzg ein Pferd in einem Stall stehen. Dafür lebt sie«, sagte Moll und glaubte sogar kurz daran. Sekunden später erschienen drei Fragezeichen unter Melinda Glatts Namen auf seinem Handy. Verstohlen drehte er das Telefon auf die Displayseite.

»Du könntest dir noch einmal die Aufnahmen des Fernsehbeitrags über die Zombieparade ansehen, Franco. Vielleicht finden wir dort einen Hinweis auf Glatts Anwesenheit in der Altstadt rund um den Tatzeitpunkt. Schau dir die Leute am Rande des Zombiewalks genau an.«

Moll tippte die ersten Buchstaben von TVthek in seinen Internetbrowser, der Computer ergänzte die Adresse umgehend. »Ich besorge mir über meine Schwester außerdem die Rohbänder von der Zombieparade. Erstens sehe ich sie dann wieder einmal, und zweitens haben die natürlich viel mehr Material gedreht, als dann auf Sendung ging. Damit steigen auch unsere Chancen, etwas auf den Bildern zu finden.«

Pelegrini griff schon wieder zum Hörer. »Ich checke mal, ob eines von Glatts Handys, das offizielle oder das Prepaidhandy, um neun herum dort bei einem Mobilfunkmast eingeloggt war. Wenn nicht, bedeutet das aber noch gar nichts. Man kann Handys auch zu Hause lassen.«

28

Nur ein matter Streifen Orange war noch am Horizont zu sehen, als Franco den Verbindungsweg zwischen Nonntaler Hauptstraße und Erhardgäßchen zu seinem Haus ging. Laura hatte ihm das Rohmaterial der Dreharbeiten im Funkhaus auf DVD kopieren lassen. Mittlerweile gab es keine Bänder mehr beim Fernsehen, sondern solide Datenträger, die sich schnell übertragen ließen. Franco fühlte sich wieder ruhig und zuversichtlich. Er wusste nicht, ob es an den Tabletten lag, die ihm mehr Licht vorgaukelten, als eigentlich da war, oder ob sich die Puzzleteile in ihm ganz natürlich zusammengefügt hatten und sein Unbewusstes ihm bereits wieder einen Schritt voraus war.

Links vom Eingang stand ein roter Weihnachtsstern in einem kleinen Fenster, beleuchtet von einer Lichtschlange, die sich um den roten Keramiktopf und bis zum Stamm der Pflanze wand. Franco erinnerte sich, welcher Nachbar sich die Mühe gemacht hatte, ein altes Männlein, das immer freundlich grüßte, aber sonst nichts zu sagen wusste.

Über die Steinstufen in den zweiten Stock hinauf wurden Francos Füße schwerer. Hinter seiner Wohnungstür hörte er Felix FM4 hören. Seit ein paar Wochen fand sein Sohn die Musik des Senders plötzlich »cool«, wer auch immer ihn dazu inspiriert hatte. Franco zog den Schlüssel aus der Tasche und steckte ihn nach einem Kopfschütteln wieder zurück.

Unter Melindas Wohnungstür sah er einen hellen Streifen. Statt zu läuten, klopfte er vorsichtig an der Tür.

Melinda öffnete nur einen Spalt. »Du bist es.« Schon wollte sie ihm die Tür weiter aufmachen, da hielt sie mitten in der Bewegung inne. »Kommst du privat oder beruflich?«

»Beides.«

Schweigend ließ sie Franco ein.

»Scheiß Schmetterlinge!« Damit warf sie die Tür in einer plötzlichen Aufwallung von Wut ins Schloss.

»Darüber würde ich viel lieber reden als über das andere.« Franco sah Melinda kurz wehmütig an. Sie trug einen schwarzen Rock und eine grüne Bluse mit Rüschen, als hätte sie nur zufällig in ihrem Kleiderschrank nach etwas gegriffen. Ihre Arme hatte sie eng um ihren Körper geschlungen, sie schien zu frieren. Er versuchte, nicht auf ihre Beine zu sehen.

Melinda nahm einen Tablet-Computer von der Sitzfläche des Ohrensessels und legte ihn auf den Esstisch. Dann kauerte sie sich in die Kissen und versteckte sich unter einer dicken roten Decke, die sie bis zu den Schultern hochzog.

Franco lehnte sich gegen das Fensterbrett und sah Melinda lange an. Sie wich seinem Blick aus. »Erzähl mir etwas von den Schmetterlingen. Warum zittern ihre Flügel? Aus Angst, weil du wusstest, dass wir dich und Marthaler früher oder später in Verbindung bringen?«

Melinda sah ihn nun an. Unbeweglich, als hätte sie mitten in der Bewegung ein Schlag getroffen, ein Schuss im Flug, der das Auf und Ab der Flügel einfriert. Nach einer halben Ewigkeit begann sie, ganz langsam den Kopf zu schütteln, wurde schneller damit und hörte erst auf, als ihr Tränen über die Wangen liefen.

»Nein, nein, nein.«

Sie holte Luft und kämpfte gegen das Weinen. »Du Idiot. Du Superidiot, du. Ich habe die Schmetterlinge schon seit Wochen gespürt. Seit du dich von dieser Geschichte mit der

Schlitzerin erholt hast. Du bist plötzlich so ... so verlässlich geworden, auf eine angenehme Art ruhig und damit viel aufregender als in deiner nervigen Sprunghaftigkeit zuvor.« Sie drückte ihr Gesicht in die Decke und wischte sich ein paar Tränen ab. »Ja, gefallen hast du mir schon vorher. Aber mit Beziehungen auf Gefallensbasis habe ich schon zu viele schlechte Erfahrungen gemacht.« Melinda schlang die Hände um ihre Unterschenkel und wirkte jetzt noch kleiner als zuvor. »Und nur damit du's weißt, ich war schon seit einer gefühlten Ewigkeit mit keinem Mann mehr im Bett. Und wie ein Opfer hat sich das letzte Nacht auch nicht angefühlt, oder?«

»Im Gegenteil«, sagte Franco mehr zu sich als zu dem Häufchen Elend, das vor ihm verloren im Ohrensessel kauerte. »Aber verschieben wir die Liebeserklärungen, bitte.«

Sein Rücken fühlte sich kalt an. Das Fenster war nicht ganz dicht. Er stieß sich mit den Händen ab und ging, um Abstand zu halten, zur Frühstücksbar neben der kleinen Küchenzeile. »Sag mir alles, Melinda. Alles, was mit Marthaler und deinem Nebenjob zu tun hat.«

Melinda nickte und versteckte sich wieder bis zum Kinn unter der Decke. »Ich habe nie vor dir verheimlicht, dass ich ab und zu eine Arbeit für jemanden schreibe. Weißt du, wie schlecht ich bezahlt werde? Die fetten Jahre in den Banken sind längst vorbei. Meine Bank gehört irgendwelchen Heuschrecken, die jetzt das Letzte aus dem Betrieb rausholen, die Zahlen so schön wie möglich aufbereiten und dann das Ganze an einen Fonds mit zu viel Geld verhökern. Leute, die fünfzehn Jahre älter sind als ich, verdienen locker das Drei- bis Vierfache von mir, ohne mehr zu leisten. Ich habe das Geld gebraucht, okay? Und ich werde es weiterhin brauchen. Ich leiste mir keinen Luxus, aber ich leiste mir ein Pferd. Das war immer mein Traum, egal, wie blöd du das findest. Es klingt vielleicht seltsam, aber die Pferde waren bisher meine stabilste Beziehung.«

»Wie bist du zu Marthaler gekommen?«

»Das funktioniert meist durch Mundpropaganda. Teilweise empfiehlt mich ein Professor von der Uni selbst, wenn er die Nase voll hat von einem blöden Studenten und ihn loswerden möchte. Es gibt aber auch Agenturen, die das ganz öffentlich anbieten. Dann setze ich mich vier Wochenenden hin und arbeite jeweils vierzehn Stunden. Ich hätte auch für Marthaler geschrieben, aber er war ein absolutes Ekel. Er hat geglaubt, wenn er mir sechstausend Euro zahlt, darf er mir beim Essen aufs Knie greifen und der Sex mit mir sei als Bonusprogramm inbegriffen und so selbstverständlich wie eine Fußnote in der Arbeit. Wir hatten deshalb in der Pizzeria eine Auseinandersetzung. Ich bin früher gegangen. Und dann habe ich mir gedacht, dass das Geschäft mit diesem Idioten nicht klappen wird, wenn einer so drauf ist. Also habe ich ihm dann eine freundliche Absage per SMS geschickt.«

»Und dann ist er ausgeflippt.«

Melinda sah Franco erstaunt an. »Warum weißt du das?«

»Wir wissen es einfach, Melinda. Außerdem solltest du Pelegrini und Oberhollenzer nicht unterschätzen.«

Sie blickte starr vor sich hin, bis ihr eine rote Strähne ins Gesicht fiel. »Er hat getobt. Und er hat versucht, mich zu erpressen.«

»Du weißt, was passiert, wenn man dir deine … Ghostwriter-Tätigkeit nachweisen kann.«

Melinda sah ihn überrascht an, für den Bruchteil einer Sekunde schien sie zu lächeln. »Nicht viel. Die Universitäten wissen vom Problem, aber es ist ihnen egal. Außerdem lasse ich mir immer eine Bestätigung unterschreiben, dass die Empfänger die Arbeit nicht als ihre eigene ausgeben und an der Uni einreichen dürfen.«

»Das ist Augenauswischerei.«

»Natürlich ist es das.«

»Und es ist dir völlig wurscht, Melinda, dass du damit den blöden Kindern von Reichen hilfst, einen Titel geschenkt zu bekommen, während ein wenig begüterter Student sich selbst dafür abrackern muss oder, wenn er intellektuell ähnlich schwach ist, nie Akademiker wird?«

Melinda zuckte mit den Schultern. »Es glauben doch eh nur noch Vollpfosten, dass sich Leistung lohnt und wir in einer gerechten Gesellschaft leben. *Das* ist die wirkliche Augenauswischerei, Franco.« Sie ließ die Decke auf den Boden gleiten, zog den Rock über ihre nackten Oberschenkel und stand wie erschöpft auf. »Ich bin ein kleines Rädchen im Scheißkapitalismus, das auch sein Tröpfchen Öl abbekommen will. Aber Moral sehe ich weit und breit keine mehr. Die wird vor allem von jenen eingefordert, die sie am leichtesten umgehen können. Mit Offshore-Firmen, mit Lohn-Dumping, mit Erpressung, mit Steuerhinterziehung, was auch immer, oder einfach weil sie Kohle geerbt haben, die sich jemand mit schlechten Startvoraussetzungen nie und nimmer erarbeiten kann.«

»Du bekommst doch auch Schwarzgeld für die Arbeiten.«

Melinda sah ihn milde an. »Das sind Peanuts, das weißt du doch.«

»Aber wenn man dir nachweisen kann, dass du das kommerziell machst, hast du zumindest die Steuer am Hals.«

»Wer will das denn?«

Franco antwortete nicht und blickte sich um. »Du hattest

doch mal ein Notebook. Nimmst du es für deinen Nebenjob?«

»Ja, und nur dafür.«

»Wo ist es?«

»Warum?« Der Kragen ihrer Bluse begann auseinanderzufallen und gab den weißen Brustansatz frei.

»Gib es mir.«

»Aber warum, Franco?«

»Das wirst du wissen, wenn es morgen um sechs Uhr früh bei dir läutet.«

Melinda fuhr sich mit einer Hand durchs Haar, die andere umklammerte die Bluse unter dem Hals. Dann ging sie zu einem alten Sekretär und zog das Notebook aus der Schublade. Schweigend drückte sie es ihm in die Hand.

»Auch das Ladekabel. Und die Dockingstation, falls du eine hast.« Franco deponierte den Computer auf dem Tisch. Gleichzeitig glaubte er den Geruch von paniertem Fisch wahrzunehmen.

»Hast du das Notebook mit Kreditkarte bezahlt?«

»Ja, natürlich.«

»Dann such die Rechnung und den Kreditkartenbeleg und gib sie mir mit. Und dein Zweithandy auch. Das findest du einfach nicht mehr, okay?«

Melinda kniete sich wieder vor den Sekretär und blätterte in einem alten schwarzen Büroordner. Kurz drehte sie sich um. »Ist das jetzt deine Art von Liebeserklärung?«

»Nein, das beweist nur, dass ich nachhaltig verrückt bin. Wenn du etwas mit Marthalers Tod zu tun haben solltest, sind wir beide dran, ist dir das klar?«

Sie lächelte einen Augenblick und blätterte nach einem tiefen Seufzer weiter im Ordner, bis sie die Computer- und die Kreditkartenabrechnung gefunden hatte.

»Wie kommunizierst du mit deinen Kunden?«

»Über Webmail. G-Mail. Oder per Prepaidhandy. Ob du es glaubst oder nicht. Ich trenne beruflich und privat konsequent.«

Franco tippte auf das schwarze Tablet auf dem Esstisch. »Das heißt, auf diesem Computer sind absolut keine Spuren von deiner Ghostwriter-Tätigkeit zu finden?«

Sie schüttelte den Kopf. »Nein, alles rein privat. Ich rufe dort nur meine eigenen Mails ab und nutze es sonst fast nur zum Fernsehen.«

»Und wie kommst du zu deinem Geld?«

»Alles in bar. Außer von der Agentur. Aber das versteuere ich ganz offiziell.« Melinda fing an, Geräte und Zettel vom Tisch in eine gelbe Einkaufstasche zu stopfen. Als sie Franco die Tasche übergab, umschloss sie seine Hand. Sie legte ihren Kopf in seine Halsbeuge. Es fühlte sich feucht an. Und sehr gut. Er spürte ihre Brust durch die Bluse und ihre Hüfte gegen seine Oberschenkel drücken. »Danke«, sagte sie nur, als sie sich wie gegen ihren Willen von ihm losriss.

Die Wohnungstür stand bereits offen, da drehte sich Franco noch einmal um. »Wo warst du eigentlich Dienstagabend?«

Melinda sah ihn verwundert an. »Hier natürlich, wie fast immer. Und ganz allein.«

29

Das war doch jetzt ein Volltreffer.« Pelegrini strahlte, während Oberhollenzer angestrengt in seinen Monitor starrte.

»Kannst du mir mal helfen, Martina?«

»Später, erst chillen und einen Kaffee trinken, dann kümmere ich mich um dein Cyberleben.«

»Was habt ihr gefunden?« Moll sichtete schon seit acht Uhr die DVD mit dem Rohmaterial vom Filmdreh.

»Im Grunde fast nichts. Das Prepaidhandy hat die Kleine offenbar verschwinden lassen. Sie hatte auch kein Notebook. Aber sie bestreitet nicht, wissenschaftliche Arbeiten geschrieben zu haben. Sie hat uns die Rechnungen gezeigt. Ganz offiziell, für eine Agentur. Offenbar wollte sie uns mit ihrer neuen Kooperationswilligkeit ablenken. Dabei ging es uns ja gar nicht um diese Wissenschaftsbetrügereien. Obwohl es mir schon ziemlich sauer aufstößt, dass sich die dummen reichen Säcke ihre Abschlüsse einfach so erkaufen können.«

Pelegrini beugte sich über einen großen Karton und zog daraus eine in Plastikfolie eingepackte Winterjacke hervor. »Das ist es, was ich gesucht und in Glatts Kleiderschrank gefunden habe.«

Moll schoss das Blut in den Kopf. Eine Winterjacke mit dunkelgrünem Bündchen und einer pelzbesetzten Kapuze.

»Wenn die Faserspuren zu denen auf der Mülltonne passen, haben wir sie.« Triumphierend ließ Pelegrini die Jacke in den Karton zurückgleiten. »Die Kriminaltechnik muss das sofort erledigen, auch auf Überstunden. Die Rothaarige ist in der Lage und setzt sich ab. Das muss jetzt schnell gehen.«

»Aber den Eindruck einer Killerin macht sie nicht auf mich«, klinkte sich Oberhollenzer ein.

»Natürlich nicht. Aber jeder ist unter bestimmten Umständen fähig, jemanden zu töten. Marthaler drohte, ihr lukratives Nebengeschäft auffliegen zu lassen. Wenn sie Pech hat, bekommt sie dafür Beihilfe zum Betrug. Wer eine Abschlussarbeit an der Uni einreicht, muss unterschreiben, dass er sie selbständig verfasst hat.«

»Ja, aber das ahndet doch niemand.« Moll starrte auf das Standbild des Zombiejungen mit den heraushängenden Gedärmen.

»Ich weiß, aber trotzdem ist mir unsere Klassengesellschaft zuwider«, sagte Pelegrini und wurde von einem Klopfen an der Tür unterbrochen.

Eine schmale junge Frau steckte vorsichtig ihr Gesicht durch die Tür. Ihre braunen Haare hingen in einem dicken Zopf über die Schulter. Sie sah Oberhollenzer an. »Ist Marti da?«

»Lucia, da bin ich, blindes Huhn.« Die Polizistin klopfte kurz auf den Tisch, um auf sich aufmerksam zu machen.

»Hi, Marti, es ist wegen dem …«

Pelegrini unterbrach sie schnell. »Ich komme schon. Das besprechen wir draußen.« Sie sprang agil auf und bugsierte Lucia hinaus.

30

Der Kindergarten am Ende der alten Nonntaler Hauptstraße wirkte verwaist. Die Jalousien waren heruntergelassen, der Spielplatz mit Schnee überzogen. Auf den Schaukeln glänzten die Eiskristalle.

Franco wollte die Wartezeit, bis die Kriminaltechniker die Jacke untersucht hatten, nutzen, um sein Versprechen bei Felix einzulösen. Er hatte die Arme durch die Bögen der Rodel gesteckt und trug sie auf dem Rücken. Wie ein Dieb hatte er sich vorhin ins Haus geschlichen. Nur nicht Melinda begegnen.

Felix hielt Francos rechte Hand. Ab und zu ließ er sich gern wie ein kleiner Bub von seinem Vater geleiten, zu anderen Zeiten steckte er seine Hände trotzig in die Taschen und marschierte ohne jedes Verlangen nach Kontakt neben ihm her. »Babish« nannte er in einem lustigen Halbenglisch Verhaltensweisen, die er kleinen Kindern zuordnete. Und an der Hand zu gehen war manchmal eben »babish«.

Aus der Ferne hörten sie das aufgeregte Geschrei von Kindern, die völlig in ihre Spielwelt eingetaucht waren. Sie ließen ihre Schlitten nahe der Fürstenallee den kurzen abschüssigen Teil des Krauthügels hinunterschießen. Unten standen dick vermummt Männer und Frauen und mussten immer wieder mal die Kleinsten aus dem Schnee aufheben. Wenn sie stürzten oder aus ihren Bobs kippten, blieben sie bewegungslos liegen, als wären sie im Schnee erstarrt. Hob niemand sie auf, verharrten sie eine halbe Minute lang wie eine hingeworfene Figur und begannen dann erst zu weinen.

Die Sonne leuchtete vielversprechend durch eine grauweiße Dunstschicht, schaffte es aber nicht, durchzubrechen. Felix hatte sofort einen Mitschüler gefunden, mit dem er um die Wette fahren konnte. Nur selten gelangte einer der beiden ohne Sturz bis zu den Bäumen der Fürstenallee. Es schien, als wären die Stürze und das Herumtollen im Schnee das eigentliche Ziel und die Wettfahrten zweitrangig.

Franco sah wieder das Rohmaterial der Zombieparade vor sich. Das Fernsehteam hatte fast vierzehn Minuten gedreht, auf Sendung gingen nur knapp zwei Minuten. Einer von den Untoten hatte beim Schminken erzählt, dass sich die Leute via Facebook zum Flashmob verabredet hatten. Dieser Teil des Interviews war allerdings nicht auf Sendung gegangen. Der junge Mann hatte unter dem Druck der Kamera zu sehr gestottert und kaum einen geraden Satz zustande gebracht.

Da Felix gut versorgt und beschäftigt schien, ging Franco ein paar Schritte hinauf zum rosa Krautwächterhaus. Die Sträucher rund um das alte Haus waren in den letzten Jahren so stark gewachsen, dass man den irrtümlich Henkerhäusl genannten Bau kaum mehr sehen konnte. Die ehemaligen Gemüseäcker der Abtei St. Peter wurden diagonal von leicht gewundenen Wegen durchschnitten, an der Ostseite, kaum hundertfünfzig Meter entfernt hinter der Brunnhausgasse, stiegen steil der Festungs- und der Mönchsberg an – ein verwachsenes Felsmassiv, dessen Nord- und Südteil aus völlig unterschiedlichen Gesteinen bestand und auch deshalb zwei Namen bekommen hatte. Dahinter leuchtete der Gaisberg wie ein schneebedeckter Wuschelkopf mit lichten Stellen herunter.

Francos Telefon quietschte mit dem Ton eines Plastikroboters.

»Unser Ergebnis ist da.« Pelegrini klang aufgeregt.

»Und?«

»Es wird dich nicht freuen, Franco.«

31

Gokl saß auf Molls Schreibtischstuhl und wippte damit. Schwerfällig wollte er sich erheben, als Franco durch die Bürotür kam.

»Bleiben Sie sitzen, Herr Brigadier. Ich brauche zuerst einen Kaffee.«

Mit einem undefinierbaren, aber deutlich schlechten Gefühl in der Magengegend zog Moll seine Jacke aus und hängte sie gegen seine übliche Gewohnheit über Oberhollenzers Trophäe. Das laute Mahlgeräusch der Kaffeemaschine lenkte von seiner Fahrigkeit ab, es übertönte auch das Rumoren in seinen Eingeweiden.

»Also, Daumen rauf oder runter?«, fragte Gokl, nachdem der Automat verstummt war.

Pelegrini seufzte tief. »Negativ. Die Fasern von Glatts Jacke passen nicht zu denen, die wir am Tatort gefunden haben.«

»Hundert Prozent?« Gokl stützte bereits die Hände auf den Tisch, um sich zu erheben.

Pelegrini nickte. »Laut Kriminaltechnik ist das Ergebnis bombensicher.«

Der Brigadier blickte von einem zum anderen. »Na, dann ein angenehmes arbeitsreiches Wochenende. Ich hätte Ihnen den schnellen Erfolg vergönnt.« Bei der Tür drehte er sich noch einmal um. »Wenn Sie mich brauchen sollten, ich bin da.«

»Da … im Sinne von … hier?«, fragte Oberhollenzer nach.

»Genau so war es gemeint, mein lieber Oberhollenzer. Das

Daheim ist manchmal kein Zuhause, wissen Sie. Ich bin also im Büro erreichbar.«

Leise schloss er die Tür hinter sich. Während Pelegrini und Oberhollenzer ihrem Chef mit offenem Mund nachblickten, veränderte sich Molls Gesicht, ohne dass er es hätte steuern können.

»Warum grinst du, Franco? Das ist doch eine ziemliche Pleite für uns. Ich dachte, du wärst enttäuscht.«

Moll versuchte, seine Mimik wieder in den Griff zu kriegen. »Ja, schon, aber Felix wird sich bestimmt freuen, dass seine beste Freundin doch keine Totschlägerin ist.«

»Na, dann hat die Sache wenigstens irgendwas Gutes.« Pelegrini schlug mit der flachen Hand auf den Tisch. »Verdammt. Schön wär's schon gewesen. Und jetzt stehen wir wieder am Anfang.« Wie ein aufgescheuchtes Huhn umkreiste sie ihren Schreibtisch, während Moll sich entspannt in seinen Stuhl fallen ließ. So glücklich war er über eine gescheiterte Ermittlung selten gewesen.

»Wie machen wir jetzt weiter?« Die Polizistin raufte sich kurz das Haar.

»Gebt mir eine Stunde. Ich muss mal was checken. Vielleicht kommen wir so wieder auf Spur.« Vor Moll öffnete sich die Google-Suchmaske.

»Na gut, dann kümmere ich mich mal um Oberhollenzer.« Seufzend trabte Pelegrini zum Schreibtisch ihres Kollegen und zog einen Stuhl heran.

Während sich vor Moll bereits die blaue Facebook-Seite aufbaute, griff er zum Handy und schrieb nur zwei Wörter in die Nachrichten-App: *Heute Abend?*

Scheinbar weit weg hörte er seine Kollegin schon wieder kichern, samt Wortfetzen wie: »Zicke, die kannst du vergessen.« Oder: »Nett, drall, die passt zu dir.« Oder: »Was ist denn das für ein Name, der kann nicht echt sein.« Oder: »Mit der machst du ein Date.«

Er vergaß seine Umgebung bald völlig, als er sich durch Namen und Fotos klickte. Mittlerweile hatte er das Gefühl, all die Zombies und Schauergestalten schon zu kennen. Auf mehreren Fotos entdeckte er auch Marthaler, der einzig durch seine fehlende Schminke aus dem Zug der Untoten herausfiel.

Schließlich ballte er die Fäuste. Er heulte auf wie ein Teenager, dem es eben gelungen war, eine Verabredung mit dem coolsten Mädchen der Klasse zu bekommen.

»Deine gute Laune ist ja sensationell, Franco«, applaudierte Pelegrini.

»Es gibt Zufälle, die gibt es nicht, wenn ihr mich fragt. Die Zombieparade wurde über Facebook organisiert. Und da haben wir schön aufgelistet siebenunddreißig Leute, die per Klick zugesagt haben, teilzunehmen.«

»Du glaubst, ein Zombie hat Marthaler auf dem Gewissen?« Oberhollenzer sah Moll so ernst wie möglich an.

Der ignorierte den Unterton und zuckte mit den Schultern. »Keine Ahnung, aber unter den Teilnehmern war auch jemand, den wir schon kennen: Marthalers Sohn, Niklas Schönberger, der angeblich nicht weiß, wer sein Vater ist.«

»Das ist aber nun wirklich weit hergeholt. Marthaler hat sich dort sicher nicht angemeldet. Niklas Schönberger konnte also nicht wissen, dass sein betrunkener Vater dazustoßen würde.« Oberhollenzer schlug verzweifelt die Hände zusammen.

»Das nicht. Aber die Leute haben fast alle Fotos von der Zombieparade gepostet. Und da habe ich drei gefunden, auf denen Niklas und sein Vater zusammen zu sehen sind. Im Gespräch.«

Pelegrini und Oberhollenzer kamen rasch zu Molls Schreibtisch, der ihnen den Monitor zudrehte. Ein Zombie mit aufgeschlitztem Bauch stand neben Marthaler und sah ihn fast erschrocken an. »Die beiden unterhalten sich anscheinend, im Hintergrund der Adventsmarkt am Residenzplatz, soweit man bei dem schlechten Licht erkennen kann.«

»Warum weißt du, dass das Niklas ist?«

»Weil er ein Zombie-Selfie gepostet hat, bevor die Parade losging.« Moll deutete auf die Darmschlingen des Untoten. »Seht euch mal diese Körperhaltung an. Entspannt ist das nicht, im Gegenteil. Entweder Marthaler hat ihn beleidigt, oder es gibt einen anderen schwerwiegenden Grund, warum der Junge so linkisch dasteht. Mag sein, dass ich mir etwas einbilde, aber ich würde gern von Niklas selbst wissen, ob er seinen Vater kennt. Ich kann mir nicht vorstellen, dass ein Kind nicht erfahren möchte, von wem es abstammt, vor allem nicht ein Teenager, dessen Leben hormonell sowieso nicht leicht ist.«

Pelegrini steuerte schon auf die Geweihgarderobe zu. »Dann auf nach Hallein, Franco. Hältst du die Stellung, Oberhollenzer? Während wir unterwegs sind, machst du uns einen Termin mit den Schönbergers und lotst uns hin, wo auch immer sie sind. Danach hast du Zeit, deine … Optionen zu sortieren. Ach ja, und geh vielleicht mal etwas Obst kaufen im Shoppingcenter.« Sie grinste und warf Moll den schwarzen Anorak zu.

32

»Das ist er.« Moll nahm die Hände aus seiner Jacke.

Von der Pernerinsel her kam ihnen über den Steg Richtung Halleiner Altstadt ein schlaksiger Junge mit dunkelblonden Haaren entgegen. Er wirkte selbstvergessen in seiner dunklen Wolljacke. Die gelbe Einkaufstasche in seiner linken Hand schlenkerte herum, die rechte Hand wanderte mit einem weißen Papier immer wieder zum Mund.

Von der Alten Saline her hörten Sie *O du fröhliche*, auf dem Parkplatz davor standen Hunderte Wagen eng gepackt in Reih und Glied und nutzten noch den letzten Quadratmeter als Abstellfläche. Selbst hier hatten die Erzbischöfe ihre Spuren hinterlassen. Die Insel war einst ein Lustpark für die Potentaten gewesen, wenn sie sich bei Besuchen in Hallein abseits ihrer einträglichen Salzgeschäfte vergnügen wollten.

»Komm, wir gehen ihm entgegen«, sagte Moll, »so langsam, wie der dahinschlendert, warten wir hier noch fünf Minuten auf ihn.«

Mitten über der Salzach sprachen sie ihn mit dem Vornamen an und stellten sich vor. Er wirkte zuerst verwundert, dann schluckte er schnell, umwickelte den Kebab wieder mit der Alufolie und steckte ihn in die Einkaufstasche. Artig gab er den beiden Beamten die Hand.

»Weißt du, warum wir dich sprechen wollen?«

Niklas verneinte. Ein blauer Rundschal war doppelt um seinen Hals gewickelt. Er legte den Kopf leicht schief, während er zuhörte.

»Und du hast auch keine Idee?«, versuchte Pelegrini, ihm noch ein Hölzchen zu werfen.

Der Junge erschrak plötzlich. »Ich hoffe, es ist nichts mit meiner Mutter.«

»Nein, keine Angst. Die haben wir nur gefragt, ob sie Einwände hat, wenn wir mit dir allein reden. Aber worum es uns geht: Wie bist du eigentlich auf diesen Zombie-Flashmob in Salzburg gekommen?«

Niklas trat einen kleinen Schritt zurück und blickte alarmiert zwischen den beiden Polizisten hin und her. »Ganz normal. Über Facebook. Das gab's im Vorjahr auch schon mal.«

»Und kennst du die Leute, mit denen du durch Salzburg gezogen bist?« Moll suchte in der Hosentasche nach seinem Handy. Wie immer ließ es sich kaum aus den Jeans befreien. Enttäuscht merkte er, dass er bis jetzt keine Antwort auf seine SMS erhalten hatte.

»Ein paar kenne ich. Wir sind gemeinsam mit dem Zug nach Salzburg gefahren. Aus der Klasse war auch jemand dabei. Aber so etwas ist nicht jedermanns Sache. Ich gehe schon seit zwei Jahren in den Freigegenstand Bühnenspiel, deshalb finde ich es ganz lustig, so durch die Stadt zu hinken und die Leute zu verwirren. Außerdem …« Er brach den Satz ab, als hätte er sich vergaloppiert, und blickte Pelegrini mit so weichen Augen an, dass sie ihn am liebsten umarmt hätte.

»Außerdem?«, hakte Moll nach.

»Außerdem«, sagte er leise, »gibt es doch so viele Zombies, denen man das nicht ansieht. Die gehen zwischen uns herum und saugen unser Hirn aus.«

»Wen meinst du damit, Niklas?«

»Irgendein Arschkeks von Lehrer, der glaubt, wir müssten alle kapitalismustauglich werden und strebern bis zum Umfallen, weil uns nur das retten wird. Oder Zahnärzte, die ihren Mitarbeitern das absolute Minimum zahlen und nicht mehr wissen, wohin mit ihrem Schwarzgeld von Kronen und Implantaten, so wie der Mann, bei dem meine Mutter schuftet. Leute, die nicht wissen wollen, dass es auch ein anderes Miteinander geben könnte als unsere Wolfsgesellschaft, die den Großteil blöd zurücklässt, während sich eine Minderheit bis zum Erbrechen bereichert.« Niklas sah Moll fest an. »Solche Leute meine ich.«

»Solche wie den da?« Moll hielt dem Jungen das Foto auf dem Handy hin, das ihn mit seinem Vater bei der Zombieparade zeigte.

Niklas erschrak sichtlich. Er kratzte sich am Hals und starrte das Foto lange an. Als er sich wieder gefasst hatte, atmete er schwer aus. »Was wollen Sie wirklich?«, fragte er leise, ohne Moll in die Augen zu sehen.

»Kennst du den Mann?«

Niklas nickte.

»Und du weißt, wer er ist?«

Wieder senkte der Junge den Kopf. »Mein …« Er hielt kurz inne. »Der Mann, der meiner Mutter Alimente für mich bezahlt.«

»Was ist an diesem Abend zwischen euch beiden vorgefallen?«, fragte Pelegrini vorsichtig und so freundschaftlich wie möglich.

Erleichtert, Molls durchdringendem Blick ausweichen zu können, stützte sich Niklas auf das Geländer des Stegs und schaute auf die dunkle Salzach hinunter, ein ruhiger schwarzer Strom, dessen Tiefe ob seiner abweisenden Oberfläche kaum abzuschätzen war. »Er ist plötzlich unter den Zombies aufgetaucht. Einfach so. Ich bin vor ein paar Wochen draufgekommen, wer mein Vater ist. Für meine Mutter war das immer ein Tabuthema. Darum habe ich seit Jahren nicht mehr nachgefragt. Und dann torkelt er plötzlich in unserem Zug herum. Er hat mich sogar angesprochen. Ich konnte ihm kaum antworten, so erschrocken war ich. Er war so … so unlustig. Und ekelhaft. Und irgendwie garstig. Er hat mich blöd angeredet. Null Humor. Dann bin ich weg von ihm, auf die andere Seite der Zombieparade.« Mit der freien Hand wischte er über das Geländer. »Das hat mich schon sehr getroffen, ihn mitten unter uns lebenden Leichen zu finden.«

Pelegrini hatte sich mittlerweile genauso auf die Brüstung gelehnt wie Niklas. Hinter den Dächern der Altstadt ragten die Barmsteine wie die Knie eines schlafenden Riesen aus dem Wald heraus. »Warst du zornig?«

»Nein, traurig. Ich hätte heulen können.« Niklas fuhr sich über die Augen. »Ich hatte mir vorgestellt, einmal, nur ein einziges Mal, mit ihm zu reden. Aber das war bei diesem Anlass sowieso unmöglich.«

»Und dann hast du ihn aus den Augen verloren?«

Niklas nickte. »Als wir in die Sigmund-Haffner-Gasse einbogen, ging er geradeaus weiter, Richtung Pferdeschwemme. Ich bin mit dem ganzen Zug weiter rauf zum Festspielhaus. Aber auf halber Höhe habe ich umgedreht und bin zurückgelaufen. Ich dachte, ich hole ihn noch ein.«

»Und dann?«

»Nichts.«

Pelegrini atmete hörbar aus. »Du hast dich mit deinem … deinem leiblichen Vater geschlagen, stimmt's?«

»Nein, ich nicht!«, schrie Niklas auf.

»Wer dann, wenn nicht du?«

Der Junge umklammerte jetzt das Geländer derart, dass seine Knöchel rot hervortraten. Die Einkaufstasche hatte er zwischen seinen Beinen abgestellt. Unter ihm floss finster und unerbittlich das Eiswasser. Je länger er darauf starrte, umso mehr schien es ihm den Boden unter den Füßen wegzuwaschen.

»Es hatte zu schneien begonnen, ziemlich heftig. Ich habe ihn in der Mitte des Platzes eingeholt, aber da war er schon auf dem Weg zu einem jungen Mann, der eine große Mülltonne durchsuchte. Ich habe gehört, wie er den Mülldiver beschimpfte als armseligen Schmarotzer und Müllfresser. Und als Grünzeugzombie. Der Bursch hatte einen offenen Rucksack neben sich stehen. Er hat sich wohl ertappt gefühlt und zuerst gar nicht reagiert. Dann trat Marthaler den Rucksack um, und Brot und Paprika kullerten raus. Da hat der junge Mann Marthaler eine Ohrfeige gegeben. Und ich bin weg. Das Ganze war so entwürdigend, dass ich es nicht mit ansehen wollte. Und ich wollte ihm auch nicht helfen. «

Moll wischte über sein Handy und wechselte zu anderen Fotos, die den geschminkten Niklas zeigten. Sein Outfit passte so gar nicht zu den Spuren, die sie an Marthaler gefunden hatten. Offenbar sagte er ihnen die Wahrheit. »Kannst du uns den Dumpster wenigstens beschreiben?«

»Groß, schlank, eine dunkle Jacke und dazu ein dunkler Rucksack, wie Mülldiver halt so ausgerüstet sind. Außerdem eine von diesen altmodischen Skihauben, die abstehen wie eine kleine Bischofsmütze. Ich weiß nicht, wie alt der war. Er kann zwanzig gewesen sein oder auch fünfunddreißig. Das war bei dem Schneefall nicht zu erkennen. Als die beiden zu streiten begonnen haben, bin ich ja sofort ein Stück weit weggegangen. Ich war sicher fünfundzwanzig Meter entfernt. Außerdem wollte ich von meinem Vater nicht noch einmal blöd angeredet werden.«

»Eines würde mich schon noch interessieren.« Pelegrini

löste sich vom Geländer und zog ihre Kapuze halb über den Kopf. »Warum hast du uns das nicht gesagt? Du hast doch mitbekommen, dass Marthaler tot aufgefunden wurde.«

Niklas stieß einen verächtlichen Lacher aus. »Er hat sich im Leben nicht um mich geschert, warum soll ich mich um seinen Tod kümmern?«

33

Dienstbesprechung in Hellbrunn.«

Oberhollenzer hatte Molls Vorschlag sofort akzeptiert.

Jetzt stand er auf dem idyllischen Adventsmarkt, mitten im Hof des Renaissanceschlosses. Es dämmerte, und hinter dem mit Hunderten roten Kugeln geschmückten Baum am Eingang zum Park leuchtete das Monatsschlössl vom Hellbrunner Berg herunter. Der Advent glänzte allerorten rot, von den mit roter Folie umwickelten Füßen der Christbäume in der Mitte des Gevierts bis hin zu den roten Schleifen, die sich um Glockenfiguren aus Weidenrinde wanden. Selbst das Portal des Schlosses war rotviolett angeleuchtet.

Oberhollenzer lehnte sich im Christbaumwald auf ein Holzfass. Es war mit einer roten Platte versehen und zum Stehtisch umfunktioniert worden.

»Glühwein oder Orangenpunsch?« Moll klopfte ihm von hinten auf die Schultern.

»Einen Kinderpunsch, um ehrlich zu sein.« Entschuldigend hob er die Schultern.

»Im Ernst?«

»Ja, ich hab heute noch was vor und muss fit bleiben.«

»Du hast dich ja inzwischen fesch herausgeputzt, Oberhollenzer.« Pelegrinis Blick schwenkte einmal von oben nach unten und wieder zurück. Er hatte sich in seine modernste Garderobe geworfen, will heißen Jeans mit weißem Hemd und einer Jacke, die aus dem dritten Jahrtausend zu stammen schien und nicht aus einem muffigen Jagdhaus des 19. Jahrhunderts.

Oberhollenzer zwinkerte Pelegrini zu.

Bis Moll drei dampfende Tassen vor ihnen abstellte, hatte Pelegrini ihren Kollegen auf den letzten Stand gebracht.

»Wir suchen jetzt also nach einem Obdachlosen«, versuchte Oberhollenzer zusammenzufassen.

Moll widersprach sofort vehement. »So wie Niklas ihn beschrieben hat, war das kein Sandler, sondern ein Freeganer. Die versorgen sich mit Essen aus der Tonne, obwohl sie es sich meist auch im Geschäft leisten könnten.«

»Weil so viel weggeworfen wird, das noch nicht verdorben ist«, ergänzte Pelegrini und bekam einen missionarischen Ton. »Ist eine ganz eigene Szene. Ich habe im Auto mal im Netz nachgeschaut. Auch in Salzburg gibt es einige Initiativen, die noch genießbare Lebensmittel vor dem Müll retten. An der naturwissenschaftlichen Fakultät steht zum Beispiel ein Kühlschrank, wo Leute überschüssige Lebensmittel zur Verfügung stellen. Auch solche, die Dumpster aus den Tonnen von Supermärkten gezogen haben.«

»Klingt ganz nach deinem Geschmack, Martina.« Oberhollenzer sagte es ohne jede Ironie. Er nahm einen Schluck von seinem Kinderpunsch und schüttelte sich dann. »Picksüß. Aber wenigstens ist er warm.«

Ein Pony mit einem kleinen Mädchen trabte am Polizisten-Trio vorbei.

»Wie machen wir jetzt weiter?«

»Ermittlung by Facebook«, sagte Moll. »Beim Mülldiven ist es ähnlich wie bei den Flashmobs. Die Leute verabreden sich fast nur noch über Facebook. Und die Szene tauscht sich dort auch aus. Es gibt zwar einige geschlossene Gruppen, aber da hineinzukommen sollte für Martina kein Problem sein.«

Verstohlen blickte Moll auf sein Handy. Noch immer keine Nachricht von Melinda. Offenbar hatte er sie doch falsch eingeschätzt, und er war nur ihr privates Ermittlungsinstrument gewesen.

Auch Pelegrini zückte ihr Smartphone, aber aus anderen Gründen. Sie zog ihre Handschuhe aus und wischte ein paarmal über das Display. »Ziemlich populär ist das Foodsavingproject. Einundneunzig Mitglieder. Da sollten wir nach unserem Unbekannten zu suchen beginnen. Ich schau mal, ob ich mit denen dumpstern gehen kann. Heute, Samstag, wäre eigentlich ein guter Termin dafür, sonst ab Montag.«

34

Unter Melindas Tür war kein Licht zu sehen. Franco hatte den schlafenden Felix im Arm. Der Kopf des Jungen lag auf seiner Schulter. Der Bub war schon so schwer, dass er Mühe hatte, ihn gerade zu halten, vor allem, als er in seiner Jacke nach dem Wohnungsschlüssel kramen und ihn dann in das Schloss stecken musste. Nicht nur der ausgelassene Nachmittag bei einem Klassenkollegen hatte Felix erschöpft, obwohl ihn Moll dort völlig verschwitzt abgeholt hatte.

Vor allem der Abend bei Viktor war ziemlich kräfteraubend gewesen. Wieder hatte der alte Mann in seinem schwindenden Gedächtnis mehrfach nach dem Namen seines Urenkels gewühlt. Auch den Blutdruckmesser hatten sie lange gesucht, weil sich Viktor nicht mehr erinnern konnte, wo er ihn abgelegt hatte. Mittlerweile schlich er mehr durch die Wohnung, als dass er ging. Er hatte auch abgenommen, obwohl dreimal am Tag eine Betreuerin nach ihm sah. Felix hatte sich mit dem Verfall seines Urgroßvaters besser abgefunden als erwartet. Er bedrängte ihn nicht mehr mit Schach, sondern holte höchstens das Mensch-ärgere-Dich-nicht hervor. Aber manchmal hatte Viktor selbst mit diesem Spiel Schwierigkeiten, obwohl er es seit fast neunzig Jahren spielte.

Nachdem Franco seinen Sohn ins Bett gebracht hatte, schluckte er eine Tablette. Ende nächster Woche hatte er wieder einen Termin beim Arzt. Er fühlte sich trotz aller momentanen Belastungen so gut, dass er ihm vorschlagen würde, die Pillen langsam abzusetzen.

Auch mit Hook schien es aufwärtszugehen. Trotz einer intensiven Suche fand Franco keinerlei Spuren in der Wohnung, die besser in die Katzenkiste gehört hätten. Offenbar wirkte Melindas Eso-Katzen-Parfüm-Maschine.

Sein Handy zeigte nach wie vor keine Nachricht von ihr. Um Felix nicht mehr durch ein spätes Klingeln zu wecken, stellte er es lautlos. Unschlüssig öffnete er den Kühlschrank. Er entdeckte ein Stück Ingwer und brühte damit Tee auf. Dann schaltete er das Licht in der Wohnküche aus, klappte sein Notebook auf und setzte sich an den Esstisch. Ein kaltes, fahles Blau fiel auf sein Gesicht, während er wieder auf die Facebook-Seiten starrte.

Der Mann, der Marthaler aller Wahrscheinlichkeit nach in der Mülltonne deponiert hatte, war mit einem vollen Rucksack auf dem Platz gewesen. Niklas hatte behauptet, dass beim Streit ein paar Dinge herausgekullert waren. Möglicherweise hatte der Mann vorher schon andere Mülltonnen abgeklappert, vielleicht zusammen mit anderen Dumpstern.

Franco suchte fast eine halbe Stunde in den Gruppen der Foodsharer, Lebensmittelretter und des Foodsavingprojects, bis er den erhofften Eintrag fand.

Noch während er den Link in der Adresszeile kopierte und mit ein paar Anmerkungen per Mail ins Büro schickte, begann sein Handy auf dem Tisch zu tanzen, drehte sich einmal um seine Achse und beruhigte sich dann wieder.

sry, ich habe mein handy daheim vergessen. war den ganzen tag bei den pferden nach dem polizeiüberfall heute früh. bist du noch wach?

Franco tippte zwei Buchstaben in sein Handy.

Keine fünfzehn Sekunden später wirbelte das Mobiltelefon wieder brummend um seine Achse.

meine wohnung ist so kalt.

--Dann komm doch rüber.

ich steh ja längst vor deiner tür.

35

Das Bett neben Franco war noch warm, als das Handy schon wieder vibrierte. Mit einem langen Seufzer griff er nach dem kleinen elektronischen Monster. Zu seiner Überraschung kam die Nachricht von einer unbekannten Nummer.

Heute Vormittag Marthaler-Erfahrungsaustausch bei einem Spaziergang? Major Buschbeck, Wirtschaftspolizei.

Buschbeck kannte er nur flüchtig, ab und zu hatte er bei offiziellen Anlässen mit ihm geplaudert, mehr nicht.

Franco ließ sich Zeit mit einer Antwort. Er glaubte, Melindas Abdruck noch in den Laken sehen zu können, und streckte die Hand danach aus. Seine Oberarme schmerzten ein wenig. Er entdeckte jeweils zwei kleine blaue Flecken, so groß wie Fingerkuppen, und musste lächeln. Die gehörten zur Versöhnung. Schließlich waren sie gestern Abend nach einer freudigen Begrüßung noch einmal zurückgefallen in dieses Gewirr aus Misstrauen und Kränkung, das sie beide durch die Ermittlungen gefesselt hatte. Dann hatte die Vernunft Oberhand gewonnen und jeder die Situation des anderen zu verstehen versucht.

Ihre Lippen hatten nach Cabernet Sauvignon geschmeckt, und ihre Hände waren so hungrig gewesen, wie es nur jene sein können, die lange keine Gelegenheit hatten, an einem anderen satt zu werden.

Franco kroch aus dem Bett und schlug Major Buschbeck vor, ihn um zehn am Hans-Sedlmayr-Weg unterhalb des Mönchsbergs zu treffen.

»Schreibst du Melinda?« Felix lehnte an der Tür zum Schlafzimmer und sah ihn neugierig an.

»Nein, warum fragst du?«

»Nur so«, sagte Felix und trabte ins Bad.

Von der Brunnhausgasse wand sich der Weg in einer leicht geschwungenen Doppelkurve auf den Mönchsberg. Buschbeck war ein kettenrauchender Mann um die fünfzig und erzählte zuerst die letzten Gerüchte um Gokls kränkelnde Ehe. Offenbar hatte er gute Kontakte zum Leiter der Abteilung »Leib und Leben«. Er ging langsam neben Moll her, keuchte oben beim Bürgermeisterloch aber schon so stark, dass er vor dem Steintor hustend stehen bleiben musste.

»Ab jetzt geht's ebener dahin«, versuchte Moll, die Moral des grauhaarigen Majors wieder etwas aufzubauen. Statt einer Antwort zog Buschbeck eine Zigarettenpackung aus seinem Mantel, klopfte sich einen Glimmstengel halb aus der Verpackung und schob ihn dann wieder zurück.

»Besser nicht. Wir müssen ja auch über die Marthaler-Sache reden.« Er hustete noch einmal tief und heftig und setzte sich dann wieder in Bewegung. Als sie die mächtige Wehrmauer passierten, deutete er in Richtung Altstadt. »Das Marthaler-Haus da unten kennen Sie sicherlich …«

Moll nickte und stocherte mit dem Fuß in einem Schneehaufen.

»Dann spazieren wir gleich zur Richterhöhe. Der Weg dorthin geht zwar auch ein bisschen auf und ab, aber da spare ich mir wenigstens ein paar Höhenmeter.«

Vor ihnen lag das Freyschlössl im Schnee. Aus dem wuchtigen roten Turm lugte ein Glasquader in den Himmel. Langsam gingen sie auf die Steinmauer der kleinen Burg zu. Die Schneedecke neben dem mit Splitt gestreuten Weg war gut und gerne vierzig Zentimeter hoch.

»Ich habe den kleinen Marthaler schon länger im Auge«,

fuhr Buschbeck fort. »Aber leider hat er einen Namen, bei dem man sich schon Samthandschuhe anziehen muss, wenn man ihn in Salzburg nur ausspricht. Kurz gesagt, es gab vor einigen Monaten eine Anzeige wegen angeblicher Kick-Back-Geschäfte und Absprachen. Ein Konkurrent mit einer kleineren Putzfirma hat ihn bei uns angezunden.«

Wieder passierten sie einen alten Mauerdurchbruch aus Quadersteinen, dahinter gingen sie zwischen eisernen Zaunstäben auf einen Winterwald zu.

Moll hauchte gedankenverloren eine dicke Atemwolke in die eisige Luft. Sie wurde sofort von einer leichten Böe mitgenommen. »Und was war an den Vorwürfen dran?«

»Dazu kann ich zumindest so viel sagen: Marthaler krallt sich seit zwei Jahren so gut wie jeden Auftrag, der aus dem Wissenschaftsressort kommt. Zum Beispiel alle Neuausschreibungen von Museen. Verschiedentlich wurden Verträge mit anderen Anbietern auch vorzeitig gekündigt, um sie neu auszuschreiben. Natürlich alles gut begründet seitens des Büros der Landesrätin Wochinz. Es war bislang nichts Illegales nachweisbar, aber wenn Sie meiner Erfahrung trauen, dann stinkt es da gewaltig. Sinn macht die Sache natürlich nur, wenn nicht nur Marthaler davon profitiert, sondern auch etwas zurückfließt.«

»Zu Wochinz' Partei?«

»Zum Beispiel. Selber bereichert sie sich sicher nicht, für so dumm halte ich die Frau nicht. Aber möglicherweise schneiden ein paar Leute in der zweiten Reihe mit, eventuell ihr Sekretär Wegscheider. Aber ich habe keine Beweise.« Buschbeck tätschelte seine Wangen. Der Wind schien langsam stärker zu werden. Ab und zu jagte eine Windböe Schneekristalle auf. Sie schmerzten auf der Haut wie feine Nadelstiche. »Momentan sind mir die Hände ziemlich gebunden. Von einer Kontenöffnung kann ich bei Marthaler sowieso nur träumen. Dazu habe ich einfach zu wenig in der Hand. Der alte Marthaler ist ja ein honoriger Kerl, aber der hat es meiner Meinung nach faustdick hinter den Ohren. Er macht es halt auf die klassische Art: Seilschaften und großzügige Jagdeinladungen, bei denen Geschäfte abgewickelt werden. Der wäscht unheimliche Mengen pro Tag in seinem Betrieb. Aber der Junge hat meiner Meinung nach viel aggressiver agiert. Er war, wie man bei uns sagt, eine ziemliche Kretzn.«

Buschbeck hielt jetzt wieder seine Zigarettenpackung in der Hand, machte aber keinerlei Anstalten, sich eine anzuzünden.

»Und ziemlich sicher hat sich der Marthaler auch gefühlt. Ich habe mich einmal mit ihm getroffen, einfach, um ihm ein bisschen Angst einzujagen, in der Hoffnung, dass er dann einen Fehler macht. Der hat mich nur ausgelacht. Es gibt einen Typus junger Mann, bei dem weiß man sofort: Wann immer er Mist gebaut hat, hat es der Papa gerichtet. Das führt zu einem Selbstbewusstsein, gegen das man kaum ankommt, wenn man aus der alten Schule kommt und vielleicht ab und an zu Selbstzweifeln neigt oder sein Handeln vielleicht auch mal in Frage stellt.«

»Ich habe ihn nicht persönlich gekannt, aber es hat nicht so gewirkt, als wäre er von Beruf Sohn gewesen. Im Gegenteil, davon wollte er sich möglicherweise eher lösen, Major.«

Buschbeck steckte seine Hände samt Zigaretten wieder in die Manteltaschen und seufzte.

Sie gingen auf das Kupelwieser-Schlössl mit seinen rot-weißen Fensterläden zu. Ein mittelalterlicher Stadtturm lehnte an der kleinen Burg, die sein Besitzer gern als Räuberhöhle bezeichnete. Ein paar Meter weiter auf der Richterhöhe blickten sie zwischen Josefs- und Michaelsturm auf die weißen Flächen des locker verbauten Leopoldskron und seinen Weiher hinunter. Nicht weit unter der Steinbrüstung riss der Wind die allerletzten Blätter von den Rebstöcken. Die Pfadfinder hatten den Weinberg vor einigen Jahren im Unteren Zwinger an die Südseite des Mönchsberges gepflanzt und ernteten mittlerweile tatsächlich Wein in Salzburg.

Die Böen waren stärker geworden. Die Eisnadeln peitschten den beiden Männern immer wieder ins Gesicht. »Was ich Ihnen sagen möchte«, meinte Buschbeck zwischen zwei Windstößen, »sollten Sie bei Ihren Ermittlungen auf interessante Unterlagen für mich stoßen, wäre ich Ihnen sehr dankbar. Sie haben ja momentan mehr Möglichkeiten.«

»Leider ist Marthalers Notebook verschwunden. Aber so, wie es momentan aussieht, spielt das für uns keine große Rolle. Wenn es nicht noch Überraschungen gibt.«

»Na, dann hoffe ich einfach das Beste. Und jetzt lade ich Sie auf einen Glühwein ins Büfett zur Richterhöhe ein. Im Wald ist es nicht so zugig wie hier. Und die Dame, die das betreibt, freut sich sicherlich über unseren Besuch.«

Während die beiden Männer langsam zurückmarschierten und nach ein paar hundert Metern in die dunkle Holzhütte neben dem Weg einkehrten, fegte der Wind wie ein Eisenbesen über die Richterhöhe. In dichten Schwaden staubten die Eiskristalle von den Bäumen. Auch vom Boden neben dem Michaelsturm blies der Wind Schicht für Schicht den Schnee weg und legte ein Rätsel frei.

Zuerst kamen nur einzelne schwarze Haare zum Vorschein, starke, tierische Borsten. Mit jeder Böe wurde ihre Fläche größer, ein gewölbtes Stück Fell, bis zuletzt ein ganzer Kadaver aus dem Schnee auftauchte.

36

Wenn wir jetzt alle Dumpster in Salzburg abklappern und ihr Alibi prüfen müssen, brauchen wir eine Kompanie Beamte«, sagte Moll, während er mit Pelegrini und Oberhollenzer beim Morgenkaffee rund um ihren Vollautomaten stand. »Der Mann, mit dem Marthaler Streit hatte, trug nach Niklas' Aussage einen vollen Rucksack bei sich. Das heißt, er war am Dienstagabend wohl schon auf dem Heimweg vom Mülldiven und hat quasi im Vorbeigehen in die Tonne auf dem Universitätsplatz geschaut.«

»Das hilft uns jetzt auch nicht weiter.« Pelegrini las kopfschüttelnd das Kleingedruckte auf der Kaffeeverpackung.

»Ich habe mir mal angesehen, wer sich via Facebook am Dienstag zum Dumpstern verabredet hat. Da kommen nur sechs Leute in Frage.« Moll zog einen zerknitterten Zettel aus seiner Hosentasche und drückte ihn Pelegrini in die Hand. »Die haben sich in einem Café hinter dem Neutor getroffen. Mit denen sollten wir es zuerst versuchen. Vielleicht ist einer aus der Gruppe unser Mann.«

Pelegrini stürzte den Kaffee hinunter. »Sollen wir sie einzeln abklappern?«

Moll überlegte kurz. »Ich weiß nicht. Nur so aufs Geratewohl … Wenn unser Täter dabei ist, dann verschrecken wir ihn, solange wir nichts in der Hand haben. Schauen wir uns die Leute lieber mal in Aktion an.«

Die Polizistin hämmerte schon in ihre Tasten. »Ich schaue gleich mal nach, ob sie wieder auf Tour gehen.«

»Bist du auch noch da, Oberhollenzer?« Moll klatschte die Hände vor dessen Gesicht zusammen. Der zuckte nicht einmal, sondern grinste geistesabwesend vor sich hin. »Du könntest nämlich ein bisschen über unsere Freeganer-Gruppe recherchieren.«

»Mach ich«, sagte Oberhollenzer und setzte sich lächelnd in Bewegung. Er zwinkerte Pelegrini zu. »Ach, ist das Leben schön.«

Moll schlug sich die Hände vor das Gesicht. »Sag nicht, dass du auf Brautschau bist. Dann ist dein letzter Rest Verstand auch noch blockiert.«

»Ach Franco, du beneidest mich ja nur um meine stabile Psyche.«

»Stabil und wendig wie ein Betonpfeiler, ja.«

Oberhollenzer starrte auf sein Fitnessarmband. »Soll ich nicht vielleicht eine Jause holen gehen?«

»Wenn es dich nicht überfordert, gerne.« Moll sah Pelegrini an, die ihre Mundwinkel kaum unter Kontrolle halten konnte und kurz über ihr Handy wischte.

»Unglaublich, Oberhollenzer. Du bist ja ein Sportgott. Heute schon fast fünftausend Schritte. Und es ist noch nicht mal neun Uhr vormittags.«

»Tja, ich bin heute zu Fuß durch die Hellbrunner Allee ins Büro. Da staunt ihr, gelt?«

»Wie sieht der Grund aus?«

Oberhollenzer schürzte die Lippen. »Sehr, sehr nett.« Kurz machte er vor seiner Trophäe halt, als stünden sie sich Aug in Aug gegenüber. Dann lächelte er und nahm seinen schwarzen Hut vom Geweih. »Samstag war ein Reinfall, aber gestern … Es gibt ja vielleicht wirklich zu jedem Topf einen Deckel«, raunte er seiner jungen Kollegin im Vorbeigehen zu.

»Triffst du sie also wieder?«, fragte Pelegrini leise.

»Natürlich. Schon morgen.«

»Weiß sie, dass du Polizist bist?«

Oberhollenzer beugte sich nahe zu Pelegrini. »Das nicht. Aber ich habe auch nicht gelogen. Sie weiß, dass ich Beamter bin.«

Zwei Wurstsemmeln und drei Orangen später stand das Trio erneut um die Kaffeemaschine wie um einen Altar.

»Vier von den sechs Leuten sind heute wieder unterwegs zum Lebensmittelretten, wie sie es nennen.« Pelegrini ging kurz zu ihrem Schreibtisch und legte den Zeigefinger auf ein Blatt Papier. »Von den beiden, die diesmal nicht dabei sind, ist nur einer ein Mann. Darum könnte sich Oberhollenzer kümmern. Mit den anderen mache ich mir heute einen schönen Abend und wühle in Mülltonnen herum. Einer von euch könnte die Handynummern unserer Mülldiver besorgen. Dann können wir überprüfen, ob ein Bewegungsprofil zu unserem Täter passt.«

37

Das Café in der Neutorstraße war so klein, dass es keinen Nichtraucherraum benötigte. Pelegrini hatte schon beim Eintreten den Atem angehalten. Auf einer kleinen Bühne kämpfte ein verwahrlost wirkender Mann um die fünfzig mit einer akustischen Gitarre und sang dazu Songs von Pete Seeger.

Die vier Leute, die sie suchte, saßen schweigend um einen winzigen Tisch und tranken Tee oder Apfelsaft. Sie waren leicht an den Rucksäcken und dem Trolley zu erkennen. Pelegrini hatte eine große blaue IKEA-Tasche mitgenommen, die schlaff an ihrer Schulter hing.

»Du musst Martina sein«, begrüßte sie ein hagerer junger Mann mit einem kleinen Muttermal über dem Auge. »Wir haben uns heute schon geschrieben.«

»Ach, du warst das.« Pelegrini tat überrascht. »Vom Profilfoto hätte ich dich nicht erkannt.«

»Das ist auch schon nicht mehr wahr«, lächelte der schmale Bursche. »Damals war ich fünf Jahre jünger.«

Ein Mädchen streckte ihr die Hand hin und stellte sich als Jessica vor, so dass sich auch die beiden anderen bemüßigt fühlten, ihre Namen zu sagen. Marco hatte seine Haare rot gefärbt, dazwischen schimmerte der Nachwuchs schwarz hervor. Patrick dagegen hatte seinen Kopf kahl geschoren und trug einen Ziegenbart, über den er immer wieder strich. Wenn er redete, wurde das Zupfen am Bart etwas heftiger.

»Du bist neu, oder?« Der Anführer sah sie aus warmen Augen an. Er sprach leise und wirkte müde.

Pelegrini nickte. »Ich habe kürzlich eine Dokumentation über die Lebensmittel im Müll gesehen. Da habe ich mir gedacht, ich könnte auch dumpstern gehen.«

»Wir nehmen die Sachen aber nicht nur für uns mit. Wer zu viel hat, sollte es weitergeben oder zur ehemaligen Salzburger Tafel bringen. Du kannst die Überschüsse auch via Facebook über unsere Gruppe verteilen. Immer mehr Leute machen Foodsharing. Marco zum Beispiel versorgt seine ganze WG mit Lebensmitteln, Patrick dumpstert für Flüchtlinge und für ein Kunstprojekt.«

Er deutete auf einen Mann, der mit dem Rücken zur Gruppe an der Bar stand. »Der Blonde da ist der Koch des Projekts. Sie nennen es Wastecooking und verkochen nur Sachen, die sie beim Mülldiven finden. Das Ganze wird in Theatern oder Galerien dann Leuten serviert, die die Sachen vielleicht selbst in ihrem Überfluss weggeworfen haben. Der perfekte Kreislauf, oder?« Er lachte kurz und leise. »Ich habe Patrick und die Wastecooker bei einer Reportage kennengelernt. Sonst wüsste ich auch nichts davon. Aber ich mag diese Szene. Da fühle ich mich wohl.«

Jessica hob die Hand und kramte ein paar Münzen aus einem Beutel, der wie eine umfunktionierte Schminktasche wirkte.

Nachdem alle bezahlt hatten, blickte Pelegrinis Facebook-Kontakt noch einmal auf sein Handy. »Wir warten noch bis kurz nach acht, dann brechen wir zuerst zum Markt an der Maxglaner Hauptstraße auf. Anschließend gehen wir Richtung Altstadt zurück und nehmen auch noch die Feinschmeckerfiliale da vorne mit.« Er deutete stadtauswärts. »Dort ist die Ausbeute normalerweise recht ordentlich. Wenn nicht schon jemand vor uns da war«, fügte er hinzu. »Ich habe einen Nachschlüssel für die Müllräume.«

»Und das ist nicht illegal?« Pelegrini bemühte sich, so naiv wie möglich zu klingen. Sie wirkte in dieser Gruppe vergleichsweise wie eine Gymnasiallehrerin, obwohl sie kaum älter war als die anderen. Daran änderten auch ihre betont schäbigen Jeans nichts, deren Fäden an manchen Stellen schon bloß lagen und glänzten.

»Grauzone«, antwortete der Wortführer. »Aber da wir nicht einbrechen, lässt uns die Polizei in Ruhe.«

Die Tür zum Müllraum sprang mit einem kalten Klacken auf. Erst jetzt wusste sie wieder den Namen des jungen Mannes, der eben seine Stirnlampe anknipste. Die ganze Zeit hatte sie ihn innerlich mit Fabian angesprochen, aber er hieß Julian.

Pelegrini zog eine kleine LED-Lampe aus ihrer Jacke. Die Wände waren kahl und graubraun verputzt, die Elektroinstallationen liefen in Plastikrohren über die hässlichen Mauern.

»Stirnlampen sind bequemer, da hast du beide Hände frei«, sagte Julian und richtete den Lichtstrahl auf zwei 700-Liter-Tonnen. Gemeinsam drückten sie den ersten Deckel zurück. Obenauf lagen kiloweise Orangen und Mandarinen. In fast jedem Netz trug nur eine Frucht Zeichen von Schimmel. Marco kletterte wortlos in die Tonne und versuchte, in einem Eck zwischen Blumenabfällen das Gleichgewicht zu finden.

»Hat jemand ein Messer mit?«, fragte der Rothaarige, obwohl er auf dem weichen Untergrund aus Abfall noch schwankte.

Julian klappte ein Schweizer Messer auf und drückte es ihm in die Hand. »Die Schlechten lassen wir da, den Rest nehmen wir mit. Aus den spanischen Orangen kann man wunderbar Marmelade machen. Und Putzmittel.«

»Putzmittel?« Pelegrini glaubte sich verhört zu haben.

»Ja, aus den Schalen. Wenn du die ein paar Wochen zusammen mit Essig ansetzt, hast du einen wunderbaren Haushaltsreiniger. Der dazu gut riecht.« Julian sah sie verschmitzt an. »Du bist kein Do-it-yourself-Fan, oder?«

»Zu wenig Zeit dazu«, antwortete Pelegrini entschuldigend und nahm eine Handvoll Orangen von Marco entgegen.

»Es geht ja nicht nur ums Sparen. Ich finde, es tut einfach gut, wenn man sich etwas unabhängiger macht von der Industrie und von Unternehmen, die dir ihre Technologie aufs Auge drücken und ihre Vorstellung von Konsum.« Julian roch gedankenverloren an einer Orange und sah sie dann an.

»Stimmt, so habe ich das noch nie betrachtet. Aber ich bin ja lernfähig.« Pelegrini fühlte sich unter seinem kritischen Blick plötzlich unwohl.

»Du wirfst wohl auch alles weg und reparierst nichts?« Der junge Mann mit dem Muttermal wirkte kurz verwundert und enttäuscht. »Geh doch mal mit der kaputten Küchenmaschine ins Repair-Café, wenn du eine hast. Die setzen dort alles Mögliche wieder instand. Auch Computer. Es kann doch nicht sein, dass wir alles auf den Müll werfen, obwohl es nur eine Minimacke hat. Das ist doch zutiefst verkommen, findest du nicht?« Julians Ton hatte etwas Missionarisches bekommen, selbst seine Körperhaltung glich plötzlich der eines Priesters, der predigte.

Pelegrini hielt krampfhaft die große blaue Tasche offen, in die Marco eine Orange nach der anderen kullern ließ. Die Arme taten ihr bereits weh. Auch der Ziegenbart war auf dem Missionstrip.

»Die meisten Leute können nicht mehr kochen und wissen

nicht, was man aus ein bisschen Gemüse zaubern kann. Deshalb haben sie keine Beziehung mehr zu Lebensmitteln.« Marco sah Pelegrini nicht an, während er redete und die Orangen in die Tasche schippte. »Sag einfach, wenn du genug hast.«

»Ich denke, es reicht.« Sie packte die Tasche und lehnte sie erleichtert gegen eine Gitterbox.

»Du kannst ja mal in der zweiten Mülltonne sondieren und Jessica die guten Sachen rausgeben.«

Mit Hilfe des dünnen Mädchens kletterte Pelegrini in den Container. Zuerst hatte sie Scheu davor, mitten in das Grünzeug und die Lebensmittel zu steigen. Schließlich wagte sie vorsichtig den Schritt in die Tonne und sank zu ihrer Überraschung kaum ein. Sie stand in einem See von Farben und glänzenden Verpackungen, inmitten von Käseschnitten in Blisterpackungen, eingeschweißten Kräutern und Fleisch in weißen Styroporschalen. Es roch nach einem lieblos angesetzten Gemüseeintopf, frisch und grün, und gleichzeitig wieder nach einem jungen Komposthaufen.

»Verlass dich auf deine Nase«, hörte sie Julian von der Seite. »Riech an den Dingen. Wenn sie nicht mehr brauchbar sind, merkst du das schon. Beziehungsweise deine Nase.« Demonstrativ schnupperte er an einer Schlangengurke, deren transparente Umhüllung er zum Teil entfernt hatte.

Vor ihren Füßen fand die Polizistin vakuumverpackte Würste, die erst in drei Tagen abliefen. Darunter lagen Shrimps in einer unbeschädigten Verpackung und jede Menge bunte Paprika und Lauch, Babynahrung, die noch vier Monate hielt, aber auch fast ein Dutzend Roggenbrotlaibe.

Julian roch an einem der Brote. »Weißt du, dass jedes fünfte Brot im Container landet?«

Pelegrini schüttelte den Kopf und reichte Julian die Laibe aus ihrer kleinen Deponie. Als sie wenig später die Brote auf die Rucksäcke verteilte, hörte sie das Klacken der Müllraumtür.

Alle erstarrten.

Ein starker Taschenlampenstrahl fiel auf die Gruppe. Pelegrini griff unwillkürlich nach ihrem Dienstausweis. Dass ihre Tarnung so schnell auffliegen würde, damit hatte sie nicht gerechnet. Sie zog die kleine Plastikkarte vorauseilend aus der Tasche.

»Marco, du bist es«, sagte eine Mädchenstimme.

»Mann, hast du uns erschreckt, Anna.« Der Rothaarige hüpfte sportlich aus der Tonne und küsste das Mädchen auf beide Wangen.

Schnell ließ Pelegrini ihren Dienstausweis wieder verschwinden.

»Tut mir leid, aber ich habe draußen kein Licht gesehen.«

Zehn Minuten später war Pelegrinis Tasche so schwer, dass der Riemen über der Schulter einschnitt. Die Lebensmittel würden locker für eine Woche reichen. Sie musste die Gelegenheit auf jeden Fall nutzen, wieder einmal selbst zu kochen.

Auch Julian schulterte seinen großen Rucksack. »Alles, was wir nicht brauchen, legen wir obenauf in die Tonne. Heute kommen sicher noch andere Freeganer vorbei. Wir nehmen ja nur einen Bruchteil der neunzig Millionen Tonnen Nahrung mit, die Europa jährlich wegwirft.«

Während die anderen schweigend hinter ihnen hertrabten, gesellte sich Julian auf dem Weg zum Feinkostgeschäft wieder an Pelegrinis Seite. Sie mochte seine wachen Augen, aber die Abwesenheit jeglicher Aggression irritierte sie. Oder lag es nur an seiner offensichtlichen Müdigkeit?

Als Teenager hätte sie sich mit diesem jungen Mann mehr vorstellen können, jetzt war sein Leben zu weit weg von ihr.

»Du studierst noch?«, fragte er.

»Nein, ich hatte nach der Matura keine Energie mehr dazu. Ich arbeite in einem Möbelhaus in der Disposition.«

»Was, du hast eine richtige Anstellung?«

»Natürlich«, sagte Pelegrini und schwang die schwere Tasche mit einem Ächzer auf die andere Seite.

»Natürlich …« Julian lachte gequält. »Natürlich ist das gar nicht. In meinem Umfeld hat kaum jemand eine Anstellung. Lauter Projekte und lauter freie Arbeitnehmer. Und dafür mieses Geld für dieses Übermaß an Freiheit. Frag mal Patrick. Der ist Biologe. Jetzt zählt er Schneehasen. Das Projekt geht bis April. Dann muss er wieder betteln gehen, damit er über die Runden kommt.«

»Das tut mir leid, Julian. Meine Freunde stecken alle in Jobs, die sie nicht glücklich machen, sondern nur das bisschen Geld bringen, das man halt so braucht, wenn man nicht geerbt hat.«

»Irgendwie haben sie Leute wie uns abgekoppelt«, sagte Julian leise.

»Wer *sie?*«

»Die, die sich aussuchen können, welche Schulen sie besuchen, wann sie mit dem Beruf anfangen und wo sie sich ihre Dachterrassenwohnung nehmen.«

Pelegrini seufzte. Weil sie Julian nichts entgegnen konnte, sah sie ihn hilflos an. Ihr Blick fiel kurz auf seine Kopfbedeckung.

»Sag, ich bräuchte ein paar Blumen für eine Freundin, die ich heute noch besuche.«

Julian lachte und klang erschöpft dabei. »Bring ihr doch

Orangen mit, ein Teil davon ist sogar bio. Du hast ja genug in der Tasche. Blumen findest du am ehesten in den Tonnen beim Grünmarkt. In den Geschäften liegen sie normalerweise ganz unten in den Containern und sind schon zerdrückt, wenn wir dumpstern gehen.«

38

Orangen kullerten auf Oberhollenzers Schreibtisch, mindestens zwei Kilo. Pelegrini ließ sie aus einer kleinen Einkaufstasche zwischen Monitor und Tastatur ihres Kollegen rollen.

»Das ist mein gestriges Ermittlungsergebnis.«

»Süß«, meinte Oberhollenzer. »Machen wir heute Orangendiät? Das bringt mich um mindestens dreitausend Schritte.«

»Ich weiß.« Pelegrini seufzte. »Du könntest uns ja zur Abwechslung mal Wurstsemmerl holen. Ohne Obst.«

Moll sah sie gequält an. »Ich weiß ehrlich nicht, wie viele Wurstsemmerl mein Körper noch verträgt. Manchmal denke ich schon sehnsüchtig an Felix' Fischstäbchen. Daraus könnt ihr ermessen, wie verzweifelt ich sein muss.«

»Weil wir schon dabei sind: Wie wär's mit Foodsharing? Jeder bringt was ins Büro mit. Wir haben ja eh alle Ein- bis Eineinhalb-Personen-Haushalte, in denen zu viel vergammelt.«

»Gern.« Moll dachte an den neu aufgefüllten Kühlschrank. »Ich war gestern hungrig einkaufen. Die Folgen kennt ihr ja. Unmengen Dinge, die wir als Eineinhalb-Männer-Haushalt nicht essen können. Morgen bringe ich uns eine Jause mit.« Er sah Pelegrini und Oberhollenzer an. »Nachdem der Vitamin-C-Bedarf vorläufig gedeckt wäre, gibt's sonst noch was Wichtiges?«

»Den Typen, den ich gestern gecheckt habe, können wir vergessen.« Oberhollenzer schälte konzentriert eine Orange. Ihr frischer Duft breitete sich umgehend im Büro aus. »Der junge Mann ist kaum eins sechzig, passt also schon von der Größe her nicht zu Niklas' Beschreibung. Ich habe ihn aber noch wegen dem Dumpstern ein bisschen gezwickt. Er meinte, bis auf Julian seien alle nach ihrer Tour in der Neutorstraße in den Bus gestiegen. Julian hingegen ist Richtung Altstadt weggegangen.«

»Ich denke auch, dass er unser Mann ist.« Pelegrini hob die Schultern, als würde sie ihre Feststellung bedauern. »Er hatte die von Niklas beschriebene Skihaube auf. Und er hat mich zum Blumendumpstern auf den Grünmarkt geschickt. Vielleicht war das der Grund, warum er auf Marthaler gestoßen ist.«

»Und die Jacke?« Moll spitzte die Lippen. »Das sind die einzigen objektiven Spuren, die wir abgesehen von Hinweisen haben.«

»Negativ«, erwiderte sie. »Gestern hatte er einen dunkelblauen Skianorak an.«

»Dafür passen seine Handydaten. Er war etwa sieben Minuten beim Handymast in der Getreidegasse eingeloggt. Danach dürfte er sich Richtung Lehen heimbewegt haben.« Moll formte mit seinen Händen eine hohle Kugel und hob sie mit einem Blick zu Oberhollenzer in Gesichtshöhe. Der verstand das Zeichen und schoss ihm eine Orange zu. »Wenn wir dann voller Vitamine sind, reden wir mit dem jungen Mann. Ohne Martina. Die behalten wir uns in der Hinterhand.«

39

Die Durchhäuser zwischen Grünmarkt und Getreidegasse schienen verstopft mit kleinen Weihnachtsbäumchen. Die Dekoration verengte die schmalen Passagen unter den alten Häuserzeilen so sehr, dass es oft nur noch im Einbahnsystem weiterging. Auch Oberhollenzer und Moll drückten sich immer wieder an die Wand des Stockhammer-Durchhauses, während dick vermummte Menschen mit einem dankbaren Nicken an ihnen vorbeihuschten. Beim Bosna-Grill in der Mitte der Unterführung blähte Oberhollenzer seine Nasenflügel, unterdrückte dann aber den Vorschlag, kurz hier einzukehren. Sie bahnten sich mühsam ihren Weg durch den Menschenstrom in der Getreidegasse und passierten einen steinernen Torbogen Richtung Griesgasse.

Der Außenhof des Sternbräu glänzte in Rot. Vor dem neuen, modernen Portal des alten Bierlokals bewachten Rentiere aus geflochtenen Weiden einen überdimensionalen Tannenbaum mit handballgroßen roten Kugeln. Die Maserung der einheitlichen Holzhütten war mit Dunkelbrauntönen verstärkt worden, als hätte sich ein Dekorateur aus dem Musikantenstadel einen Scherz erlaubt. Eine Traube gestrickter Mützen hing von der kupfernen Dachrinne des ersten Standes, dahinter ein Stapel bunter Vogelhäuser, danach Bienenprodukte, von einfachen Wachswaben bis zu Propolis.

»Weißt du, was ich am Advent hasse?« Moll wartete keine Antwort ab. »Dass ich nie Zeit habe. Der Advent ist immer die schnellste Zeit im Jahr, auch wenn gerade kein Toter herumliegt. Heuer muss ich es schaffen, mit Felix wenigstens nach Hellbrunn zu kommen.«

»Könnte sein, dass ich Weihnachten dieses Jahr zum ersten Mal nicht im Pinzgau verbringe.«

»Sondern?«

»In Salzburg.« Oberhollenzer schmunzelte. »Ich habe da wen kennengelernt. Ich meine, es sind eh noch drei Wochen bis Weihnachten, aber mit dieser Frau kann ich mir zumindest was vorstellen.«

Moll sah Oberhollenzer von der Seite an. Er lächelte zufrieden wie ein Putto. In diesem Augenblick war es völlig undenkbar, dass dem Mann immer wieder mal die linke Hand ausrutschte.

Im Innenhof des Sternbräu blökten Schafe. Erwachsene standen um den improvisierten Stall herum und waren offensichtlich froh, nicht nur Rentiere in allen möglichen künstlichen Aggregatzuständen zu finden, sondern auch lebende Tiere.

Die Polizisten blieben vor einem Stand mit Glaskunst stehen. Ein junger Mann kehrte mit einem Handbesen Glassplitter von der Theke.

»Hat jemand randaliert?«, fragte Oberhollenzer, die Hände in den Taschen seines Hubertusmantels vergraben.

Der junge Mann blickte kurz auf. »Nein, leider selber schuld. Ich habe einen Glasstern zerschlagen. Bin wohl zu unkonzentriert.« Klirrend rutschten die Überreste des Sterns in einen Kübel. »Aber Scherben bringen ja bekanntlich Glück.« Er lächelte die beiden Ermittler an.

»Wie man's nimmt.« Moll sah den jungen Mann für einen Moment schweigend an. »Sie sind Julian Kremer?«

»Ja, das bin ich. Warum?«

Moll zwängte seinen Ausweis aus der Hosentasche. Ein Telefonat seiner Lebensgefährtin Pia Sageder hatte gereicht, um den jungen Mann zu finden.

Julian Kremers Gesicht zeigte keinerlei Regung. »Ich bin hier angemeldet. Außerdem arbeite ich nur an freien Tagen da, sonst bin ich Reporter. Freier Journalist. Frei wie vogelfrei. Heute gab's nichts zu tun für mich im Funk. Ich muss zusehen, dass ich am Ende des Monats die Miete bezahlen kann.«

»Versteh ich.« Moll strich über einen gläsernen Totenkopf. »Seltsame Weihnachtsdekoration.«

Kremer zuckte mit den Schultern. »Manche mögen das. Mein Ding ist es nicht.« Er betrat wieder den Innenraum des Verkaufsstandes und verschränkte scheinbar frierend die Hände vor seiner Brust.

»Sagt Ihnen der Name Marthaler etwas?«, fragte Oberhollenzer so beiläufig wie möglich.

»Nein. Sollte ich den Mann kennen?«

»Warum wissen Sie, dass es ein Mann ist, Herr Kremer?« In Oberhollenzers Gesicht zeigte sich ein zufriedenes Lächeln.

Kremer verzog desinteressiert den Mund. »Klingt sehr männlich.«

»Gut, dann anders.« Moll war nicht entgangen, dass sich der junge Mann hinter der Theke verschanzt hatte. »Was ist heute vor einer Woche, abends kurz nach neun auf dem Universitätsplatz passiert?«

»Das weiß ich doch nicht. Ich war da mit Freunden hinter dem Neutor unterwegs.« Kremer wirkte jetzt trotzig.

»Sie lügen uns an, Herr Kremer.« In anderen Fällen wäre Oberhollenzer an dieser Stelle bereits laut geworden. Nun sah er den Burschen inmitten von Glasschüsseln, Vasen und Kerzenleuchtern nur maliziös an. »Sie waren bis knapp vor neun mit Ihren Freeganer-Kollegen unterwegs. Danach sind Sie in die Altstadt gezogen.«

Kremer schwieg für einen Moment. »Ja, und?«

»Warum, Herr Kremer?«

»Ich wollte allein sein und nicht mit den anderen im Bus fahren, smalltalken. Ich bin überarbeitet und habe das Gefühl, mehr Ruhe zu brauchen. Deshalb dachte ich mir, ich steige bei der Pferdeschwemme in den nächsten Bus.«

»Schlecht. Ganz schlecht«, wiederholte Oberhollenzer mit leiser Stimme. »Sie lügen schon wieder. Wir wissen, dass Sie noch auf den Grünmarkt gegangen sind. Und dort Maximilian Marthaler umgebracht haben.«

»Ich habe niemanden umgebracht!«, schrie Kremer auf und schlug seine Fäuste auf das Holz, dass das Glas klirrte.

»Ich denke, es gibt schon genug Scherben«, sagte Moll, »bevor es noch mehr gibt, sollten wir zu Ihnen fahren.«

Eine halbe Stunde später betraten die Beamten einen dreistöckigen Wohnblock in der Lehener Hans-Sachs-Gasse. Eine ungewöhnlich schlanke Frau öffnete ihnen die Tür zur Wohnung im Erdgeschoss. Ihr brünettes Haar hatte sie zu einem dicken Zopf geflochten. Aus einem Zimmer hörten sie ein Kind husten.

»Maja ist krank. Sonst ist sie im Kindergarten. Ich muss ja arbeiten.« Pia Sageder sah fragend von Julian zu den zwei Beamten und dann verwirrt zum Laptop auf dem Esstisch. Auf dem Schirm war das Sujet einer Werbung zu sehen, ein Waschbär, der sich lachend in eine weiße Weste hüllte.

»Dürfen wir uns mal Ihren Kleiderschrank ansehen, Herr Kremer?« Moll blickte sich suchend um.

»Wozu? Brauchen Sie etwas zum Anziehen? Ich bin eine Spur schmaler als Sie, Herr Chefinspektor.« Kremer griff nach der Hand seiner Freundin und drückte sie.

Moll ließ sich nicht provozieren. »Es könnte Sie auf kurzem Weg entlasten. Wir können das Ganze aber auch ganz offiziell machen. Dann stellen wir hier alles auf den Kopf. Sicher nicht sehr angenehm für Ihr Kind und Frau Sageder.«

Wortlos führte Julian Kremer den Beamten ins Schlafzimmer und öffnete eine Schranktür. Er setzte sich aufs Bett und deutete mit der Hand auf den überschaubaren Hosen- und Jackenbestand.

Molls Hände strichen über die Bügel mit Männerkleidung. Danach suchte er noch in einem Kasten mit Pullovern und Unterhemden.

Oberhollenzer entdeckte in der Zwischenzeit eine graue Mütze, die über einen Haken im Flur gestülpt war. Er ließ sie in einen transparenten Plastikbeutel gleiten und steckte den Fund in seinen Mantel.

»Was ist los, Papa? Warum sind die Männer hier?« Maja stand in einem Hello-Kitty-Pyjama in der Tür zur Wohnküche. Bevor Kremer antworten konnte, wurde sie von einem Hustenanfall geschüttelt. Pia hob das Mädchen auf und legte die Hand auf seine Stirn.

Moll sah sie entschuldigend an. »Es tut mir leid, Frau Sageder. Julian Kremer müssen wir leider mitnehmen.«

40

Gokl und Pelegrini standen hinter dem Halbspiegel und beobachteten den jungen Mann im Verhörzimmer. Er saß aufrecht da und wirkte auch nach drei Stunden noch ungerührt. Immer wieder schüttelte er den Kopf und wiederholte seine Version. Er habe hinter der Pferdeschwemme auf den Bus gewartet und sei dann heimgefahren.

»Hat Oberhollenzer, äh, Kreide gefressen?« Gokl sah dem schwergewichtigen Beamten fasziniert zu.

Oberhollenzer schien sich plötzlich in die reinste Geduldsmaschine verwandelt zu haben. Nur manchmal brummte er unruhig auf, zeigte aber ansonsten keinerlei Anzeichen von Aggression.

»Ich weiß auch nicht, was mit ihm los ist«, antwortete Pelegrini. »Vielleicht ist er gerade glücklich.«

Moll hatte die Hände hinter dem Kopf verschränkt und ließ sich eben noch einmal den genauen Ablauf des Mordabends vom Treffen im Café an erzählen. Zum ungefähr siebten Mal.

Kremer lehnte sich vor, verschränkte die Hände auf dem Tisch und wiederholte das Ganze, als hätte ihn jemand mit unendlicher Energie versorgt. Immer wenn er zur Pferdeschwemme kam, lösten sich die Finger der rechten Hand kurz von der Umklammerung der anderen Finger und tanzten durch die Luft.

Gokl lachte kurz, als er die Szene beobachtete. »Wir beide wissen, dass er lügt, nicht wahr?«

»Immer dasselbe Fingerspiel an derselben Stelle der Erzählung. Sonst sitzt er völlig ruhig und unbeweglich da.«

»Was halten Sie davon, Frau Kollegin, wenn wir ihn auf gut Wienerisch mit einem Schmäh packen?«

Pelegrini nickte. »Ist ja nicht illegal.«

Gokl griff nach dem Telefon und wählte eine interne Nummer. »Schicken Sie doch den jungen Kollegen Wiesmüller her. Ziehen Sie ihm etwas an. Es soll aussehen, als sei er nur zu Besuch in der Poldi, Verzeihung, in der Polizeidirektion.«

Als Oberhollenzer und Moll sich einen Kaffee holten, weihte Gokl sie in seine Finte ein. »Und dann, wenn er umfällt, übernimmt Kollegin Pelegrini. Die kennt den Mann ja schon. Ich denke, dann wird er sprudeln.«

Wenig später stand ein dunkelhaariger Mann mit Dreitagebart in der Tür.

»Den Anorak machen Sie noch ein bissl auf, Wiesmüller. Sie sind ja für unser Theaterstück schon ein paar Minuten im Haus. Und wenn einer der beiden da drinnen Sie fragt, ob Sie den Mann wiedererkennen, sagen Sie einfach, dass Sie ihn Dienstagnacht beim Mistkübel vor der Alten Universität mit einem anderen Mann streiten gesehen haben.«

Gokl begleitete Wiesmüller zur Tür des Verhörraumes. Beim Hinausgehen zwinkerte der Dreitagebart Pelegrini lächelnd zu.

Pelegrini hörte das Niederdrücken der Klinke zum Verhörzimmer. Eine halbe Minute später sackte Julian Kremer zu einem Häuflein zusammen, als hätte jemand die Stütze in seinem Inneren aufgelöst.

Oberhollenzer gab ihm nur kurz Zeit, sich zu sammeln. »So, Herr Kremer, wie es wirklich war, erzählen Sie jetzt meiner Kollegin! Das viele Lügen wird es Ihnen vor Gericht nicht leichter machen. Wenn Sie gescheit sind, reißen Sie jetzt das Steuer noch herum. Sie sind ja kein unsympathischer Mensch.«

Damit drückten Moll und Oberhollenzer Martina Pelegrini die Türklinke in die Hand. Sie trug zwei Orangen in der Hand, eine schob sie dem erschütterten Kremer zu.

41

Moll versuchte soeben, den Kurznachrichtendienst WhatsApp auf seinem Smartphone zu installieren. In den letzten drei Tagen hatte er fünfundsiebzig SMS geschrieben. Pelegrini blickte ihm über die Schulter.

»Sag, Franco, würdest du dein Liebesgeflüster auch per Postkarte schicken?«

»Nein, warum fragst du so blöd?«

»Wenn du diese App installierst, dann hast du ungefähr so viel Privatsphäre wie beim Schreiben einer Postkarte.«

»Mir ist es ja egal, wenn die NSA mitliest.«

»Die liest sowieso mit. Wahrscheinlich hast du sogar eine SIM-Karte im Handy, über die sie dich belauschen könnten. Aber WhatsApp, das ist Facebook, das ist Marktmacht, das ist ein Datenmonster. Oder brauchst du keine Privatsphäre, und jeder kann jederzeit in dein Schlafzimmer schauen?«

Moll zog die Augenbrauen hoch. »Das ist paranoid.«

»Wenn du viel Süßholz raspelst und bald irgendwelche Honeymoon-Urlaube auf den Bahamas oder Malediven angeboten bekommst, wirst du an mich denken, ja? Wetten wir um eine Flasche Champagner?«

»He, du kannst einem echt alles verderben, Martina. Ich brauche einen Kurznachrichtendienst, weil ich nur hundert freie SMS bei meiner Flatrate dabeihabe.«

»Dann nimm wenigstens einen mit Ende-zu-Ende-Verschlüsselung.«

Wortlos reichte Moll sein Handy an Pelegrini weiter. »Bitte. Mach.«

»Super«, murrte sie. »In meinem Bett ist zwar tote Pyjamahose, aber dafür muss ich meinen Kollegen bei ihrem Liebesgeflüster helfen. Weit hast du's gebracht, Pelegrini.«

»Keine Ahnung, wie gut du in amourösen Dingen bist. Aber als Ermittlerin finde ich dich super.«

»Wenigstens das.« Sie gab Moll sein Smartphone zurück. Die neue App lud noch, ein Punkt bewegte sich rasend schnell um eine stilisierte Uhr. Pelegrini lümmelte sich über die Rückenlehne ihres Stuhls. »Kremer hat alles zugegeben, bis auf die Geschichte mit dem Reinheben in die Mülltonne.«

»Das können wir ihm auch nicht nachweisen.«

»Marthaler hat ihn gedemütigt, es kam zum Streit. Er hat Marthaler gestoßen, dabei ist er gegen die Kante der Kollegienkirche gefallen und hat sich den Kopf angeschlagen. Aber nicht schlimm, sagt Julian Kremer. Marthaler saß danach fluchend auf dem Boden herum und hat ihn noch einmal unflätig beschimpft. Auch dass Marthaler schwer betrunken war, hat er bestätigt. Und dann ist er davongelaufen, zur Griesgasse runter, und hat dort den Bus genommen.«

»Warum ist Marthaler dann in der Tonne gelandet?« Oberhollenzer stand schwer atmend in der Tür und blickte auf sein Fitnessarmband. »Das war jetzt einmal Hellbrunn und retour. Fast ein Tagespensum.«

Pelegrini griff nach ihrem Handy. »Achttausend Schritte waren das jetzt. Brav, Oberhollenzer. So wird noch ein Zwirnblader aus dir.«

»Ein was?« Gemächlich befreite sich Oberhollenzer aus seinem Mantel. Der Schnee auf seinen Schuhen verwandelte sich am Boden in kleine Pfützen.

»Zwirnblader – Wienerisch für: ein besonders dünner Mensch.«

»So weit wird's noch kommen. Nein, liebes Fräulein, ein

bissl Fleisch an den Knochen muss schon sein. Auch bei Frauen. Ihr könnt mich auslachen, aber ich mag das.«

»Ich auch«, sagte Moll geistesabwesend. »Aber Oberhollenzers Frage ist nicht unwichtig. Wie kam Marthaler in die Tonne? Kremer bestreitet, dass er es war.«

»Vor Gericht schaut die Sache für Kremer mit dieser Behauptung aber schon weitaus besser aus, oder?« Pelegrini raufte sich die Haare. »Leichte Körperverletzung, wenn's ihm wer glaubt. Wahrscheinlich wird er nur auf freiem Fuß angezeigt. In Anbetracht der Umstände kommt er ziemlich sicher mit Bewährung davon.«

»Vielleicht lügt Kremer ja, aber welchen Grund hätte er gehabt? Wir müssten ihm eine Verbindung zu Marthaler nachweisen, das würde alles einfacher machen.«

»Wenn es denn eine gibt.« Oberhollenzer ließ sich in seinen Stuhl fallen, der beängstigend knirschte.

Es klopfte nur einmal kurz, bevor Gokl ins Büro trat.

»Gratuliere der Dame und den Herrschaften.« Er wartete nicht ab, bis das Trio reagieren konnte. »Wenn ich jetzt sagen würde, Sie haben den Fall gelöst, dann wäre das gelogen. Oder …«, er legte den Kopf nachdenklich schief, »… oder ich müsste eher sagen, Sie haben die Marthaler-Sache nur halb erledigt.«

Moll war der Erste, der auf Gokls kryptische Analyse reagierte. »Kremer ist doch der Täter, oder? Er hat den Raufhandel ja gestanden.«

»Doch, doch, lieber Moll, aber wenn Sie sagen, Kremer ist der Täter, dann muss ich sagen: ja und nein.«

42

Ein hundiger Fall.«

Sandra Szifkovits, die resolute Gerichtsmedizinerin, schien ihren Auftritt an der Stirnseite des langen Tisches im Besprechungszimmer sichtlich zu genießen. Sie dachte keinen Moment daran, ihr Pulver gleich zu verschießen und mit der Tür ins Haus zu fallen. Zu gut aufgelegt war sie nach dem Mittelamerika-Urlaub mit ihrem langjährigen Gefährten. Und zu sehr spürte sie, dass sie als Mittfünfzigerin zumindest im Augenblick weitaus jünger wirkte als das Polizisten-Trio, das ihr mit angespannten und müden Gesichtern gegenübersaß, nicht zu reden vom Brigadier neben ihr. Dem tropfte sein familiäres Leid aus den Augen.

»Es ist nämlich so. Manchmal apert die Wahrheit buchstäblich aus.« Kurz pausierte Szifkovits, aber niemand wagte nachzufragen. Sie genoss also den gewünschten Respekt, mit dem sie sich Menschen manchmal auch vom Leibe hielt. »Am Sonntag haben Spaziergänger auf dem Mönchsberg einen toten Hund gefunden. Einen belgischen Schäferhund. Das Tier ist aus dem Schnee aufgetaucht, der Wind hat es auf der Richterhöhe freigeweht.«

Pelegrini fühlte sich durch die dominante Art der Gerichtsmedizinerin wie immer leicht provoziert. Sie beschloss, wieder einmal den Kampf mit Madame Skalpell aufzunehmen. »Dafür sind aber nicht wir zuständig, außer der Köter wurde mit einem menschlichen Oberschenkelknochen unbekannter Herkunft erschlagen.«

»Ja, ja, das Wiener Kind muss immer vorlaut sein«, sagte Szifkovits, ließ sich ihre gute Laune jedoch nicht verderben.

»Hunde sterben normalerweise nicht einfach so, außer sie sind alt. Und man kann sie auch nicht verscharren, wenn sie tot herumliegen, also zumindest nicht legal. Die Landesveterinärdirektion hat das Tier untersuchen lassen. Und, Sie werden es nicht glauben, da wollte es ein richtig engagierter Viehdoktor genau wissen. Der hat sich in den Kadaver quasi verbissen. Und wissen Sie, woran unser Hasso gestorben ist?«

»An Trivial Pursuit«, entfuhr es Pelegrini, die derlei Ratespiele absolut hasste.

»An Rizin«, fuhr Szifkovits ungerührt fort, als hätte sie nichts gehört.

»So wie Rizinusöl«, murmelte Oberhollenzer. »Der hatte quasi seine Verdauung nicht mehr unter Kontrolle …«

»Sparen Sie sich Ihre fäkalischen Gedanken, Oberhollenzer. Es ist viel schlimmer. Rizin ist eines der potentesten Gifte, das es gibt, ein Extrakt aus den Samen des Wunderbaums, Ricinus communis. Über die tödliche Dosis gehen die Meinungen auseinander. Sie liegt zwischen siebzig und zweihundertfünfzig Mikrogramm für einen Menschen, das ist gerade mal ein Körnderl Salz. Und, was für Sie wahrscheinlich interessanter ist, Hasso hatte einen Ausweis mit, will heißen, seine Hundemarke. Das Vieh gehörte einem gewissen Maximilian Marthaler.«

Ein Blick in die Runde zeigte Szifkovits, dass die Zahnräder in den Ermittlerhirnen gerade knirschend anliefen.

»Der Veterinärbeamte, der die Sache leitet, war keine Schlaftablette. Er wusste vom Mordfall Marthaler und hat mich informiert, weil ihm ein toter Hund zu einem toten Herrl doch etwas seltsam vorkam. Und jetzt liegt in einem meiner Kühlfächer doch tatsächlich ein fescher blonder Bursche, den wir noch nicht freigegeben haben. Brüser ist vielleicht ein Macho, aber sehr korrekt. Nachdem er wusste, dass ich am Montag zurück bin, hat er das Gutachten über die Sektion noch nicht abgeschickt. Na ja, um es kurz zu sagen: Marthaler hat sich vor seinem Tod sichtlich vollgefressen, ein gieriger Teufel, wenn ich ihn nach seinem Mageninhalt beurteilen sollte.«

Moll klopfte mit seinen Fingernägeln mittlerweile auf den Tisch. So langsam ging auch ihm Szifkovits' selbstverliebter Auftritt gegen den Strich, sosehr er die witzige Medizinerin sonst mochte, trotz ihrer autoritären Weißkittel-Tendenzen. »Ich nehme an, wir verlieren gerade wichtige Zeit in einem Mordfall.«

»Sie schon«, lachte Szifkovits, »ich nicht. Ich muss ja nicht ermitteln. Auf jeden Fall hatte der Hund einen Batzen schönes Fleisch vor seinem Tod gegessen, in dem er das Gift wohl zu sich genommen haben muss. Und dieses Fleisch fanden wir auch in Marthalers Magen. Glauben Sie mir, das sind ziemlich aufwendige Analysen. Wäre Marthaler nicht erfroren, wäre er mit sehr großer Sicherheit tags darauf an dem Gift gestorben. Ab einem bestimmten Zeitpunkt kann man nichts mehr dagegen unternehmen. Und hochgerechnet hatte er mindestens vierhundert Mikrogramm in seinem Körper.«

»Um seine Beliebtheitswerte beneide ich Marthaler nicht«, sagte Gokl und stand auf. »Sie dürfen jetzt also auch in einem Mordanschlag ermitteln. Wenn ich Ihnen helfen kann, scheuen Sie sich nicht, mich anzusprechen. Es hat sich ja offenbar schon in der Polizeidirektion herumgesprochen, dass ich jetzt auch viel Abendfreizeit habe.« Vertieft in sein häusliches Elend fiel dem Brigadier nicht auf, wie gut er mit seiner Abschlussbemerkung seine Arbeitsbelastung umschrieben hatte.

43

Moll drückte auf das Tassensymbol. Der Kaffeeautomat verrichtete grummelnd seine Arbeit. Er hatte noch keine Sekunde mit dem Mahlen der Bohnen begonnen, als sein Ton hoch und schrill wurde. Moll hob den Deckel der Maschine. Der Behälter für die Bohnen war leer. Vergeblich suchte er nach einer Kaffeepackung. Bevor sie Marthalers Villa am Mönchsberg auf den Kopf stellten, brauchte er unbedingt noch Koffein.

»Kaffee ist aus«, sagte Pelegrini und hielt ihm ihren Plastikbecher vom Automaten auf dem Gang hin. »Trinken wir halt zur Not den Ausbeuterkaffee von der Maschine draußen.«

Wenig später hatte sie sich selbst wieder mit einer dampfenden Brühe versorgt und stand nachdenklich vor Moll. »Weißt du, dass ein Prozent der Weltbevölkerung mehr besitzt als die restlichen neunundneunzig Prozent zusammen?«

Moll versuchte, seinen Kaffee mit Hauchen zu kühlen, und schüttelte müde den Kopf. Auch die Gesichter seiner Kollegen wirkten erschöpft.

»Irre, dass sich niemand darüber aufregt. Außer vielleicht Leute wie Julian Kremer. Und mit diesem blöden Kaffee unterstützen wir diese Ungleichheit wahrscheinlich noch.«

»Wirst du jetzt Kommunistin, Fräulein Pelegrini?« Oberhollenzer stand neben ihr und schob sich eine Orangenspalte in den Mund.

»Ich wollte, ich könnte an diese Utopie glauben.« Sie zögerte. »Aber so, wie es ist, ist es auch nicht gut.«

»Wir dürfen dich nicht mehr zu den Weltverbesserern lassen. Die haben dich mit dem Gutmenschenvirus infiziert.«

»Diese Leute sind mir jedenfalls hunderttausendmal lieber als Leute wie Marthaler. Der hatte kein Ziel, außer sich selbst.« Pelegrini betrachtete nachdenklich die Spiegelung in ihrem Kaffee. »Vielleicht gehe ich nächste Woche wieder mit dumpstern. Kremer wird dann ja längst wieder draußen sein.«

Moll nickte und musste sich gleichzeitig innerlich einen Schubs geben, um auf Touren zu kommen. Es war schon nach sechs Uhr abends, und ein Ende des Arbeitstages war nach Szifkovits' Auftritt nicht absehbar. Felix hatte er Melinda anvertraut. Sie würde ihn verköstigen und schlafen legen. Irgendwann sollte er mal recherchieren, ab welcher Dosis Fischstäbchen zu einer Gesundheitsgefahr wurden. Morgen musste er Felix unbedingt ein frisches Huhn oder etwas Ähnliches kochen.

»Was kochst du zum Ausgleich, *bio?*« Pelegrini sah ihn neugierig an.

»Wieso?«

»Du hast eben gemurmelt, dass du Felix morgen etwas *bio* kochen willst.«

»Habe ich? Bin offenbar schon etwas verrückt. Ich habe im Kopf gerade einen Speiseplan für den Buben entworfen.« Endlich ließ sich der Kaffee ohne Gefahr einer Verbrühung trinken. »Ich habe übrigens Schmid angerufen. Der wird auch zu Marthalers Haus kommen. Wir können nur hoffen, dass bislang keiner sauber gemacht hat. Marthalers Tod liegt ja doch bereits eine Woche zurück. «

»Schon zu«, sagte Oberhollenzer bedauernd, als sie mit dem Auto am Mönchsberg das Buffet zur Richterhöhe passierten. »Ich dachte, wir könnten hier beim Heimfahren einen Absacker nehmen.«

»Das Augustinerbräu ist auch okay, oder? Das liegt auf dem Rückweg«, sagte Pelegrini. Kurz danach parkten sie den Wagen neben dem von Schmid nahe dem Bürgermeisterloch und gingen zu Marthalers Haus.

»Da gibt's eine Videokamera«, begrüßte sie der Spurensicherer und deutete die Fassade hinauf. Wenig später beugte er sich mit einer Taschenlampe über das Türschloss. »Ist unversehrt. Keine Einbruchsspuren. Ich gehe mal ums Haus zur Terrasse. Vielleicht sehe ich dort etwas. Übrigens …«, Schmid hielt den Polizisten einen kleinen Karton hin, »… ihr seid zwar schon mal durch das Haus getrampelt, aber zieht euch im Flur Einwegschuhe über. Wer weiß, vielleicht ist irgendwas Brauchbares am Boden zu finden.«

Moll ging in seinen blauen Plastiklatschen ohne Umwege zum Mülleimer. Der Beutel darin war noch nicht ausgeleert worden. Ganz oben lag zusammengeknüllt ein Stück Einwickelpapier mit Spuren von Blut, darunter entdeckte er vergammelten Schinken, eine Styroporschale mit Pommes und einen völlig intakten Burger, der keinerlei Anzeichen von Verwesung zeigte, ein halb volles Glas Oliven und einen harten Laib Brot. Moll stopfte das blutige Einwickelpapier in eine Plastiktüte mit Schnellverschluss.

»Was suchen wir eigentlich?« Oberhollenzer sah sich hilflos um und hatte die Hände in die Hüften gestemmt.

»Alles und nichts«, erwiderte Moll und ging zur Terrassentür, wo Schmid gegen das Glas klopfte. »Ein Motiv, Marthalers Computer, was auch immer.«

Moll musste sich beim Öffnen der riesigen Schiebetür kaum anstrengen. Sie glitt leise zurück.

»Nichts. Die Terrassentür ist auch unversehrt.« Der Spurensicherer deutete zur Treppe. »Ich nehme mir mal den ersten Stock vor.«

Moll öffnete den mächtigen amerikanischen Kühlschrank und suchte nach Fleisch- und Wurstwaren. Bis auf eine angeschnittene Salami war nichts zu finden.

Wenig später hörte er ein Surren aus einem der Räume im Erdgeschoss. Vorsichtig, ohne viel Lärm zu machen, ging Moll zum Zimmer und drückte leise die Tür auf. Oberhollenzer saß zwischen einem Laufband und einer Powerstation strampelnd auf einem Ergometer. Auf seiner Stirn stand eine Armada Schweißperlen. Sie glänzten wie ein dicht mit Diamanten besetztes Armband.

»Sorry, Franco, ich wollte das nur mal ausprobieren.« Schwerfällig rutschte Oberhollenzer vom Sattel und drehte beim Hinausgehen hinter sich das Licht ab.

Plötzlich hörten sie einen Schrei aus dem ersten Stock. Pelegrini stand auf dem Treppenpodest und winkte mit einem Zettel. »Dieser Fetzen hier …«, sie drehte sich einmal wie eine laszive Tänzerin um die eigene Achse und jubelte dabei, »… dieses Stück Papier ist Marthalers Computer. Das ist der Zugangscode zu seinem Onlinespeicher. Wenn wir Glück haben, hat er große Teile seines Notebooks in der Cloud gesichert.«

»Dieses Ding da können wir vielleicht auch brauchen.« Schmid hielt eine kleine schwarze Festplatte hoch. »Darauf sind die Aufnahmen der Videokameras. Es gibt noch eine zweite draußen, beide mit Infrarot übrigens. Wenn sie eine Bewegung erkennen, beginnt die Aufzeichnung zu laufen. Wundert euch nicht, wenn auch Aufnahmen von mir drauf sind.« Er lachte und kam wieder die Treppe herunter.

In einem Glasschrank sah Moll einen kalten blauen Lichtpunkt. Er ging näher und entdeckte ein dünnes schwarzes Kabel am Sensor. Im selben Augenblick wurde der große Bildschirm an der Wand hell, und aus kleinen Hightech-Lautsprechern kam martialisch laute Musik. Die Bühne auf dem Video schien unter einem Funkenregen zu brennen, Raketen schossen zwischen den in Leder gekleideten Musikern hervor, der ganze Bühnenhintergrund war ein einziges weiß blitzendes Lichtermeer.

Pelegrini trat neben Moll und starrte fasziniert auf den Schirm. »Rammstein«, flüsterte sie, während der muskelbepackte Frontmann den flüchtenden Keyboarder schnappte und das schmale Männlein schulterte. Unter bedrohlich dahinpeitschenden Gitarren warf er die menschliche Last in einen Kupfersarg vor der Bühne. Dann erhob er sich auf einer kleinen kreisrunden Platte ganz langsam fünf Meter über sein Opfer, in der Hand eine Eisenkanne. Nach eiskalten Schlägen des Drummers goss der Athlet eine halbe Minute Feuer über seine Geisel aus. Wie aus einem Hochofen stürzte der nicht enden wollende Feuerregen auf die Kreatur in ihrem Gefängnis. Dabei sang der athletische Mann mit den tiefschwarz gefärbten Augen ins Publikum: »Ich tu dir weh!«

44

Es war fast elf, als Franco vor der großen Holztür zu seinem Wohnhaus stand. Statt aufzusperren, ging er noch die Steintreppe bis zum Erhardgässchen hinauf. Von dort sah er die Fenster zu Melindas Wohnung. Zwei waren noch hell.

Plötzlich wieder gut gelaunt, nahm er beim Hinuntergehen jeweils zwei Stufen auf einmal. Ganz unten schrie er auf. Er war halb in einer kleinen Vertiefung gelandet und umgeknickt. Kurz schmerzte der Fuß so stark, dass er heftig atmend die Zähne zusammenbeißen musste. Dann humpelte er zur Tür und die Treppe hinauf. Vor Melindas Tür hatte er das Gefühl, einen kleinen Berg bestiegen zu haben.

Vorsichtig klopfte er.

Melinda öffnete wortlos die Tür. Statt einer Begrüßung schlug sie ihren Bademantel zur Seite und drückte sich lange an ihn.

»Du riechst wie ein halbes Wirtshaus, Franco.«

»Ich weiß, aber ich habe nicht einmal ein Bier getrunken.«

»Habe ich auch nicht erwartet. Alkohol und Benzodiazepine vertragen sich nicht, nicht wahr?« Sie zwinkerte ihm zu und zog ihn an der Hand in den Flur.

»Woher weißt du das?«

»Mistkübel verraten oft sehr viel über Menschen. Das ist dir als Kriminalist ja sicher bekannt.«

»Verstehe. Eine leere Packung, die ich nicht versteckt habe. Aber ich werde die Benzos bald absetzen können. Nach der Geschichte mit der Borderlinerin ging es mir eine Weile nicht so besonders.«

Melinda nickte. »Und jetzt komm endlich rein, mein Hübscher.«

Franco versuchte, würdevoll weiterzugehen, schaffte es aber nicht, ohne zu humpeln.

»Hast du dich geschlagen?«

»Ja. Selbst! Durch Tolpatschigkeit.« Kurz hob er das Hosenbein hoch und zeigte Melinda den geschwollenen Knöchel.

»Dafür habe ich etwas.« Strahlend streckte sie sich und wühlte oberhalb der Garderobe blind in einer Kiste. Als sie den Arm wieder zurückzog, hielt sie eine Salbe in der Hand. »Das ist genau das Richtige für dich.«

Franco streifte den Schuh ab und zog sich mit großer Anstrengung die Socken aus. Eine Wolke von Kampfer, Menthol und Arnika wehte ihm entgegen, während Melinda die grüne Paste auftrug. Sofort fühlte sich sein Fuß kühl an.

»Was ist das?«

»Pferdesalbe, was sonst?«

»Ehrlich? Du behandelst mich mit Pferdesalbe? So viel bin ich dir wert?«

Sie lachte. »Ich therapiere Pferde, Katzen und in schweren Fällen auch Polizisten.«

Franco wieherte dankbar.

Bevor sie in die Wohnküche gingen, legte Melinda den Finger auf ihre Lippen. Felix schlief auf der Couch, eingehüllt in eine rote Decke, daneben die getigerte Katze.

Franco zog die rothaarige Frau zurück. Dabei fiel der Bademantel wieder auseinander. Seine Hände strichen über ihren Hals abwärts. Er flüsterte in ihr Haar. »Sag, Melinda, ganz ehrlich, diese Hormonmaschine für Hook. Bist du dir sicher, dass da nur Hormone für die Katze drin sind? Oder auch etwas, das mich verrückt macht?«

Sie drückte seine Hand auf die leichte Wölbung ihres Bauches und küsste ihn auf seinen Hals. »Irgendetwas stimmt mit der Dosis nicht, sie geht sogar durch Wände. Sonst würde ich nicht mit einem Mann ins Bett gehen, der mich eben noch in Handschellen legen wollte«. Sie zögerte und warf ihren Kopf zurück, während ihre Augen blitzten. »Und zwar in solche, die nicht zum Spielen gedacht sind.«

Franco hob Felix hoch und trug ihn langsam, nur ganz leicht hinkend, aus der Wohnung. Der Junge schlief weiter, während Melinda alle Lichter löschte und die Tür hinter sich sachte ins Schloss drückte.

45

Zwei Männer in schwarzen Kapuzenjacken gingen gelassen auf Marthalers Haus zu, Männer ohne Gesichter. Ihre Köpfe waren so von den Überwürfen bedeckt, dass sie nie auch nur ein kleines Stückchen Haut zeigten. Hätte man den Männern in Schwarz Sensen in die Hand gedrückt, sie wären ohne Umstände als Tod in einem mittelalterlichen Totentanz durchgegangen.

»Immer wieder die gleichen Szenen«, sagte Schmid und stoppte das Video. »Einmal pinkeln die zwei in den Schnee, einmal gehen sie ums Haus herum, dann wieder sperren sie seelenruhig die Haustür auf und gehen rein. Das letzte Mal am Todestag, so um halb zwei herum und dann erneut nachts um halb zehn. Zu diesem Zeitpunkt tragen sie das Notebook aus dem Haus. Da ist die Aufnahme recht gut, zuvor dürfte die Überwachung ein Problem gehabt haben. Viel elektronisches Schneegestöber … Und außer Marthaler selbst ist über Tage niemand anderer zu sehen. Nur der Hund manchmal.«

»Das sieht aus, als würden die beiden Männer eine Figur in den Schnee pinkeln«, sagte Moll und rückte noch näher an den Monitor heran.

Schmid griff nach der Maus und zoomte in das Bild. »Nein, sieht nach einer Zahl aus, aber der Schneehügel zeigt vom Haus weg. Da kommt die Kamera nur ganz flach hin. Ich kann nur zwei Nullen oder Os erkennen.«

»Wirklich freundlich wirken die beiden nicht.«

»Tippe auch nicht auf Gärtner. Eher auf Totengräber …« Schmids Augen hatten sich in Schlitze verwandelt, während er sich bemühte, die gelben Schneezeichen zu entziffern.

»Wäre natürlich schön zu wissen, wer sich so um Marthalers Besitz gekümmert hat.«

»Du wirst es nicht glauben, Franco, aber diese Frage habe ich erwartet. Und soll ich dir etwas sagen?« Er hielt kurz inne und schlug ihm auf die Schulter. »Ich geh mir jetzt eine Schneeschaufel kaufen.«

»Hast du keine Schneefräse? Du wohnst doch in Oberalm, Hans, oder? Auf dem Land hat man immer Schneefräsen.«

»Ja, eh ...« Er seufzte. »Ich weiß nicht, wo du dein Hirn hast. Vielleicht bei den SMS, die du dauernd schickst, aber nicht bei mir.«

»Doch, doch, Hans, ich bin mit meiner ganzen mentalen Kraft dabei.«

»Groß ist sie momentan nicht, diese Kraft. Ich gehe jetzt Schnee schaufeln, zum Marthaler. Nicht aus Nachbarschaftshilfe, sondern weil ich versuchen werde, diesen versifften Schneehaufen zu finden. Wenn wir noch Spuren des Urins sichern können, haben wir eine biologische Spur. So schaut's aus, mein Freund.« Schmid erhob sich, nickte Moll zu und verließ das Büro.

Nun erwachte auch der selig grinsende Oberhollenzer an seinem Schreibtisch. »Wissen wir eigentlich, wo Marthaler das tödliche Fleisch herhat?«

Moll erstarrte mitten in der Bewegung. »Da war doch etwas. Etwas völlig Unwichtiges.« Er stand auf und schritt nachdenklich zwischen den drei Schreibtischen herum. Plötzlich drehte er auf dem Absatz um und verließ das Büro.

Wenig später kehrte er mit einer Geldbörse in einem Plastikbeutel zurück. Vorsichtig zog er ein kleines Stück Papier aus dem Portemonnaie. »Das ist die Rechnung für das Fleisch. Vom Brucker im Nonntal, bezahlt am Dienstag um 11:13 Uhr laut Bon. Checkst du mal, wer das Fleisch gekauft hat? Kannst von mir aus auch zu Fuß hingehen, Oberhollenzer. Aber wenn du bis vier nicht zurück bist, melde ich dich als abgängig.«

»Warte nur, Franco, wenn ich so dünn bin, dass ich keinen Schatten mehr werfe, wirst du um mich weinen.«

»Ja, aber so alt werde ich nicht.«

Pelegrini stand schäkernd mit einem jungen Kollegen von der Datenforensik auf dem Gang. Obwohl sie vorgehabt hatte, den kapitalistischen Kaffeeautomaten ab sofort konsequent zu boykottieren, warf sie ebenfalls fünfzig Cent in den Schlitz und lehnte sich mit dem feschen Dreitagebart, den sie bei Julian Kremers Verhör kennengelernt hatte, auf einen Stehtisch.

»Der beste Kaffee in der Poldi«, sagte die männliche Computermaus.

Pelegrini zuckte zusammen und wollte schon zu einer Predigt über den Zusammenhang zwischen Kaffee und Imperialismus ausholen, entschied sich dann aber dafür, den sympathischen Kerl nicht gleich zu verschrecken. Sie verzog nur einen Mundwinkel und wechselte das Thema.

»Wie weit seid ihr schon mit den Marthaler-Daten?«

»Laden gerade runter. Ihr könnt sie in ungefähr dreißig Minuten auf DVD haben.«

»Hast du dir schon ein paar Sachen angeschaut?«

Der Dreitagebart nickte. »Nur grob überflogen. Es sind jede Menge Verträge dabei, aber seine Mails hat der Mann nicht sichern lassen. Ich an seiner Stelle wäre da misstrauischer. Eine Festplatte kann in null Komma Josef crashen. Ich ziehe jede Woche eine Kopie *aller* meiner Daten und lade sie auf einen Speicher in der Cloud hoch.«

»Was, trotz NSA und britischem Geheimdienst? Da kann

ja jeder deine Fotos ansehen und ein Gesichtserkennungsprogramm drüberlaufen lassen.«

Er grinste. »Bis auf ein paar wenige Sachen verschlüssle ich alles und lade es dann erst hoch. Ich bin ja nicht blöd. Und ich heiße übrigens Daniel.«

Verstohlen sah Pelegrini auf seine Hand, während er sie ihr entgegenstreckte. Kein Ehering. Auch nicht an der linken.

Wie versprochen lieferte Daniel Marthalers Daten gegen halb zwölf im Büro der Ermittler ab. Er grüßte Moll und legte die DVDs vor Pelegrini auf dem Schreibtisch ab. In die oberste Hülle war ein Zettel mit einer Telefonnummer eingeklemmt.

»Ich habe drei Kopien gemacht. Falls ihr dringende Nachfragen habt und mich mobil erreichen wollt.« Daniel nickte Pelegrini zu und ging. Kaum hatte er das Zimmer verlassen, zog sie den Zettel schnell aus der Plastikhülle und verteilte danach die Scheiben auf die anderen Schreibtische.

Moll arbeitete sich von den aktuellsten Dokumenten rückwärts. Immer wieder schüttelte er den Kopf. Pelegrini startete ihre Suche mit Jahresbeginn und ging chronologisch vor. Eine Stunde lang sprachen sie kaum. Ab und zu waren Seufzer zu hören, dann und wann trommelten Finger auf einen Schreibtisch. Pelegrini zerdrückte lautstark den leeren Kaffeebecher in ihren Händen, und Moll vergaß, sein Handy auf Kurznachrichten zu kontrollieren. Nicht einmal das Aufleuchten des Displays erregte seine Aufmerksamkeit.

Schließlich stieß er lautstark den Stuhl zurück. Er stand auf und streckte sich, ging zum Fenster und sah auf den Gipfel des Untersbergs. »Das ist zu hoch für mich.«

»Für mich sowieso«, murmelte Pelegrini, die seinem Blick folgte. »Ein Stadtkind gehört ins Kaffeehaus, nicht auf die Berge.«

»Ich meine diese Unterlagen. Da ist kaum was dabei, was Marthaler Cleaning Services berührt. Das meiste dreht sich um TET – Trans-European-E-Transfer. Schon mal was davon gehört?«

»Nie. Aber es gibt Anfang des Jahres einen interessanten Vertrag mit einem Stromversorger. Daran ist auch ein Sascha Markow beteiligt.«

»Das heißt, Marthaler wollte in den Stromhandel einsteigen? Als Chef einer großen Putzbrigade?«

Pelegrini zuckte mit den Schultern. »So weit bin ich noch nicht. Aber um ehrlich zu sein …«

»… ist das nicht unser Revier«, beendete Moll ihren Satz und drückte auf den Auswurfknopf. »Ich rufe jetzt Major Buschbeck an und gehe mit ihm zu unserer gastronomischen Domina Bruno ins LAGE. Buschbeck freut sich vielleicht über den Lesestoff.«

46

Erich Marthaler saß nicht in Chefpose im Fond des Fahrzeugs, sondern neben dem Chauffeur. Die Ermittler standen vor dem Eingang zum Firmensitz in Schallmoos, als Stöger den Audi einparkte. Schwerfällig stieg Marthaler aus. Er wirkte abgekämpft. »Ich fürchte, ich bin auch einer von den Vätern, die nichts von ihren Kindern wissen. Aber jetzt ist es zu spät«, begrüßte er Oberhollenzer und Moll. Müde deutete er auf die Eingangstür.

»Ist es okay, wenn ich mit dem Auto schnell in die Waschstraße fahre, Erich?«, rief ihm der Chauffeur nach.

Oberhollenzer drehte sich unerwartet rasch um. »Nein, wir möchten kurz mit Ihnen reden, Herr Stöger.«

Der Fahrer nickte und lief trotz eines ansehnlichen Wohlstandsbauchs den Ermittlern leichtfüßig nach.

Erich Marthalers Sekretärin war eine unscheinbare Frau von mindestens sechzig Jahren, die ihre grauen Haare nicht färbte. Sie servierte den Männern im kleinen Besprechungszimmer ungefragt Wasser und Kaffee.

»Brauchst du noch etwas, Erich? Sonst würde ich nämlich Schluss machen.«

»Danke, Maria. Alles wunderbar. Genieß den Nachmittag.«

Sie winkte Marthaler und dem Chauffeur zu und schloss die Tür.

»Maria arbeitet nur noch Teilzeit. Ihr Mann hat sich vor vier Jahren scheiden lassen. Wegen irgendeinem blonden Ostimport, der ihm jetzt die Hölle heißmacht.« Er schüttelte voller Unverständnis den Kopf. »Von mir aus kann sie arbeiten, so lange sie will. Sie hat mich fast mein Leben lang begleitet. So wie Otto auch.« Er klopfte auf Stögers Oberschenkel.

»Sie haben ab und zu auch für Maximilian gearbeitet, oder, Herr Stöger?«

Während der Chauffeur nickte, gab der alte Marthaler die Antwort. »So genau haben wir nicht getrennt zwischen den zwei Firmen. Max fuhr gern selbst, aber er hat Otto immer wieder für Botenfahrten verpflichtet.«

»Herr Stöger, wissen Sie noch, ob Sie Maximilian am Dienstag vor einer Woche auch gebraucht hat?«

Stöger lehnte sich zurück. »Ja, ich denke schon. Das war ja quasi mein … mein letzter Dienst für ihn. Ich sollte ihm ein Steak vom Brucker im Nonntal holen. Und ein bisschen später schickte er mich los, um Reisezeitschriften zu besorgen. Die habe ich ihm wie gewünscht gebracht.«

»Hat er Sie öfter Lebensmittel einkaufen lassen?«

»Ja, natürlich«, antwortete wieder der alte Marthaler. »Ich habe mir gedacht, wenn er Otto schickt, isst er wenigstens nicht das übliche Zeugs, das die Jungen in sich hineinschütten. Auch wenn Sie das vielleicht etwas kapriziös finden, meine Herren. Ich lasse mich auch immer wieder von Otto versorgen.« Er klatschte die Hände auf seine Schenkel und stand auf. »Warum nur hat sich der Bub so viele Feinde gemacht?« Der alte Mann wandte sich zum Fenster, anscheinend ohne eine Antwort zu erwarten.

Als sich die Polizisten von Marthaler verabschiedet hatten, gingen sie mit Otto Stöger Richtung Ausgang. »Sagen Sie«, fragte Oberhollenzer, »wie gut verstanden Sie sich eigentlich mit Maximilian?«

Der Chauffeur lächelte ihn an. »Gut ist das falsche Wort.

Ich gehöre zu Erich. Und was ich für den jungen Marthaler mache, tue ich wegen dem alten. Ich glaube nicht, dass er sich mit vielen in der Firma gut verstanden hat. Er hat in einem …«, kurz suchte er nach dem passenden Wort, »… in einem Paralleluniversum gelebt.«

»Inwiefern?« Moll stoppte vor der Tür zu Maximilians Vorzimmer.

»Ich habe ihn ja öfter telefonieren gehört. Wenn er schon zu sehr angeheitert war, hat er mich oft angerufen, damit ich ihn heimfahre. Er hatte da so einen russischen Freund, mit dem er immer wieder über Unternehmensideen fantasiert hat. Aber das waren Dinge, die man als Normalsterblicher nicht versteht. Irgendwelche Finanzsachen, Termingeschäfte, so in der Art. Nicht dass Sie mich für ganz blöd halten, aber ich fühle mich wohler mit Dingen, die man sehen und greifen kann. Das sind Werte für mich, aber nicht Papiere, die heute um fünf Prozent mehr wert sind als morgen und übermorgen wieder sieben Prozent fallen.«

»Ein Mann der Realwirtschaft«, murmelte Oberhollenzer, als sich die automatische Eingangstür hinter Stöger schloss.

Kurze Zeit später betraten sie das gläserne Büro des jungen Marthalers. Seine Sekretärin bestätigte den Beamten, dass Stöger ihrem Chef am Dienstag um die Mittagszeit unter anderem Magazine geliefert hatte. Ein paar Hochglanzprospekte lagen noch immer ungelesen auf dem Tisch in Marthalers Edelstahl-Zelle.

47

Lucia stand mitten im Büro und schaute sich hilflos um, in der Hand einen großen Karton. »Das hat Marti bestellt. Wo darf ich den Kaffee denn ablegen?«

Oberhollenzer deutete auf Pelegrinis Schreibtisch. »Die ganze Schachtel nur Kaffee?«

»Ist billiger im Dutzend. Die Rechnung liegt drinnen. Viel Vergnügen damit. Ich habe zum Probieren auch noch Fairtrade-Schokolade dazugegeben.« Sichtlich erleichtert, das schwere Paket loszuwerden, winkte sie den beiden Polizisten zu und ging.

»Hast du den für dich gekauft? Oder für unsere WG?«, fragte Oberhollenzer, nachdem Pelegrini mit einer Leberkässemmel aus dem LAGE zurückgekehrt war.

»Für uns. Fairtrade, ökologisch und gerecht produziert, nicht dieser Imperialistenkaffee, den ihr immer anschleppt.«

Oberhollenzer klappte die Deckel der Box auf und hob eine orangefarbene Großpackung heraus. Als er sie in den Automaten goss, schnüffelte er an den Bohnen. »Ah ja, der ist nicht gemacht *mit* dem Schweiß der Indianer, sondern aus …«

»Sag's nicht, Oberhollenzer, sonst erhöhe ich den Frauenanteil in diesem Kommissariat durch Mord im Affekt auf fünfzig Prozent.«

Oberhollenzer grinste bösartig. »Ausgegendert ist der Kaffee hoffentlich auch, damit wir keine Probleme mit der Gleichbehandlungsbeauftragten bekommen. Die Hälfte der Bohnen ist garantiert weiblich?«

»Nein, ist ein reines Matriarchat, wie *die* Bohne schon

sagt. Drum vertragen sie sich in der Kilopackung auch so gut. Wären Bohneriche drin, gäbe es schon Mord und Totschlag.«

»Die grausamsten Morde begehen aber immer Frauen.«

»Aber nur, wenn sie von Leuten wie dir provoziert werden.« Sie stemmte die Hände in die Hüften. »Was hältst du davon, wenn du ein paar Schritte machst? Bewegung hat auch den angenehmen Nebeneffekt, dass das Oberstübchen besser durchblutet wird. Wenn du weißt, was ich meine.«

Oberhollenzer blickte auf sein Armband. »Ja, eine kleine Runde. Danke, Martina. Du bist wirklich eine treibende Kraft in meinem Leben.«

Als er bereits in der Tür stand, drehte er sich noch einmal zu ihr um. Er hob die Hand und spreizte seine Finger zu einem V. »Venceremos, compagnera de café«. Kichernd schloss Oberhollenzer die Tür hinter sich.

»Ich glaube, der ist psychisch bald wieder dort, wo er bei seiner Krautsuppendiät war.«

»Ach wo«, sagte Pelegrini, »der ist nur durch den Wind, weil er die Freuden des weiblichen Geschlechts wieder für sich entdeckt. Apropos, Schmid hat angerufen, während ihr weg gewesen seid.«

»Und?«

»Der redet auch nur noch in Rätseln. Er hat gelben Schnee gefunden. Hat Marthaler auch gekokst?«

48

Die Leberkässchwaden wollten so gar nicht zum Geruch von Zucker passen, der überall in der Luft lag. In vier Sprachen begrüßte ein Transparent die Besucher auf dem Adventsmarkt im Geviert zwischen dem Dom, der Alten und Neuen Residenz und der Bürgerhäuserzeile an der Nordseite des Residenzplatzes.

Oberhollenzer hatte sich für die letzten viertausend Schritte mit einer fetten Semmel belohnt, während Pelegrini an einem Mozartpunsch nippte.

Moll verweigerte alles. »Ich habe das Gefühl, dass ich seit einer Woche nur Schrott esse. Langsam werde ich ein bisschen unrund.«

»Wenn wir mit der Marthaler-Sache fertig sind, koche ich euch etwas. Ich habe auch schon eine Idee.« Pelegrini zwinkerte Moll zu.

»Fair gehandelten Grießbrei, politisch korrekt angerührt und ökosozial serviert?« Oberhollenzer sprach mit vollem Mund.

»Die Richtung stimmt, Oberhollenzer. Kannst dir ja eine Eitrige mitnehmen, falls du mir misstraust.«

»Ihr Wiener habt wirklich das Zeug, einem den Appetit zu verderben.«

»Klingt Käsekrainer vielleicht besser?«

Oberhollenzer dachte kurz nach. »Doch, für mich schon.«

»Ende, ihr zwei.« Moll wollte eigentlich nur noch nach Hause. Aber bevor er weiterreden konnte, begannen Kuhglocken jedes Gespräch unmöglich zu machen. Rhythmisch schepperten sie näher, bis vor dem Adventsmarkt eine Gruppe von Perchten auftauchte. In schwarzen Pelzen und roten Masken trabten sie in einem seltsamen Hüpfgang vorbei am Glockenspiel zum Mozartplatz. Ab und zu brach einer aus der zotteligen Gruppe aus und zog einem Mädchen eine Rute über die Beine. Die Glocken an seinem Kostüm untermalten mit wilden Schlägen die Hatz, dann reihte er sich wieder ein in den rhythmischen Klang der haarigen Dämonen, die mit ihren schweren Holzmasken aus dem Gebirge gekommen waren und hier ihren großen Auftritt hatten. Die wilde Jagd auf die jungen Frauen wiederholte sich mehrmals während des Perchtenlaufs. Die Zuschauer warteten geradezu auf die Mädchenhatz der Krampusse, viele waren speziell deswegen in Bussen angereist. Einige stellten sich der Gruppe kurz in den Weg, um die furchterregendsten Fratzen der Schiachperchten zu fotografieren, und bezahlten ihren Mut mit ein paar Rutenschlägen.

»Ihr Salzburger habt schon seltsame Bräuche.« Pelegrini blickte den schwarzen Gestalten hinterher. »In Wien darf der Nikolaus aus Rücksicht auf die Psyche der Kinder nicht einmal in den Kindergarten kommen, und hier verdreschen Jungen im Pelz öffentlich die Mädchen.«

»Du verstehst die Bedeutung von Tradition nicht, Martina.« Es war deutlich, dass Oberhollenzer diesmal nicht feixte. »Aber selbst ich weiß im Augenblick nicht, warum die Perchten schon Anfang Dezember den Winter mit ihren Glocken vertreiben wollen. Das wäre ja der eigentliche Zweck der Passen, die hier durch die Stadt laufen.«

»In Wien gibt's dafür die Schneeräumung. Und die feschen Buben von der MA48 laufen auch den Mädchen nach.«

Oberhollenzer verdrehte die Augen und schwieg, während Moll die Anwandlungen seiner Kollegin in diesem Augenblick verzichtbar fand. »Ich mache mir zwar seit langem keinen Kopf mehr wegen Aperschnalzern und Perchten, aber ich habe über die beiden vermummten Typen auf dem Mönchsberg nachgedacht. Warum gehen die trotz Videokameras auf Marthalers Grundstück munter ein und aus?«

»Sie sind ja sowieso nicht zu erkennen. Und sie müssen sich ziemlich sicher gefühlt haben.« Pelegrini stieg mittlerweile vor Kälte von einem Bein auf das andere.

»Ich vermute, weil sie wussten, dass Marthaler die Aufnahmen ohnehin nicht gegen sie verwenden würde. Da gibt es also irgendetwas im Hintergrund, das wir wissen müssen, sonst haben wir kein Motiv.«

Oberhollenzer kaute noch immer an seiner Semmel und war, wie schon in den letzten Tagen, nur halb bei der Sache. Pelegrini hingegen beteiligte sich mit dem Eifer einer Musterschülerin.

»Ich habe mich über Rizin schlaugemacht. Das ist eigentlich das Gift von Agenten und anderen Profis. Du kannst es zwar im Darkweb bestellen, sozusagen beim kriminellen Amazon im Netz, aber es unterliegt zum Beispiel der Biowaffenkonvention. Berühmt wurde es durch den Mord an einem bulgarischen Dissidenten in den 70er Jahren. Ein Agent hat den Mann auf der Londoner Waterloo Bridge mit einer vergifteten Regenschirmspitze gestochen. Die winzige Dosis reichte aus, dass der Bulgare nach vier Tagen starb.«

»Die Sache muss also etwas mit Marthalers Geschäften zu tun haben, und zwar mit Geschäften abseits seiner Putzfirma. Hoffentlich findet Buschbeck was raus.«

49

»Die haben das gar nicht so unclever angelegt.« Major Buschbeck stand vor dem Flipchart und zog darauf einen Kreis.

Moll gähnte. Trotzdem fühlte er sich wohl. Es tat ihm offenbar gut, regelmäßig neben einer Frau aufzuwachen, auch wenn sie kurz vor sechs immer aus dem Schlafzimmer und in ihre Wohnung huschte.

»Warum schütteln Sie den Kopf, Moll?« Buschbeck sah ihn zweifelnd an. Auch er wirkte müde und hatte Ringe unter den Augen, aber sein frisch rasiertes Gesicht gab ihm etwas sehr Kraftvolles.

»Verzeihung, nur über mich, weil mir gerade etwas eingefallen ist.«

Der Major drehte sich forsch zurück. »Maximilian Marthaler und Sascha Markow haben mit ihrer Firma Trans-European-E-Transfer einen Stromliefervertrag mit einem Energieversorger abgeschlossen. Und zwar auf Provisionsbasis. Dafür hätten sie – zahlbar bei Lieferung – schon im ersten Jahr fast zehn Millionen Euro erhalten. Sie wollten den Strom aus Moldawien importieren. Der Marktpreis für Strom liegt dort ungefähr um zwanzig Prozent unter unserem Niveau. Das bedeutet natürlich eine schöne Marge für den Einkäufer, selbst nach Abzug der Durchleitungskosten nach Mitteleuropa. Aber jetzt kommt's.«

Buschbeck verwandelte seinen Kreis in eine Art Sonne mit abstehenden Haaren. »Mit diesem Vertrag haben sich die beiden Geld von Privatleuten geholt und den Vertrag sozusagen als Bonitätsnachweis benutzt. Insgesamt haben sie so fast sechseinhalb Millionen Euro von Investoren an Land gezogen.«

Wieder drehte sich Buschbeck um und vergewisserte sich, dass Moll und Pelegrini ihm folgten. »Gehört der auch zu euch?« Er deutete mit dem Kopf Richtung Oberhollenzer, der noch immer tippend hinter seinem Monitor saß.

»Ja, aber er ist mental nur Teilzeit bei uns«, erwiderte Moll.

»Das habe ich gehört, Franco«, rief ihm Oberhollenzer zu. »Ich bin voll und ganz hier. Und ich lausche den Ausführungen des Majors mit Hingabe. Aber leider habe ich auch selbst ein paar Dinge zu erledigen.«

»Leicht haben Sie es auch nicht, Moll«, murmelte Buschbeck. »Auf jeden Fall: Interessant ist, wer ihnen das Geld gegeben hat, und zwar vorbei an allen Gepflogenheiten, wie sie bei normalen Beteiligungen üblich sind und wie sie die Finanzmarktaufsicht vorschreibt, etwa mit teuren Prospekten und so weiter. Ich habe die Namen der Leute mal stichprobenartig untersucht.«

Ein paar kleine schwarze Kästchen erschienen auf dem Flipchart. Moll fragte sich zunehmend, ob die Kritzeleien dem Major nicht vielmehr selbst beim Denken und Strukturieren halfen, als dass sie dem Publikum das Verständnis der Zusammenhänge erleichterten.

»Marthaler und Markow haben samt und sonders Zahnärzte, Bauunternehmer und mittelständische Handwerker als Geldgeber gewonnen. Läutet es bei Ihnen?«

Wieder sah sich Buschbeck nach seinen zwei Kollegen von »Leib und Leben« um.

»Schwarzgeld«, rief Oberhollenzer wie ein Musterschüler, ohne aufzublicken, aus dem Hintergrund.

»Ihr Kollege ist ja doch da«. Der Major schmunzelte. »Ja, ich sehe das auch so. Und die Leute werden auch ein Problem bekommen, wenn sie die Herkunft ihres Geldes nicht sehr gut nachweisen können. Aber sie haben noch ein weiteres Problem. Ihr Geld ist nämlich weg. Marthaler und Markow haben es verzockt.«

»Was, im Casino? Wie kann man dort sechseinhalb Millionen Euro durchbringen?« Pelegrini ließ sich fassungslos auf ihren Stuhl fallen.

Buschbeck schüttelte den Kopf. »Viel schlimmer. Sie haben es mit sogenannten strukturierten Finanzprodukten verloren. Das sind sehr komplexe Spekulationen auf steigende oder fallende Kurse von Aktien oder Anleihen, unter Umständen gepaart mit dem Verleihen von Aktien. Da hat ihnen ein deutsches Investmenthaus ein Paket geschnürt, das ihnen fast zehn Prozent Gewinn hätte bringen sollen. Das ist astronomisch viel. Ihren Geldgebern haben sie fünf Prozent pro Jahr versprochen. Da wäre ihnen immer noch fast eine halbe Million übrig geblieben.«

Der Major drückte Moll einen Zettel in die Hand. »Das sind die Namen der Investoren, insgesamt fast siebzig, die Beträge gehen von dreißigtausend bis zu einer halben Million Beteiligung. Und drunter steht das Investmenthaus, das ihr Geld durchgebracht hat. Ich muss jetzt mit dem Staatsanwalt reden, wie wir die Schwarzgeldgeschichte aufziehen. Aber ein paar Leute werden auf den jetzigen Verlust noch etwas drauflegen müssen. Diese Gierschlunde.«

Moll telefonierte kurz, nachdem sich der Major mit Handschlag verabschiedet hatte. Dann griff er sich seine und Pelegrinis Jacke. »Oberhollenzer, wenn du wieder von Wolke sieben zurück bist: Könntest du diesen Sascha Markow ausfindig machen? Den brauchen wir wirklich dringend.« Er warf seiner Kollegin die Jacke zu. »Und wir zwei steigen in den nächsten Zug nach München. Der Mann, der das Geschäft mit den zwei Zockern gemacht hat, ist in der Bank für uns zu sprechen.«

50

Eigenartig«, sagte Moll, als sie vor dem mindestens dreißigstöckigen Glaszylinder der Gain and Equity Bank Europe standen. »Die Banken und Versicherungen residieren immer in diesen transparenten Palästen, und dabei ist nichts intransparenter als ihre Geschäfte.«

Pelegrini hatte noch immer den Kopf in den Nacken gelegt und betrachtete einen stilisierten Adler. Er lehnte sich in hellem Blau über die Kante des obersten Stockwerks, als wollte er sich eben zum Flug abstoßen. »Jetzt verstehe ich auch, warum Julian Kremer meinte, dass die Staaten das Heft längst aus der Hand gegeben und uns den Konzernen zum Fraß vorgeworfen haben. Von den hundertfünfzig größten Ökonomien sind nur dreiundsechzig souveräne Staaten, aber siebenundachtzig multinationale Konzerne. So viel zum Thema: Wer regiert die Welt?«

Nach der Sicherheitskontrolle fuhren sie mit einem Panoramaaufzug ins siebzehnte Stockwerk. Pelegrini stöhnte unvermittelt auf, als sie durch die Scheiben in die riesige Eingangshalle hinunterblickte. Aber der Aufzug ließ ihr keine Zeit für ihre Höhenangst. In kaum zehn Sekunden hatte er die gewünschte Etage erreicht.

Ein blutjunges Mädchen mit sehr wenig Stoff am Leib holte sie ab und führte sie auf mindestens zehn Zentimeter hohen Absätzen zum Handelsraum. Der wiederum entsprach so gar nicht dem, was sie bisher von der Investmentbank gesehen hatten. An die hundert Menschen saßen vor jeweils fünf bis neun Monitoren in winzigen Kojen nebeneinander. Jeder hatte kaum einen Meter Platz für sich und seine zwei bis drei Tastaturen. Die meisten trugen Headsets, statt der für Großraumbüros typischen Stille wurde hier geschrien und geflucht, was das Zeug hielt, ein infernalischer Lärm, dem kein Sinn zu entnehmen war.

»Also, Käfighühner haben es schöner als die hier«, flüsterte Pelegrini, während sie hinter dem Mädchen hergingen. Es deutete auf eine Koje und verabschiedete sich mit einem freundlichen Lächeln.

Der Mann in der Koje hatte sie zwar nicht angesehen, aber er hob die Hand, um sich nicht stören zu lassen. Eine Minute später nahm Stefan Kowalski die Finger von der Tastatur und drehte sich den Ermittlern zu, ohne ihnen die Hand entgegenzustrecken. »Was ist?«

Pelegrini und Moll stellten sich vor. Ihr Gegenüber machte keinerlei Anstalten, seinen Namen zu nennen. Stattdessen begann er beim Wort »Kriminalpolizei« zu grinsen. »Und jetzt kommen Sie zu mir, um mich um Geld anzubetteln, oder?«

Kowalski trug paradoxerweise ein schäbiges Kurzarm-T-Shirt mit der Aufschrift: *Fuck the System*. Er hatte handtellergroße Schweißflecke unter dem Arm und bereits schütteres Haar, obwohl er nicht älter als fünfundvierzig sein konnte.

Moll ignorierte die sichtliche Überheblichkeit des Mannes. »Viel schlimmer. Einer Ihrer Kunden ist vergiftet worden.«

»Egal, die Leute stehen bei uns sowieso Schlange, damit wir ihnen irgendein Produkt andrehen, das sie nicht verstehen. Hauptsache, die Renditeversprechung ist hoch.«

»Wir reden von Maximilian Marthaler und Sascha Markow.«

Kowalski dachte kurz nach. »Das waren die zwei Blonden.

Goofy und Donald, ja, denen habe ich Puts auf VW-Aktien verkauft. Diese Wette auf fallende Kurse war eigentlich todsicher, aber blöderweise wollte ein anderer Autobauer VW dann übernehmen. Darum ist der Kurs gestiegen – und ihr Geld war futsch.« Er zuckte mit den Schultern. »Kann man nichts machen.«

»Aber es ging doch um sechseinhalb Millionen.«

»Ja, und?« Kowalski sah Moll belustigt an. »Das ist ja nicht mein Problem. Sie hatten ihre faire Chance. Etwas Primitiveres als eine Put-Option kann ich den Leuten wirklich nicht mehr anbieten. Und viel verdient habe ich dabei auch nicht.«

Kowalski sprach mit leicht bayerischem Akzent, ab und zu blitzte auch etwas Wienerisches auf, dann mischte sich ganz kurz wieder gepflegte Hochsprache dazwischen.

»5000 Puts EuroStoxx 3580 OTC zu 320 von dir«, schrie der Händler rechts von Kowalski und hieb auf seine Tastatur ein.

»Sollen wir nicht in einen ruhigen Raum gehen?«, fragte Pelegrini, um den Broker von seinem lauten Arbeitsplatz wegzulocken.

»Keine Zeit. Ich muss gleich weitermachen. Außerdem öffnet in ein paar Minuten New York.« Er starrte Pelegrini unverblümt auf die Brust. »Nett, aber zu klein.«

»Auf jeden Fall größer als der Zwerg, den Sie in der Hose tragen«, sagte Pelegrini so sachlich, als spräche sie eben über die Schneehöhe in Garmisch. Von der Koje nebenan hörte sie ein Lachen. Dann wurde der Kopf einer schlanken Frau mit dunkelblauem Hosenanzug sichtbar. »Du weißt ja gar nicht, wie recht du hast, Mädel.«

Kowalski drehte sich der Frau mit den harten Gesichtszügen zu. »Und ich dachte, du hältst mich für den Schöpfer, weil du immer o Gott geschrien hast.«

»Das war ein Hilfeschrei«, sagte die Frau und wandte sich wieder ihren Monitoren zu.

»Wie sind denn Marthaler und Markow zu Ihnen gekommen, Herr Kowalski?«, beendete Moll das Geplänkel.

»Ein älterer Studienkollege hat sie mir auf den Hals gehetzt, Gerfried Wegscheider. Ich meine, sechseinhalb Millionen Investment, das sind Peanuts. Das treibt meinen Bonus nicht in die Höhe. Verlorene Zeit, gewissermaßen. Aber was tut man nicht alles für seine Freunde?«

»Wirklich? Sie haben welche?«, konnte sich Pelegrini nicht verkneifen.

Wieder hörte sie ein rauhes Auflachen aus der Nebenkoje.

»Wenn ich welche brauche, kaufe ich sie mir, Mädel«, sagte Kowalski und studierte jetzt ihren Schritt. »Kaufen und verkaufen, das ist hier die Devise.«

»Nur damit ich eine Vorstellung davon bekomme, was verkaufen Sie so üblicherweise?«

»Die Leute für blöd«, antwortete Kowalski ungerührt. »Ich strukturiere denen Produkte zusammen, die sie nicht begreifen, von denen sie weder die Provisionsstruktur verstehen noch, was drinnen versteckt ist.«

»Zum Beispiel?« Moll mimte den wissbegierigen Naiven.

»Schauen Sie, wenn ein Fondsmanager zu mir kommt, der gern mal spekulieren und wegkommen möchte von seinen kreuzbraven Anleihen und Aktien, dann erfinde ich was für ihn. Ich verstecke hochriskante Optionen in einem konservativ wirkenden Schuldschein, damit sein internes Controlling nicht merkt, dass er weit jenseits der ihm erlaubten Risiken arbeitet. So tarnen wir einen Hedgefonds, und keiner begreift, wie sehr der Mann seine Anlagerichtlinien verletzt.«

»Und übrig bleiben die Doofen, die die Fonds gekauft haben.«

»Klar, hat sie ja keiner gezwungen dazu. Aber der kleine Mann hat keine Chance bei dem Spiel. Oder kennen Sie einen Wurm, der Stabhochspringen kann?« Kowalski lachte und griff sich mit beiden Händen unter seine schwitzenden Achseln.

Der Mann rechts, der eben noch in Geheimsprache einen Deal eingefädelt hatte, reicht ihm wortlos eine Liste. Kowalski kritzelte einen Namen auf das Blatt und zog hundert Euro aus der Tasche. »Wollen Sie auch mitmachen?«, fragte er die beiden Polizisten.

Moll beugte sich interessiert über das Papier. »Was ist das?«

»Todeslisten«, sagte Kowalski und verzog keine Miene. »Wir wetten, wer im nächsten halben Jahr stirbt. Sie können auswählen zwischen Papst, Kommissionspräsident und Berlusconi. Mit einem Fünfziger sind Sie dabei.«

»Ich habe nie Glück bei Wetten«, zog sich Moll aus der Affäre und schluckte.

Die Frau im Prada-Outfit streckte erneut ihren Kopf hinter der Abtrennung vor.

»He, Kowalski, wie ist das Delta für den China3000-Bond?«

Kowalski blickte kurz auf einen Monitor und rechnete im Kopf. »Null einundvierzig«.

»Danke, Master of the Universe!« Die Frau war schon wieder hinter der Wand verschwunden und stimmte in das allgegenwärtige Konzert klackender Tastaturen ein.

»Kannst mir einen dafür blasen.« Kowalski sah die Polizisten ausdruckslos an.

Moll beobachtete einen Broker, der sich eben beim Telefonieren seine Socken auszog und dann barfuß vor seinen Bildschirmen saß. Daneben bohrte einer ungeniert in der Nase und schnippte seine Fundstücke unter den Tisch.

»Macht Ihnen die Arbeit hier überhaupt Spaß?«

»Ist geiler als Sex. Es gibt nichts Besseres.«

»Und darf ich fragen, wie alt Sie sind, Herr Kowalski?«

»Sieht man doch«, sagte er und rollte mit dem Stuhl zurück zu seinem schmalen Arbeitsplatz. »Siebenundzwanzig.«

»Oh«, entfuhr es Moll. Er nahm seine Kollegin am Arm, und sie verließen Kowalski ohne weiteres Wort mit einem Nicken. Pelegrini merkte beim Zurückgehen mit Erstaunen, dass in einigen der Kojen Poster von nackten Frauen mit Riesenbrüsten hingen.

»Ich habe mir Investmentbanker anders vorgestellt«, flüsterte sie, als sie das Ende des infernalischen Tradingfloors erreichten.

51

Moll und Pelegrini hatten auf der Rückfahrt zum Bahnhof kaum gesprochen. Und vor allem kein Wort über den Besuch bei Kowalski verloren. Erst als der Zug aus dem Kopfbahnhof in München ausrollte, sprudelte es aus der Polizistin heraus.

»Franco, was war das jetzt? Ich hab das Gefühl, ich war in einer Parallelwelt. Sind die dort immer so, oder hat Kowalski das nur für uns inszeniert?«

»Es … wirkte ziemlich authentisch.«

»Aber warum? Geld muss doch nicht automatisch verrohen.«

»Ich weiß es nicht, Martina, so viel habe ich nicht, dass ich dir da verlässlich Auskunft geben könnte. Wenn du immer wieder in der Firma übernachten musst und Boni zum Benchmark deines Lebens werden, verlierst du möglicherweise den Kontakt zur realen Welt. Ich glaube nicht, dass viele von denen Familien und große Verantwortlichkeiten haben.«

»Ach was, Familie. Man kann auch als Single halbwegs würdevoll leben. Aber dieser Kowalski – dem ist doch alles egal, was man nicht in einen möglichst hohen positiven Saldo fassen kann. Und diese Heinis machen mit ihren windigen virtuellen Geschäften weitaus mehr Umsatz als Firmen, hinter denen reale Produkte stehen. Ich meine, wenn die durchschnittliche Haltedauer einer Aktie wirklich bei zweiundzwanzig Sekunden liegt, dann soll mir noch einer was von Firmenwerten erzählen. Das kann ja nichts mehr mit der Welt zu tun haben. Das ist ein eigenes Wahnsystem.«

»Aber die es verstehen, verdienen unglaublich daran. Nur, wer von uns möchte schon so ein verrohtes Tier wie Kowalski werden?«

Pelegrini nickte und schüttelte sich dann wie ein Hund, der einen Kübel Wasser über den Kopf bekommen hat.

52

Was gibt es Neues?«, fragte Moll, noch bevor er seine Jacke im Büro ausgezogen hatte.

Oberhollenzer löffelte Joghurt aus einem Riesenbecher. Moll ekelte es beim Anblick der weißen Creme. Milch sollte man denen überlassen, für die sie gedacht war: den Kälbern. Es sei denn, man denaturierte sie so stark, dass daraus Käse wurde.

Oberhollenzer wischte sich mit einer rot-weiß karierten Stoffserviette über den Mund. »Schmid war mit seiner Pipi-Aktion erfolgreich. Die konnten in der Gerichtsmedizin tatsächlich noch biologische Spuren extrahieren. Die beiden Pinkler sind polizeibekannt, wir haben sie in der Interpol-Datenbank gefunden. Sie heißen Gregori Luschenko und Mihail Stenin. Fotos von ihnen hängen an der Pinnwand.«

»Schau ich mir gleich an.«

»Hilft uns aber auch nicht weiter. Die zwei sind am Tag nach Marthalers Tod, am Mittwochnachmittag, mit einer AUA-Maschine nach Kiew geflogen. Ich hab das schon gecheckt.«

»Das heißt, die sind für uns verloren.« Pelegrini brach sich ein Stück von der Laugenbreze ab, die sie am Münchner Bahnhof gekauft und bis jetzt nicht angerührt hatte. »Die werden sich in eine der vielen Sowjetrepubliken verkrümeln, die nicht an uns ausliefern.«

Oberhollenzer nickte. »Sie arbeiten angeblich für einen Boris Morosov, einen großen Schrotthändler, der zügeweise Altmetall in allen Teilen der alten Sowjetunion zusammenkauft und nach Europa exportiert. Morosov hat eine Wohnung in Wien.«

Moll suchte nach der Liste, die Buschbeck ihm ausgedruckt hatte. Er ließ den Finger langsam die Tabelle hinuntergleiten und stoppte plötzlich. »Der hat sich mit einer satten halben Million bei Marthaler und seinem Kompagnon beteiligt.«

»Offenbar war er nicht sonderlich begeistert über den Verlust, um es freundlich auszudrücken.« Pelegrini griff zum roten Marker und blätterte das von Buschbeck vollgekritzelte Blatt auf dem Flipchart um. Mit Strichmännchen versuchte sie, den zeitlichen Verlauf anhand eines vertikalen Pfeils aufzuzeichnen. »Der Chauffeur kauft um elf Uhr ein Steak für Marthaler und bringt es ihm in die Firma. Marthaler fährt, bevor er um eins Francos Nachbarin trifft, zurück in sein Haus und deponiert das Fleisch dort. Gegen halb zwei tauchen die beiden Sensenmänner auf, gehen ins Haus, finden und vergiften es. Marthaler isst ein Stück davon, bevor er in die Alte Residenz geht. Gegen Mitternacht ist er tot.«

»So wird es wohl gewesen sein.« Moll überflog noch einmal Pelegrinis Skizze. »Aber ziemlich keck waren die beiden schon, dass sie sich nicht um die Kameras geschert haben. Glücklicherweise ist ihnen das Pinkeln zum Verhängnis geworden.« Er stahl ein Stück Breze vom Schreibtisch seiner Kollegin und hob entschuldigend die Schultern. »Und was ist jetzt mit Markow, Oberhollenzer?«

»Der läuft uns nicht mehr davon. Der liegt in der Prosektur in Sofia. Man hat ihn bereits vor drei Wochen dort gefunden. Ich habe ein paar Fotos an die Korkwand gehängt. Ein glatter, aufgesetzter Kopfschuss, also eine Hinrichtung. Die Ostler regeln diese Dinge alle ohne Polizei. Zu viel Misstrauen gegenüber den Behörden. Luschenko und Stenin sind übrigens vor knapp drei Wochen aus Sofia nach Wien geflogen.«

Pelegrini gähnte. »Eine Hyäne frisst die andere. Eigentlich schön, wenn sie sich gegenseitig ausrotten.«

Moll ging gemütlich kauend zur Pinnwand. Um die Einschussstelle an Markows Hinterkopf war deutlich ein dunkler Ring, eine Schmauchspur, zu sehen. Ein anderes Foto zeigte die blutige rechte Hand von Marthalers Kompagnon.

Lange starrte Moll bewegungslos auf das Bild.

Der Zeigefinger fehlte.

53

Die Ermittlungsarbeit am Samstagmorgen verlief zuerst einmal ganz anders, als von Franco erwartet. Schließlich war es sein Sohn, der sich an die Aufklärung einer kriminalistischen Frage machte. Melinda brachte gegen halb acht Uhr frisches Gebäck, nachdem sie wie so oft in den letzten Tagen um sechs Uhr aus der Wohnung geschlichen war. Eifrig presste sie Blutorangen aus.

»Ich sehe schon, deine Stärke liegt bei den kalten Gerichten, Melinda.«

Umgehend spürte Franco einen Schlag auf sein Hinterteil.

Felix hatte die jüngst verstärkte Präsenz der Nachbarin ohne viele Worte zur Kenntnis genommen. Es hatte auch vorher schon Zeiten gegeben, in denen sie sich häufiger getroffen hatten. Trotzdem sah er den beiden interessiert zu, wie sie Schinken aus der Verpackung befreiten und Wasser für die Eier aufsetzten. In zwei Stunden würde ihn seine Mutter abholen. Das war zunehmend fad, aber er hatte sie überreden können, das eine oder andere Spiel auf ihr Handy herunterzuladen. So spielte er an den Mamawochenenden immer einen halben Tag lang *Clash of Clans* und zuletzt *Bloons*.

Hook sprang auf seinen Schoß. Der Wohnzimmertiger war zahm geworden. Vielleicht lag das an Melinda, die offenbar eine gute Wirkung auf Tiere hatte, sonst hätte sie wohl auch kein Pferd reiten können.

Felix kniff die Augen zusammen. Melinda und sein Vater standen ungewöhnlich nah nebeneinander. »Sag, Papa, warum sind so viele rote Haare in deinem Bett?«

Franco drehte sich erstaunt um. »Hm, ich denke, die sind von Hook, oder?«

Felix lachte laut auf und verstärkte sein natürliches Lachen noch durch ein künstliches, weihnachtsmannähnliches »Hohoho«. Als er sich wieder gefasst hatte und ihm die ganze Aufmerksamkeit von Melinda und Franco sicher war, streckte er den beiden seine Hand entgegen und spreizte Daumen und Zeigefinger so weit auseinander, wie es ging. »Seit wann hat Hook soooo lange Haare?« Wieder lachte er schallend, während Melinda ihre Klips kontrollierte, mit denen sie ihre rote Mähne um den Kopf gewickelt hatte.

»Ich bin doch schon seit drei Jahren aufgeklärt, Papa.«

»Ja, Chefermittler Felix. Du hast den Fall geklärt. Untersuchung abgeschlossen.«

Gegen halb elf parkte Moll vor der Bürgerwehr auf dem Mönchsberg, und er und seine beiden Kollegen stiegen aus.

Langsam gingen die drei in der Sonne auf die verschneite Stadtalm zu, ein rustikales Wirtshaus im ehemaligen Bürgerwehrsöller, unmittelbar an der Abrisskante des Berges. Ein Jogger zwang sie, stehen zu bleiben. Er kreuzte in einem weißen Engelskostüm ihre Bahn. Statt Sportschuhen trug er feste Geländeschuhe, an seinem Rücken baumelten zwei Kartonstücke in der Form von Flügeln.

Oberhollenzer sah ihm lange nach. »Das ist der Verrückte, der hier oben in einem alten Turm lebt.«

Der kleine Biergarten war vollgestellt mit Weihnachtsbäumen, links vom Eingang, in einer kleinen Tannenwaldnische, standen tischhohe Krippenfiguren samt Plastikschafen herum, auch die Heiligen Drei Könige schlichen bereits um die Ecke. Nur das Kind fehlte noch in der Krippe. Maria und Josef starrten auf ein leeres Reisigbett, als sähen sie ein Phantom. Die Gastwirtschaft hatte noch nicht geöffnet.

Gerfried Wegscheider lehnte an der Brüstung und blickte über die Stadt. »Ich mag den Ausblick von hier oben«, sagte er statt einer Begrüßung. »Immer wenn ich meinen Job satthabe, komme ich rauf, schaue über die Altstadtdächer und bin wieder zufriedener. Mal ist die Salzach ein silberner Salamander, dann wieder eine dunkelgrüne Schlange, je nach Stimmungslage und Niederschlägen.«

»Momentan wohl eher ein gieriges Krokodil, oder?«

»Warum?«, fragte Wegscheider erstaunt und drehte sich den Ermittlern zu. »Wegen Max?«

»Dem scheint die Gier zum Verhängnis geworden zu sein.«

Wegscheiders Lider zuckten zustimmend.

Moll deutete auf einen hölzernen Stehtisch, auf dem noch Biergläser vom Vortag standen. »Kannten Sie Marthalers Absicht, Strom in großem Stil aus Moldawien zu importieren?«

Unwillkürlich drehte der Sekretär der Landesrätin an einem der Hirschhornknöpfe seines Mantels. »Ja, er hat mir davon erzählt.«

»Warum ist aus dem Geschäft nichts geworden? Bekam er keinen Kredit für die Vorfinanzierung?«

Ein schmales Lächeln erschien auf Wegscheiders Gesicht. »Es gibt keine physische Verbindung zwischen Moldawien und Österreich, die für den Stromexport geeignet wäre. Das Papier war also nichts wert, es sei denn als Bonitätsbeweis.«

»Sie meinen, Marthaler und Markow haben den Vertrag benutzt, um sich Geld zu ergaunern?«

»Ich weiß nicht, ob *ergaunern* das richtige Wort ist. Eventuell haben sie ergaunertes Geld eingesammelt, das ist aber etwas anderes. Markow war einige Jahre lang Pharmavertreter und hat sich damit sein Studium finanziert. Er ist vor allem in sozialen Dingen hochintelligent und kennt ziemlich viele Zahnärzte und andere Menschen mit Geld, dessen Herkunft nicht ganz den Steuergesetzen entspricht. Die hat Markow abgeklappert und ihnen eine schöne Rendite versprochen. Ich denke, nach dem Totalverlust ist er untergetaucht.«

Moll sah keinen Grund, Wegscheider darauf hinzuweisen, dass Markow nicht mehr auftauchen würde. Während Oberhollenzer abwesend in Richtung Stadt blickte, schien Pelegrini nun aufzuwachen.

»Warum haben Sie die beiden unterstützt? Sprang da für Sie was raus?«

Wegscheider hob die Augenbrauen. »Kein Cent. Ich habe mich auch nicht an den Geschäften beteiligt. Ich bin kein Mensch, der gern wettet. Aber ich habe die beiden an Kowalski vermittelt, ein Studienkollege. Ich habe zuerst Jus studiert und erst viel später mit fast fünfunddreißig, neben dem Beruf, Betriebswirtschaft. Kowalski ist sicher einer der gescheitesten Menschen, die ich kenne. Also in finanzieller Hinsicht. Auch wenn man ihm das nicht ansieht«, fügte er hinzu.

Pelegrini hatte kurz das Bild des schwitzenden Zynikers im Handelsraum vor Augen. Es machte dem grellbunten Plastik-Balthasar Platz, der mit dem Gold in der Hand auf ein Schaf einzureden schien. »Hatten die beiden von Anfang an vor, mit dem Geld zu spekulieren?«

»Keine Ahnung. Aber die Chancen, von ihren Anlegern belangt zu werden im Falle, dass etwas schiefgeht, waren natürlich niedrig. Dafür hätten sich die Bauunternehmer und Immobilienmakler zuerst einmal selbst anzeigen müssen.«

»Damit haben sie sich wohl ein bisschen verrechnet. Verspekuliert eben.«

Wegscheider hob für seinen beeindruckenden Körperbau erstaunlich hilflos die Schultern.

Oberhollenzer kam gemächlich zurück und deutete auf den großen Torturm in der alten Stadtmauer. »Wusstet ihr, dass die Erzbischöfe da drinnen Kleinkriminelle bei Brot und Wasser darben ließen?«

54

Anstatt sich am Samstag wieder von Wurstsemmeln zu ernähren, hatten die Ermittler die Chance auf ein bodenständiges Mittagessen in der Stadtalm genutzt.

Jetzt saßen sie zufrieden im Büro und warteten auf Gokl, um von ihm den Segen für einen freien Sonntag zu bekommen.

Oberhollenzer klopfte auf seinen Wanst und deutete auf den Monitor. »Das ist sie!«

Moll und Pelegrini reagierten umgehend auf Oberhollenzers Jubel. Sie setzten sich schnell in Bewegung, um das amouröse Outing ihres Kollegen zu begutachten.

»Passt super zu dir«, sagte Pelegrini sofort. Vom Bildschirm sah ihnen eine leicht mollige Frau um die vierzig entgegen. Ihre brünetten Locken umrahmten Augen, die vor Lebenslust sprühten. Die kleinen Fältchen schienen den Eindruck noch zu verstärken, dass sie mit den Augen lachte.

Nach einem dezenten Klopfen kam Gokl mehr ins Zimmer geschlichen, als dass er ging. »Machen wir den Sack heute zu?«, fragte er nach einem kurzen Nicken in die Runde.

Moll und Pelegrini schilderten ihm eine Viertelstunde lang die letzten Ermittlungsergebnisse, während sich Gokl einen Stuhl unter das Geweih gerückt hatte und ab und zu nickte.

»Das läuft natürlich auf eine Indiziengeschichte hinaus, aber ich denke, Staatsanwalt Moosbrugger wird damit zufrieden sein. Vor allem wird es bei dieser Konstellation ohnehin nie zu einer Anklage der beiden Täter kommen. Außer sie machen den Fehler, wieder in die EU einzureisen.« Gokl stand auf und ging langsam zur Pinnwand, um sich die neuen

Fotos anzusehen. »Markow ist ja glücklicherweise nicht unsere Angelegenheit, aber dass wir mit den bulgarischen Behörden zusammenarbeiten, ist ganz klar. Ich verlasse mich da auf Sie alle.«

»Was erwartet eigentlich Julian Kremer?«, fragte Pelegrini so teilnahmslos wie möglich.

»Eine Anklage wegen Körperverletzung. Aber da er geständig ist und in Anbetracht der Umstände, könnte es für ihn glimpflich abgehen. Da wir ihm offenbar nicht nachweisen können, dass er Marthaler in die Tonne gehoben hat, sieht es für ihn sogar ganz gut aus. Oder haben Sie die Jacke zu den Faserspuren bei ihm sicherstellen können?«

»Nein. Es konnte uns auch keiner der Dumpster sagen, was Kremer an Marthalers Todestag getragen hat. Da stehen wir auch bei den Indizien mager da.«

Gokl erhob sich und ging nachdenklich zum Fenster. Er sah auf die blendend weiße Wiese vor der Hellbrunner Allee hinaus. »Nutzen Sie das Wochenende zum Skifahren. Es soll auch morgen noch sonnig sein.«

Als er sich umdrehte, fiel sein Blick auf Oberhollenzers Monitor. »Ein gutes Foto, lieber Kollege.« Seine Lippen schürzten sich kurz. »Aber bei Gelegenheit müssen Sie mir mal erklären, warum Sie meine Frau auf Ihrem Bildschirm haben.«

55

Oberhollenzer hatte gestammelt wie ein kleiner Bub, als er Gokl davon zu überzeugen versucht hatte, das Foto aus reiner kollegialer Neugier auf dem Computer aufgerufen zu haben.

Pelegrini und Moll bogen sich auch jetzt, drei Tage später, noch vor Lachen, wenn einer von ihnen Gokl auch nur erwähnte oder Oberhollenzer mit seinen fleischigen Daumen eine SMS an seine Flamme schrieb. Gokl hatte schließlich den Kopf geschüttelt und Oberhollenzer nur zugemurmelt, auch ihm könne es einmal passieren, dass sich eine Beziehung plötzlich in Luft auflöse, weil man sie nämlich zu lange wie Luft behandelt habe. Einem geschlagenen Hund gleich war er dann aus dem Büro gegangen.

»Sie hat mir ja nur ihren Mädchennamen genannt«, hatte sich Oberhollenzer gerechtfertigt, während Pelegrini gebetsmühlenartig wiederholt hatte, er müsse Gokls zukünftiger Ex endlich seinen Beruf verraten und dürfe sich nicht länger hinter dem Titel »Beamter« verstecken.

Nun lehnten Oberhollenzer und Moll in Pelegrinis kleiner Zweizimmerwohnung an der Frühstücksbar vor der winzigen Kochnische, die nur einer Person Platz bot. Martina rührte in einem grünen Gemüsecurry und löste damit die versprochene Einladung ein. »Ist alles frisch. Also frisch aus dem Müll. Ich war gestern wieder mülldiven.«

»Was, du setzt uns Abfall vor? Ist das dein Ernst?« Oberhollenzer nahm einen Schluck Hanfbier.

»Ja, doch. Aber um keine falschen Schlüsse aufkommen zu lassen. Ich war mit einer anderen Gruppe unterwegs, nicht mit Julian Kremer.« Pelegrini deutete auf die kleine braune Flasche in Oberhollenzers Hand. »Auch das ist aus der Tonne. Läuft erst in einem Monat ab.«

»Schmeckt, ehrlich gesagt, hervorragend«, sagte Oberhollenzer und bemühte sich, den Gedanken an eine volle Mülltonne und die damit verbundenen Verwesungsgerüche zu verdrängen.

Pelegrini schwitzte Reis im Öl an, dann goss sie mit Wasser auf und schloss den Deckel. »Der Reis hat das Geschäft dafür ganz regulär vorne bei der Kasse verlassen. Den Käse später wiederum habe ich aus der Tonne gerettet.«

»Ist vielleicht eh ein gutes Einkommensmodell für unterbezahlte Polizisten«, sagte Moll und nippte an seinem Apfelsaft. Am Vortag hatte er das Okay des Neurologen bekommen, die Benzos langsam abzusetzen. Er hatte sich für die Woche darauf schon auf ein Bier mit seinem Freund Ulrichsberger verabredet.

Oberhollenzer und Moll sahen ihre Kollegin seit langem wieder einmal mit offenen Haaren. Sie reichten ihr bis zur Mitte des Rückens und waren frisch geschnitten.

Viel Bewegungsraum auf dem kleinen runden Tisch würden sie nicht haben. Beim Betreten der Wohnung hatten sie bemerkt, wofür Pelegrini ihr Geld am liebsten ausgab: In der Nische unter drei Garderobehaken standen mindestens vierzig Paar Schuhe. Die wenigsten davon hatten sie jemals im Kommissariat gesehen.

Pelegrini schaufelte den Reis in drei kleine Schüsseln und stellte das Curry in die Mitte des Tisches.

»Vorsicht, scharf.«

Die grüne Sauce duftete nach Kokosmilch und Zitronengras. Moll biss schon beim ersten Löffel auf einen höllisch scharfen Chili und bekam kurze Zeit kaum Luft, während sich Pelegrini beeilte, ihm ein großes Glas Wasser hinzustellen. Mit Genugtuung sah Franco wenig später, dass auch Oberhollenzer Schweißperlen auf der Stirn standen.

»Und was übrig bleibt, bringe ich morgen ins Büro mit. Außerdem freue ich mich auf ein paar geruhsamere Tage als die letzten«, sagte Pelegrini und fischte ein Limettenblatt aus dem Curry. Es sah aus wie ein Engelsflügel.

Gregori Luschenko und Mihail Stenin saßen in einem düsteren Kellerlokal in Tiflis, vor sich eine Flasche klaren Schnaps. Luschenko hielt sich die linke Seite. Morosov hatte ihn immer wieder angeschrien, dass er sie nicht damit beauftragt hatte, Marthaler umzubringen. Dann hatte er Holz in den offenen Kamin geworfen und ihn mit der stumpfen Seite eines Schürhakens geschlagen. Ein oder zwei Rippen waren dabei gebrochen. Das Atmen tat weh, immer wieder fuhr sich Luschenko über die verwundete Stelle. Den ersten Wodka hatte er hinuntergestürzt, den zweiten hatte er sich in die Hand geschüttet und die schmerzende Stelle damit eingerieben. Nur mit Mühe war es ihm gelungen, Morosov davon zu überzeugen, dass sie Marthaler nicht auf dem Gewissen hatten. Wenn, hätten sie die Sache anders erledigt, nicht so weibisch feig mit Gift. Stenin hatte die Hände hinter dem Kopf verschränkt und streckte sich. Seine Augen waren bereits glasig.

Zur selben Zeit öffnete Julian Kremer die Tür zur Lehener Wohnung. Noch immer hing der Duft von frischem Brot in der Luft, obwohl er sich jetzt mit den Gerüchen eines Eintopfes mischte. Am Nachmittag hatte er selbst gebacken, mit Sauerteig, den er pflegte wie einen Schatz und unter dem Bett aufbewahrte. Kleine Dinge wie der braune Laib auf dem Tisch gaben Kraft.

Zumindest kurzzeitig. Denn er fühlte sich nach wie vor sterbensmüde. Die Überwindung, sich morgens in die Redaktion zu schleppen, war kaum mehr zu beschreiben. Manchmal graute ihm davor, wieder mit unbekannten Menschen sprechen und Interesse an ihren Geschichten heucheln zu müssen. Dabei wäre er viel lieber im Bett geblieben, tagelang, ohne sich zu waschen oder viel zu essen. Immerhin konnten er, Pia und Maja durch den Großauftrag des alten Marthaler heuer eine billige Spätbucherreise in die Türkei unternehmen und hatten dann noch einen Notgroschen für den Ersatz der klapprigen Waschmaschine.

Für einen Moment musste er lächeln. Er hatte es endlich gewagt, die Winterjacke mit dem dunkelgrünen Baumwollbündchen und dem grauen Kunstfell in einem großen Sack unter dem Hausmüll zu entsorgen. Wie hatte er denn, als er den angeschlagenen Marthaler im Zorn in den Mistkübel stürzte, wissen können, dass schon längst ein Erlöser unterwegs war, der das wandelnde Ekel vergiftet hatte?

Otto Stöger saß bereits am Tisch, als Julian in die Wohnküche trat. Er mochte den grauhaarigen Mann, der nie verzweifelte, obwohl er aufgrund seiner Kindheit als Sohn von Kleinhäuslern nie die Schulen hatte besuchen können, die ihm zugestanden hätten. Einmal arm, immer arm. Das war die Gleichung, über die man hierzulande nicht gerne redete, weil sie nicht zu dem Mythos passte, wonach sich Leistung immer lohnte. Vielleicht war der alte Marthaler wirklich ein vergleichsweise Guter, sonst hätte ihn Otto nicht seit dreißig Jahren durch die Gegend chauffiert.

Otto Stöger biss ein Stück frisches Brot ab. Es schmeckte leicht säuerlich und so betörend gut, dass er am liebsten nichts anderes gegessen hätte, nur ein paar Scheiben von diesem Brot mit Butter, egal, was seine Tochter Pia im Hintergrund gerade kochte. Obwohl er sie unehelich bekommen hatte und Pia bei ihrer Mutter aufgewachsen war, hatten sie nie den Kontakt verloren. Auch die Nähe war nie abgerissen.

Maja saß auf seinem Schoß und baute neben dem Teller ein Winnie-Puuh-Puzzle aus fünfundzwanzig Teilen zusammen. Noch immer war er leicht verwundert, dass er wegen Marthalers Tod keinerlei Schuldgefühle empfand. Es war letztendlich sehr einfach gewesen. Julian hatte so erschüttert geklungen, als er ihm vom Vaterschaftstest erzählt hatte, auch sehr verunsichert, wegen Pia. Und er, Otto, hatte sofort gewusst, dass der kleine Marthaler die Geschichte mit seinen Methoden wieder irgendwie zu seinen Gunsten gebogen hatte. Es gab auch ein paar versteckte Hinweise, dass Maja die Tochter des jungen Marthaler war. Er hatte Max schon als Jungen gekannt. Das Muttermal an seiner linken Bauchseite, dort, wo auch Maja einen kleinen dunklen Fleck hatte, dazu die gleichen angewachsenen Ohrläppchen. Man musste nur ein Kinderfoto des jungen Marthaler mit Maja vergleichen. Zudem hatte er die Affäre seiner Tochter mit Marthaler mitbekommen. Die sechs Wochen als Praktikantin in der Firma hatten für eine Schwangerschaft gereicht, aus welchen Gründen auch immer Pia sich mit dem Ekel eingelassen hatte. In Sachen Sturheit stand sie ihm in nichts nach, nie hätte sie sich durch gutes Zureden von einer Liaison mit Marthaler abbringen lassen, ebenso wenig wie von einer Ausbildung zur Grafikerin.

Das Rizin hatte er noch immer in seinem Medizinschrank aufbewahrt. Als er vor drei Jahren todkrank gewesen war, hatte er es in Ägypten gekauft, knapp mehr als ein halbes

Gramm. Er wollte nicht seine letzten Wochen wie ein kranker Zombie verbringen. Und dann war das Wunder passiert, und die Strahlentherapie hatte tatsächlich alle Krebszellen vernichtet. Bis heute war kein Rezidiv erschienen.

Er drückte ein Puzzleteil in das Bild, das Maja seit geraumer Zeit erfolglos an der richtigen Stelle einfügen wollte. Sie hatte es nur um neunzig Grad verdreht gehalten.

An jenem Dienstag hatte alles gepasst. Durch die Reparatur der Videoüberwachung wusste er von den Männern, die Marthaler durch ihre Auftritte offenbar unter Druck setzten. Als ihn der Kerl in seiner schlechten Laune noch einmal heimgeschickt hatte, um Hannibal zu füttern, hatte er den dampfenden gelben Schnee gesehen. Die beiden Kapuzenmänner waren eben erst da gewesen.

Im Flur fand er zwei große Wasserlachen, weitere nasse Fußspuren im Wohnraum. Sie hatten Marthaler offenbar zeigen wollen, dass sie ohne Umstände bei ihm ein und aus gehen konnten. Er hatte das Fläschchen schon ein paar Tage mit sich herumgeschleppt. Das Steak, das er erst am Vormittag im Kühlschrank deponiert hatte, lag noch immer an seinem Platz. Er tauchte eine Stecknadel mehrfach in das Rizin und bohrte damit feine Löcher in das Fleisch. Bis kaum mehr etwas von der Flüssigkeit übrig war. Danach hatte er die Videoüberwachung kontrolliert und sowohl seinen Besuch am Vormittag als auch den letzten gelöscht und die Zeitsteuerung so programmiert, dass er ungefilmt aus dem Haus kam.

»Ich bin fertig, Opa«, sagte Maja und holte ihn aus seinen Gedanken zurück.

Zufrieden griff er nach einem weiteren Stück Brot. Es schmeckte nach Leben. Er kaute zufrieden und schloss die Augen.

Noch konnte er nicht wissen, dass der Spurensicherer Schmid eben eine schwarze Festplatte auf den Schreibtisch eines engagierten jungen Datenforensikers mit Dreitagebart legte, der den Speicher am nächsten Tag pro forma untersuchen sollte und gerne gelöschte Dateien wiederherstellte.

Danksagung

Mein besonderer Dank geht an Roli, der mich mit einem pointierten Interview und seinem Wissen über Untote zu den Zombieszenen inspiriert hat, an Eva, die mich nächtens zum Dumpstern mitgenommen und mir eine andere Annäherung an den Müll vermittelt hat, an die engagierte Truppe von Wastecooking, die vielen Menschen nicht nur bei Kochaktionen auf Theaterbühnen den Wert von Abfall gezeigt hat, an Uli, der mich immer wieder auf faszinierende Weise in die wirkliche Welt der Verbrecher blicken lässt, und nicht zuletzt an Gabriel, Valentin und Bibiane, die mich einen Monat lang die Welt von *Sterben ist das Letzte* bereisen ließen, will heißen, meine geistige Abwesenheit ertrugen, und die mein Leben tagtäglich unglaublich bereichern.

Tote Fracht

Franz Zeller

Sieben letzte Worte

Kriminalroman

Blutrotes Wasser fließt über die malerische Petersmühle im Zentrum der Salzburger Altstadt. Es ist Festspielzeit – die Presse hält das Ganze für eine Werbeaktion zugunsten einer skandalträchtigen Inszenierung. Doch wenige Tage später speit der Almkanal eine Leiche aus dem Festungsberg und lässt sie auf dem hölzernen Mühlrad rotieren wie einen gebrochenen Schmetterling. Ein brisanter Fall für Franco Moll, Chefinspektor der Abteilung »Leib und Leben« der Salzburger Kriminalpolizei, und seinen schwergewichtigen Kollegen Oberhollenzer.

»Franz Zellers Krimi sprüht vor Witz und Salzburger Charme. Eine tödlich-heitere Kombination.«
Radio Orange, Wien

KNAUR

Eva Sommer, Moritz Sommer

In Unterzahl

Ein Vater-Mutter-Kind-Kind-Kind-Roman

Jutta und Alexander wünschen sich sehnlichst ein Baby, doch Jutta wird einfach nicht schwanger. Eine künstliche Befruchtung kommt für die beiden nicht in Frage. So entschließen sie sich für eine Adoption. Doch kaum haben sie die kleine Nelly aus Äthiopien abgeholt, gibt es »gute Neuigkeiten«: Jutta ist schwanger – mit Zwillingen! Plötzlich sind Jutta und Alexander eine Großfamilie, und Jubel, Trubel, Heiserkeit nehmen ihren Lauf: Kampf-Stillerinnen und Mütterversteher nerven, die Wohnung platzt aus allen Nähten, und was passiert, wenn aus drei niedlichen Babys drei kleine Frechdachse werden, hat einem auch keiner vorher gesagt!

KNAUR